나는
계속
걷기로 했다

일러두기

〈이 책에서 사용한 영문 지명 및 고도, 외래어 표기〉

1. 지명 및 높이는 Himalya Map House에서 만든 GHT 시리즈 지도를 우선으로 함.

2. GHT 지도에 없는 지명은 Nepal Map Publisher에서 만든 지도를 참고함.

3. 지도에 표시되지 않은 지명은 현지인 발음에 따라 영문 표기함.

4. 외래어는 국립국어원 '외래어 표기법'을 따르되 현지발음을 우선함.

· 이 책은 2016년과 2017년 두 차례에 걸친 네팔 히말라야 횡단 트레킹 기록입니다. 저자는 네팔 GHT 하이루트와 컬처루트를 혼용하였고 일부 구간은 현지의 더 아름다운 트랙을 이용하여 횡단하였음을 밝힙니다. 그 밖의 네팔 트레킹은 〈길을 찾는 즐거움〉 http://sangil00.blog.me/에서 보실 수 있습니다.

나는 계속 걷기로 했다

Great Himalaya Trail-Nepal

네팔 히말라야 횡단 트레킹
2165킬로미터, 338만 걸음의 기록

거칠부 지음

궁리
KungRee

프롤로그

●

직장 다닐 때 수많은 메뉴 앞에서 늘 계산하며 고민했다. 천 원을 아끼느냐 아니면 먹고 싶은 걸 먹느냐. 대개는 아끼는 쪽을 선택했다. 천 원을 백 번 모으면 10만 원이다. 가만 생각해보니 그 10만 원으로 내 인생이 크게 달라질 것 같지 않았다. 그때부터 천 원 더 주고 먹고 싶은 것을 먹기로 했다. 아끼는 것보다 내가 좀 더 행복해지는 쪽을 택했다.

석 달 동안 히말라야를 걷고 돌아와서 다시 나가려니 중대한 문제가 걸렸다. 돈이었다. 시간도 넘쳤고 체력도 괜찮았고 고산 적응도 잘하는 편이었지만 돈은 다른 문제였다. 계산해보니 약 5개월 되는 시간에 4,000만 원이 들었다. 이 돈을 모으려면 한 달에 얼마씩 몇 년이나 걸릴까. 계산하면 할수록 마음이 무거워졌다. 네팔 히말라야를 횡단하겠다며 부풀었던 마음이 잠시 주춤해졌다. 그러다 문득 17년 동안 모아놓은 돈을 단순히 먹고 사는 데만 쓰기에는 아깝다는 생각이 들었다. 내 인생에서 이 정도 투자는 해도 될 것 같았다. 어차피 어딘가에 써야 할 돈이라면 정말 하고 싶은 것에 쓰고 싶었다. 여행 다니다가 돈 떨어지면 밭에 나가서 일해도 되고 할 일이 많았다. 미리 걱정할 필요 없이 뒷일은 그때 가서 생각하기로 했다.

'도전'이라는 말을 좋아하지 않는다. 네팔 히말라야 횡단 트레킹을 하겠다고 했을 때 사람들은 내게 도전이라는 말을 썼다. 하지만 나는 도전보다 놀러 간다고 생각했다. 그래서 일정한 루트를 고집하지 않았고 가기 전부터 다양한 루트를 고민했다. 가다가 여의치 않으면 돌아서 갈 생각이었다. 내가 생각하는 네팔 히말라야 횡

나는 계속 걷기로 했다

단은 동쪽에서 서쪽까지 '길을 이어서 간다'는 것 이상도 이하도 아니었다. 히말라야는 높은 곳부터 낮은 곳까지 모두 아우르고 있는 곳이라 어디를 가든 히말라야다. 나는 그저 그 히말라야 줄기를 따라 높은 길이든 낮은 길이든 처음부터 끝까지 이어 보고 싶었다.

살면서 히말라야에 다니게 될 줄은 몰랐다. 그곳은 내게 너무 먼 세상이었다. 국내의 산들만 부지런히 다녔다. 그러다 인터넷에 떠돌던 네팔 무스탕 지역 사진에 반해 아무것도 모르고 떠났다. 자발적 백수가 된 첫해였다. 인연은 묘하게 흘러갔다. 무스탕에서는 폭설을 만나더니 이듬해 네팔에서는 지진을 만났다. 두 번 모두 위험한 상황이었지만 다음해 다시 또 네팔을 찾았다. 세 번째 찾은 히말라야에서 막연하게 생각하던 개념이 잡히기 시작했다. 히말라야가 어마어마하게 넓고 크다는 것을 처음으로 체감했다. 그때부터 지도를 들여다보았다. 이미 네팔 히말라야의 삼분의 일을 걸었다! 가슴이 두근거렸다. 동쪽부터 서쪽까지 길을 잇고 싶었다. 돌아오자마자 네 번째 네팔 트레킹을 준비했다. 어떤 사람은 계절이 좋지 않다고 했고 어떤 사람은 너무 성급하다고 했다. 그래도 가고 싶었다. 가고 싶을 때 가야 했다.

수도승처럼 머리를 깎았다. 그리고 당연히 그래야 하는 사람처럼 그곳으로 떠났다.

2018년 봄,
거칠부

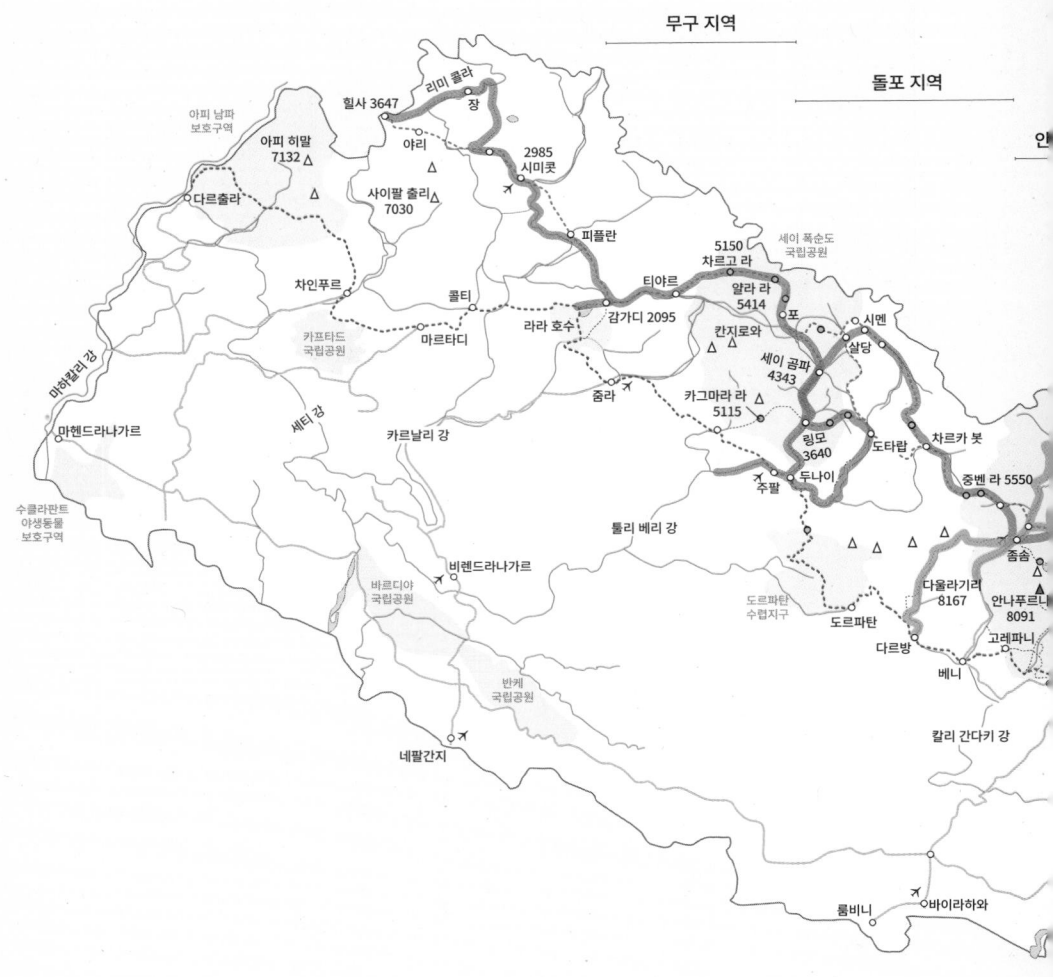

홈라 지역

무구 지역

돌포 지역

안

아피 남파
보호구역

아피 히말
7132 △

다르출라

힐사 3647

리미 콜라

장

야리

2985
시미콧

사이팔 출리
7030

차인푸르

콜티

마르타디

피플란

티야르

라라 호수

감가디 2095

5150
차르고 라

얄라 라
5414

포

세이 폭순도
국립공원

시멘

카프타드
국립공원

마하칼리 강

마헨드라나가르

세티 강

카르날리 강

줌라

카그마라 라
5115

칸지로와

세이 공파
4343

살당

차르카 봇

링모
3640

도타랍

중벤 라 5550

수클라판트
야생동물
보호구역

바르디야
국립공원

비렌드라나가르

툴리 베리 강

주팔

두나이

종솜

도르파탄
수렵지구

다울라기리
8167

안나푸르나
8091

반케
국립공원

네팔간지

도르파탄

다르방

베니

고레파니

칼리 간다키 강

룸비니

바이라하와

내가 걸은 길 지도

네팔 히말라야 횡단 트레킹

━━━━━ 2016~2017년까지 걸은 길
━━━━━ 2014~2015년까지 걸은 길

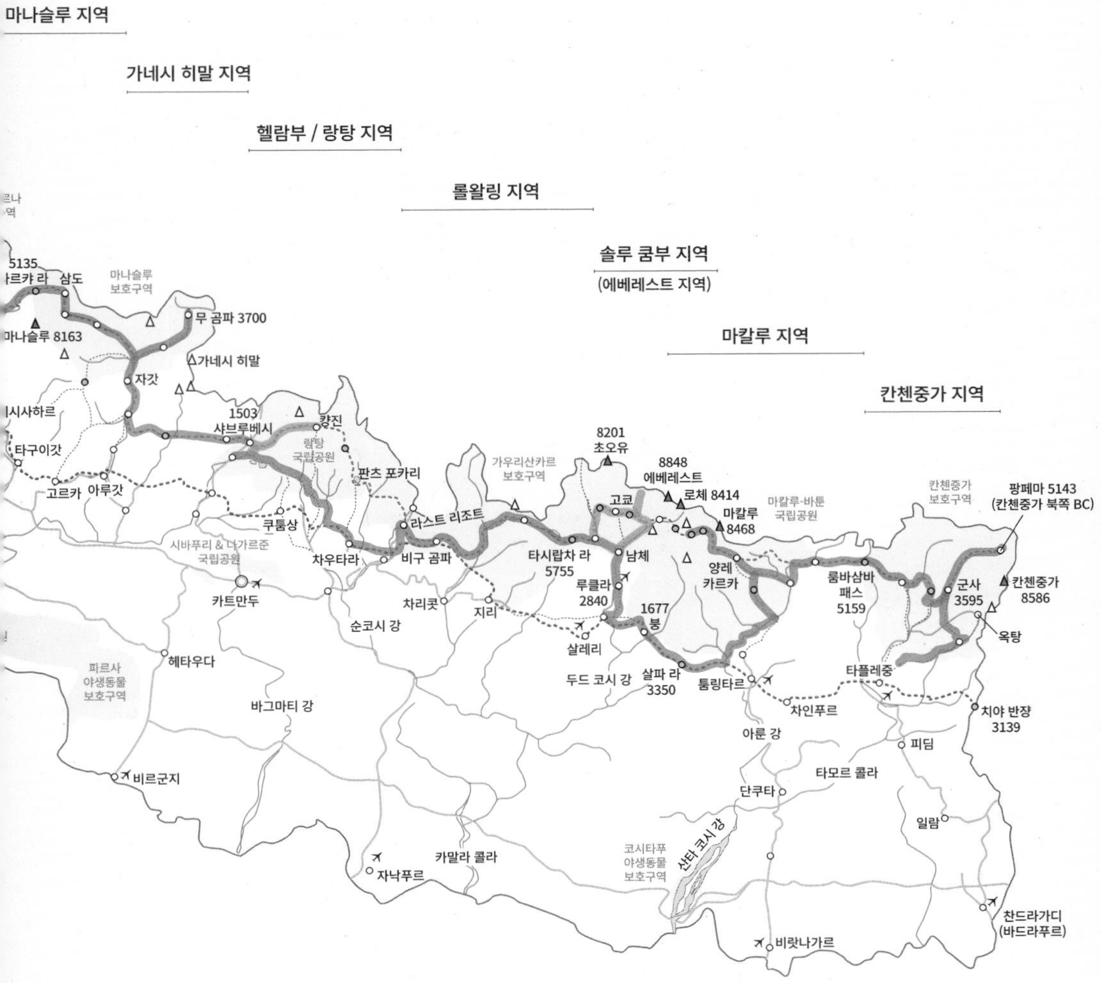

마나슬루 지역

가네시 히말 지역

헬람부 / 랑탕 지역

롤왈링 지역

솔루 쿰부 지역
(에베레스트 지역)

마칼루 지역

칸첸중가 지역

르나
역

5135
르카 라
삼도

마나슬루
보호구역

마나슬루 8163

시사하르

타구이갓

고르카

아루갓

자갓

무 곰파 3700

가네시 히말

1503
샤브루베시

캉진

랑탕
국립공원

판츠 포카리

라스트 리조트

가우리산카르
보호구역

고쿄

8201
초오유

8848
에베레스트

로체 8414

마칼루
8468

마칼루-바룬
국립공원

칸첸중가
보호구역

팡페마 5143
(칸첸중가 북쪽 BC)

쿰퉁상

차우타라

비구 곰파

차리콧

타시랍차 라
5755

남체

양레
카르카

룸바삼바
패스
5159

군사

칸첸중가
8586

시바푸리 & 라가르준
국립공원

카트만두

지리

루클라
2840

1677
봉

카르카

타플레중

옥탕

헤타우다

순코시 강

살레리

살파 라
3350

툼링타르

차인푸르

치야 반장
3139

파르사
야생동물
보호구역

바그마티 강

두드 코시 강

아룬 강

피딤

비르군지

카말라 콜라

코시타푸
야생동물
보호구역

단쿠타

타모르 콜라

일람

자낙푸르

비랏나가르

찬드라가디
(바드라푸르)

히말라야 횡단 트레킹이란?

GHT(Great Himalaya Trail)

그레이트 히말라야 트레일은 부탄에서 네팔, 티베트, 인도, 파키스탄까지 총 4,500km에 이르는 거대한 트레일이다. 이 중 가장 핵심 구간인 네팔 히말라야는 1,700km다. 이 구간은 동쪽부터 칸첸중가, 마칼루, 쿰부, 롤왈링, 랑탕, 가네시, 마나슬루, 안나푸르나, 돌포, 무구, 훔라 지역을 지난다.

히말라야 산맥 전체를 따라가는 트레킹 루트에 대한 이야기는 1980년부터 있어왔다. 특히 네팔 히말라야 하이루트에 대한 관심이 많았는데, 제한구역을 통과하는 문제에 부딪혀 실행에 옮기지 못했다. 그러다 2002년 네팔 정부가 중국과 모든 국경 분쟁을 해결하면서 히말라야 횡단 트레킹 루트가 개설되기 시작했다.

네팔 트레킹협회와 네팔 관광청은 3대 트레킹 코스인 에베레스트, 안나푸르나, 랑탕 지역에 관광객이 집중되는 것을 탈피하고자, 유명한 관광지와 그렇지 않은 곳을 교차하여 네팔 GHT를 개발했다. 이 방안은 트레킹 지역을 확대하여 낙후된 지역에도 경제적 혜택이 돌아갈 수 있게 했다.

네팔 GHT 하이루트를 최초로 성공한 사람은 영국인 로빈 부스테드(Robin Boustead)다. 그는 2008년 9월부터 2009년 2월까지 162일에 걸쳐 1,700km를 걸었다. 이후 최초 루트와 일정이 약간씩 수정되거나 변형되어 새로운 루트가 만들어졌다.

네팔 GHT는 높은 길인 하이루트(High Route)와 낮은 길인 컬처루트(Cultural Route)로 나뉜다. 기존 트랙을 연결한 하이루트는 평균 고도 3,000~5,000m로 1,700km다. 이 구간은 5,000m가 넘는 고개만 해도 20여 개에 달하며 최고 높이는 6,190m 웨스트 콜(West Col)이다. 하이루트를 한 번에 진행할 경우 보통 160일 정도 소요된다. 동쪽 출발점은 칸첸중가 북쪽 베이스캠프이고 서쪽 도착점은 티베트와 국경인 훔라 지역 힐사(Hilsa)다. 일반적인 트레킹 코스가 아닌 곳이 많아 반드시 이 지역을 잘 아는 전문 가이드와 동행해야 한다. 높은 지대를 지나기 위한 고소 적응 능력, 강인한 체력, 등반 기술도 필요하다. 경험 많은 네팔인 스텝과 날씨 온도 중요한 변수로 작용한다. 위험 구간이 있는 만큼 캠핑 트레킹으로 진행해야 하는 경우가 많다. 따라서 인건비와 등반 장비에 따른 비용 부담도 크다. 동쪽 일부 구간과 서쪽 전체는 접근 제한 구역이라 트레킹 퍼밋(허가)을 받아야 한다. 이는 2인 이상만 가능하며 네팔 이민국 관할이라 현지 대행사를 통해서만 할 수 있다. 원칙적으로 네팔인 가이드를 고용하지 않는 단독 트레킹은 허용되지 않는다.

컬처루트는 평균고도 2,000~3,000m의 비교적 낮은 지대로 약 1,500km이며 100일 정도 소요된다. 출발점은 동쪽 타플레중 치야 반쟝(Chiya Bhanjyang)이고 도착지는 네팔 극서부 다르출라(Darchula)다. 이 코스에서는 네팔의 아름다운 숲, 다양한 동식물, 다랭이 논과 밭, 카르카(목초지) 등을 볼 수 있다. 또한 다양한 소수민족으로 이루어진 오지 마을에서는 현지인의 삶을 체험할 수 있다. 하지만 몬순(우기)에는 거머리, 파리, 모기, 쥐벼룩 등이 있어 불편해진다. 이 구간 최고 높이는 4,519m 장 라(Jang La)이다. 하이루트에 비해 덜 위험하지만 수많은 고개와 강을 넘는 여정이라 결코 쉽지 않다. 컬처루트는 로지(숙소)와 홈스테이를 이용하여 단독 진행이 가능하므로 비용 부담이 적다. 그러나 낮은 지대라 해도 우리나라보다 높은 곳이기 때문에 네팔인 가이드를 고용하길 권한다. 실종된 트레커 대부분은 혼자였다는 점을 명심할 필요가 있다.

트레커는 두 루트를 상황에 맞게 섞을 수 있다. 다양하게 만들어진 루트는 또 다른 루트의 개발 가능성을 시사하며, 발길이 뜸한 현지 마을에 경제적인 도움을 줄 수 있다.

네팔(Nepal) 어원

공식 국명은 네팔연방민주공화국이다. 네팔 국명에 대한 어원은 다양한 설이 있다. 카트만두 분지를 네팔 계곡이라고 부른데서 국명이 유래했다는 설, 카트만두 계곡에서 융성했던 네파(Nepa) 왕국에서 비롯됐다는 설이 있다. 네와리 언어로 네팔을 '네파'라고 부른다. '네'는 중앙, '파'는 집단이라는 의미로 히말라야에 둘러싸여 중앙에 위치해서 붙여진 이름이다. 또 하나는 성스럽다는 의미의 '네(Ne)'와 동굴이라는 의미의 '팔(pal)'에서 유래했다는 설이다. 산스크리트어로는 날아 내려가다 '낲(Nap)'과 거처를 뜻하는 '알라야(alaya)'가 합쳐져 '날아 내려간 거처'라는 뜻이다. 티베트어로 '네'는 집, '팔'은 양털이라는 뜻으로 네팔에서 많은 양털을 생산해서 붙여진 이름이다.

히말라야

산스크리트어로 눈을 뜻하는 '히마(hima)'와 거처를 뜻하는 '알라야(alaya)'의 합성어로 '눈의 거처'라는 뜻이다. 히말(Himal)은 6,000m 이상 봉우리에만 붙는다. 히말라야 산맥은 서쪽 파키스탄 영토에 속하는 낭가파르밧(8,125m)부터 동쪽 중국 티베트의 남차바르와(7,756m)까지, 2,500km에 달하는 세계에서 가장 크고 높은 산맥이다. 협의의 히말라야는 동쪽부터 아삼 히말라야, 부탄시킴 히말라야, 네팔 히말라야, 가르왈 히말라야, 펀잡 히말라야로 나뉜다. 이중 네팔 히말라야에는 8,000m 이상 14개 고봉 중 8개가 있으며, 히말라야 전체 길이의 3분의 1을 차지한다.

히말라야는 다양한 기후로 인한 열대부터 건조한 수목한계선과 눈과 얼음으로 뒤덮인 고봉까지 모두 포함한다.

고산 트레킹

트레킹(trekking)이란 남아프리카 원주민들이 유랑생활을 하는 데서 유래했다. 사전적으로는 '힘들게 도보로 여행하다'라는 의미다. 고산 트레킹은 고도가 높은 산악지역을 트레킹하는 것이다. 보통 3,000~5,000m 대를 고산 트레킹 지역으로 분류한다.

차례

1부

네팔
중부

2016년 9~12월

1장

돌포 지역
Dolpo Area

공식 명칭은 돌파(Dolpa)이지만 현지인들은 돌포(Dolpo)라 부른다. 네팔 북서쪽, 다울라기리(Dhaulagiri 8,167m) 뒤편에 있는 지역으로 티베트 불교와 문화를 유지하고 있다. 네팔 서부는 다른 지역에 비해 개발되지 않은 곳이 많다. 도로 사정이 좋지 않아 교통편도 부족하다. 줌라, 주팔, 시미콧 등으로 항공기가 정기적으로 다니고 있지만 가격이 높다. 중국과 국경을 맞댄 접근 제한구역으로 트레킹 허가 비용도 만만치 않다(2인 이상 허가). 반드시 야영을 해야 하며 이에 따른 비용 부담이 크다. 그래서 네팔을 찾는 외국인 중 일부만 돌포 지역을 찾는다.

돌포 깊숙이 자리한 세이 곰파(Shey Compa)는 수정 승원(Crystal Monastery)으로 '세이'는 크리스털을 뜻한다. 이곳은 티베트인들의 신성한 순례지로, 8월 보름이면 돌포 사람들이 모여 축제를 한다. 성산 크리스털 마운틴(Crystal Mountain)은 작은 카일라스로 부르기도 하는데 축제 기간 동안 이 산을 세 번 돈다.

돌포는 비그늘(Rain Shadow) 지역이라 네팔 우기인 몬순에도 트레킹이 가능하다.

· 진행 경로 ·
· 국내선 : 카트만두 – 네팔간지 – 주팔 · 두나이 – 도타랍 – 폭순도 호수 – 세이 곰파 – 살당 – 차르카 봇 – 중벤 라 – 좀솜

317.8킬로미터 484,144걸음

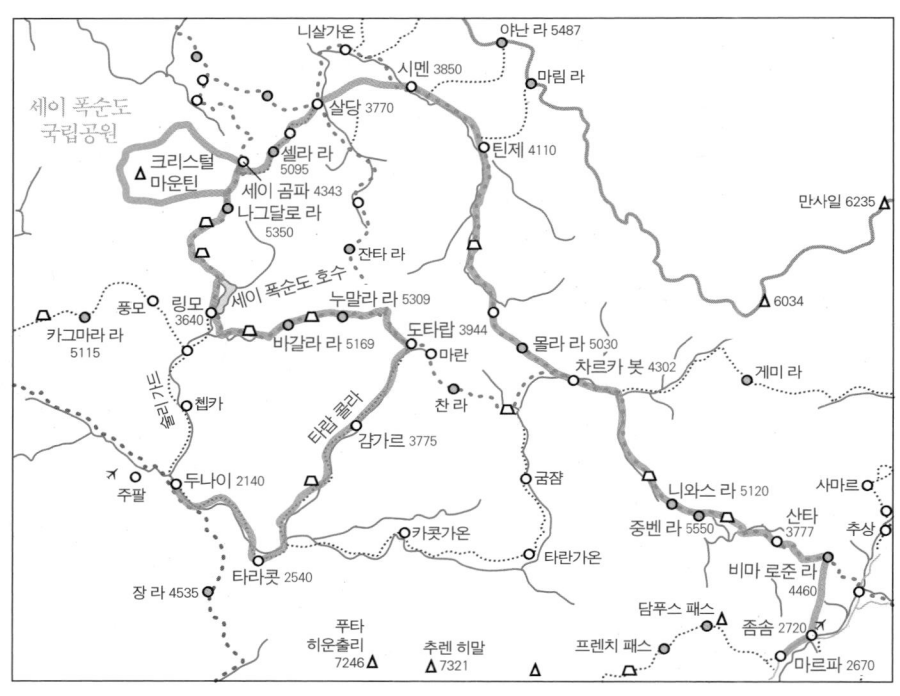

니살가온
야난 라 5487
시멘 3850
마림 라
살당 3770
틴제 4110
세이 폭순도
국립공원
크리스털
마운틴
셸라 라
5095
만사일 6235
세이 곰파 4343
나그달로 라
5350
잔타 라
6034
링모
3640
세이 폭순도 호수
풍모
누말라 라 5309
카그마라 라
5115
바갈라 라 5169
도타랍 3944
몰라 라 5030
마란
차르카 봇 4302
게미 라
첩카
찬 라
두나이 2140
걍가르 3775
굼잠
니와스 라 5120
사마르
주팔
중벤 라 5550
산타
3777
추상
카콧가온
비마 로준 라
4460
타란가온
타라콧 2540
장 라 4535
담푸스 패스
좀솜 2720
푸타
히운출리
7246
추렌 히말
7321
프렌치 패스
마르파 2670

"애기엄마, 제주에서 살아도 되겠어. 일 잘하네"

얼떨결에 기사가 되어 새벽마다 마을 할머니들 모시고 감귤 밭으로 갔다. 하루 종일 일하고 번 돈은 5만 5,000원이다. 제주살이 하겠다고 내려와서 며칠째 이러고 있다. 외지인인 내게 처음엔 아무도 말을 걸지 않았다. 하루 이틀 묵묵히 일하는 모습이 마음에 드셨는지 그제야 대화에 끼워주셨다. 할머니들은 결혼도 하지 않은 나를 애기엄마로 불렀다.

어느 날 회사에서 전화가 왔다. 2년간의 휴직이 끝나면 회사를 그만둘 생각이 었지만 막상 닥치고 보니 망설여졌다. 복직할까. 아직 젊은데 몇 년 더 일하고 그만 두는 게 좋지 않을까. 수입 없이 놀기만 하는 게 가능할지 두려웠다. 그러다 문득 밭에서 일해도 되겠다는 생각이 들었다. 휴직하는 동안 하동에서 매실도 따봤고 상주 시래기 공장에서도 일했다. 시골 출신이라 웬만한 일은 거뜬했다.

다니던 회사는 서울에 있었지만 제주 지점에서 퇴직 신청서를 썼다. 드라마에서 보면 사직서만 내면 끝나던데 현실은 달랐다. 3시간 동안 본사와 연락해서 서류를 작성했다. 휴직기간을 빼고 17년이나 다닌 회사였지만 이젠 정말 끝났다.

서른아홉이 되었다. 문득 네팔에 가야겠다는 생각을 했다. 처음엔 한 달, 그다음엔 두 달, 결국 석 달로 늘었다. 마지막 30대니까 90일 동안 히말라야를 걸어보자. 서른아홉의 순례길, 나에게 주는 선물이다.

주팔(Juphal 2,475m) 비행장의 활주로는 무척 짧았다. 계곡을 내려다보니 이제 부터 시작이라는 게 실감났다. 일 없는 마을 청년들이 짐을 옮겨줬다. 지프로 1시간 쯤, 돌포에서 가장 큰 마을인 두나이(Dunai 2,140m)에 도착했다.

2014년 사진 한 장에 반해 네팔 무스탕에 갔을 때였다. 네팔만 20년 다녔다는 사진작가를 만났는데 그분께 처음으로 돌포(Dolpo)라는 이름을 들었다. 네팔 서쪽 끝에 있는 오지 돌포. 그때만 해도 히말라야는 전문가만 다니는 곳인 줄 알았다.

일행은 나를 포함해서 두 명뿐이다. 그 외 네팔인 스텝 4명과 당나귀 다섯 마리 가 우리 팀의 전부다. 돌포는 경비가 많이 드는 곳이라 인터넷으로 동행을 구했다. 사실 동행에 대한 기대는 없었다. 그저 돌포가 어떤 곳일지 그것만 궁금했다.

캠핑 트레킹이 처음이라 막연히 번거로울 거라고 생각했다. 하지만 스텝들은 어느 것 하나 허투루 하지 않았다. 아침엔 가이드가 "좋은 아침입니다" 하며 잠을 깨 웠다. 밥을 먹기 전엔 따뜻한 생강차, 걸으며 마실 물은 이뇨작용을 도와 고산 적응 에 좋은 홍차를 챙겨줬다. 모든 반찬과 국, 찌개에는 마늘이 많이 들어갔다. 고산 적 응에는 마늘 한쪽이 비아그라보다 좋다는 말이 있다. 점심때는 따뜻한 주스를 준다. 비타민이 이유라고 생각한다. 저녁 전 한참 배고플 때는 달콤한 밀크티를 줬다.

며칠 동안 계곡을 따라왔는데 아직도 끝날 기미가 보이지 않았다. 2명뿐인 요 리 팀이 우리를 앞질러 갔다. 가장 먼저 일어나서 밥하고, 늦게까지 남아 설거지하 고, 먼저 도착해서 밥을 하고, 늦게까지 정리하고. 요리 팀이 가장 바빴다.

이곳의 주요 운송수단은 당나귀다. 길에는 당나귀 똥이 널려 있었고 금방 싼 똥 냄새는 아주 지독했다. 걸으면서 방귀를 뿡뿡 뀌기도 한다. 당나귀들이 지나갈 땐 안쪽으로 비켜야 안전하다. 녀석들은 순한 것 같으면서도 뒷발차기의 명수라 자극하지 않도록 조심했다.

동행자 K님은 고산 트레킹 경험이 없었다. 그렇다고 산행 경험이 많은 것도 아니다. 처음 신는 중등산화를 무겁게 끌고 다녔고, 절벽 길을 지날 때마다 무서워했다. 고도를 높일수록 속도 차이가 났다. 술을 자제해야 한다고 했지만 매일 술을 마셨다. 결국 K님은 현지 포터를 고용해서 보디가드로 썼다. 말은 보디가드이지만 K님의 온갖 수발을 다 들어야 했다. 빨래하고, 침낭 펴고, 짐을 정리하는 것까지 그의 몫이었다. 그런데 이 포터가 분란의 씨앗이 될지 누구도 몰랐다.

주팔에서 바라본 돌포

태초가 궁금한 돌포

고도를 높일수록 모래주머니를 매단 것처럼 다리가 무거웠다. 슬슬 숨도 차기 시작했다. 돌포는 1,000m부터 5,000m까지 고도차가 컸다. 덕분에 여름부터 겨울까지 모두 경험할 수 있었다. 옷도 계절별로 준비해야 했고, 밤과 낮의 기온차가 커서 방한에도 신경 써야 했다. 보통 4,000m까지는 여름옷, 그 이후는 가을옷, 5,000m가 넘어가면 겨울옷을 입었다.

네팔 땅은 태초가 궁금한 곳이 많았다. 아주 먼 과거에 이 땅은 무엇이었을까. 흙벽 사이사이 박힌 둥근 자갈들이 뭔가를 설명해줬다. 바다였을까. 이토록 척박하고 삭막한 아름다움이라니, 마음속 깊은 곳이 간질간질했다. 삭막한 곳에도 계곡은 끊임없이 흘렀다. 주변을 아무리 둘러봐도 물이 나올 만한 곳이 없어 신기했다.

점심을 먹고도 한참을 걸었다. 어느새 그림자가 길어졌다. 황량한 산에 점점이 박힌 작은 식물은 붉은 페인트를 뿌려놓은 것 같다. 가이드 삼덴이 괜찮은지 물어보면 아무렇지 않은 듯 고개를 끄덕였다. 높고 깊은 산에서는 어둠도 빨리 내려왔다. 추워서 재킷을 꺼내 입고 남은 물을 마셨다. 배도 고프고 다리도 아팠다. 지나온 길은 벌써 어둠이 점령해버렸다.

저녁이 되어서야 마을이 보이기 시작했다. 마을 위치가 절묘했다. 사람들은 해가 오랫동안 드는 곳을 기가 막히게 찾아냈다. 어둠이 내려앉는 순간에도 마을은 빛났다. 도타랍(Dho Tarap 3,944m)은 큰 마을이었고, 돌포의 많은 길이 이곳으로 향했다. 야차굼바(동충하초)로 유명해서 5~6월이면 많은 사람이 이곳으로 몰린다.

아침 먹으면서 K님이 삼덴에게 말을 알아봐달라고 했다. 말을 타려면 마부와

커다란 나무를 지고 가는 야크들

말이 한 세트가 되어야 하고 돌아오는 비용까지 포함돼서 비쌌다. 삼덴이 5,000루피(약 55,000원)라고 하자 K님은 고개를 끄덕였고 비싸다는 이유로 없던 일이 되었다.

야크들이 커다란 나무를 통째로 지고 가는 모습이 짠했다. 뒤에서 보니 꼭 십자가를 메고 가는 것 같다. 녀석들은 저 무거운 걸 지고 5,300m를 넘어왔다.

중력을 거스르며 들어올리는 다리가 무거웠다. 마부와 요리 팀은 사라진 지 오래고 삼덴도 먼 앞에 있다. 작은 카메라 가방도 무거웠다. 누말라 하이 캠프(4,800m)에 도착하자 입이 떡 벌어졌다. 다른 행성에 있는 것처럼, 발아래 풍경이 비현실적이었다.

2시간 뒤 K님과 보디가드가 나타났다. 그는 몹시 힘들어 보였고 숨소리도 거칠었다. 올라오다가 유럽인 의사를 만났는데, 이대로 가다간 죽는다며 살고 싶으면 내려가라고 했단다.

저녁을 먹는 동안 K님이 마음을 털어놓았다.

"거칠부 님, 나는 여자가 산에 다녀봤자 체력이 좋으면 얼마나 좋고 걸으면 얼마나 잘 걷겠냐 싶었어요. 혼자서 900km가 되는 순례길을 걸었기 때문에 체력은 자신 있었어요. 그런데 막상 걸어보니까 이렇게 힘든 줄 몰랐네요. 술을 마시지 않았어야 했는데, 사람들한테 이 얘긴 꼭 해주고 싶어요."

"체력 좋은 것과 고산 적응은 다르거든요."

"거칠부 님은 나와 가이드 중에 누굴 더 믿어요?"

"저는 가이드를 더 믿어요. 저한테 문제가 생겼을 때 도와줄 수 있는 유일한 사람이라고 생각해요."

"그렇군요, 저는 가이드를 반만 믿어요. 제 인생 경험으로 봤을 때 좋은 사람은 아니에요."

사실 K님은 가이드에게 불만이 많았다. 트레킹 시작 전 택시 요금이 바가지라는 걸 알았지만 삼덴은 별말 없었다. 그때부터 그는 눈 밖에 나기 시작했고 그가 K님께 하는 말은 계속 오해를 낳았다.

삼덴은 열여섯에 처음으로 포터를 시작했다. 그는 포터만 해서 번 돈으로 솔루쿰부(Solu-Khumbu)에 집을 지었다고 한다. 20대 초반에 가이드 자격증을 취득하고, 한국에서 7년 동안 일하다가 불법체류에 걸려서 네팔로 돌아왔다. 돌아온 건 2년쯤 됐다.

간밤엔 등이 시려 잠을 설쳤다. 매트리스가 너무 얇아 바닥 냉기가 그대로 올라왔다. 오늘은 누말라 라(Numala La 5,309m)를 넘는 날이다. 이번 트레킹에서 첫 번째로 넘어야 할 고개라 긴장이 됐다. K님은 누말라 라를 못 넘으면 내려갈 테니까 당나귀에 짐을 보내달라고 했다. 하지만 당나귀는 혼자 내려갈 정도로 똑똑하지도 않았고, 마부가 자신의 당나귀를 그렇게 보낼 이유도 없었다. 삼덴이 안 되겠다 싶었는지 K님 옆에 바짝 붙어서 갔다. 그는 오르막길에서 어떤 초보라도 따라오게 할 정도로 속도 조절을 잘했다.

다니가르 야영지

길은 정직했다. 올라간 만큼 내려가야 했다. 정신없이 쏟아지는 길을 내려갔다. 어렵고 험한 길을 걸을 땐 다른 생각할 겨를이 없다. 당나귀들도 이런 길에선 불안해 보였다. 옛사람들은 높은 산이 즐비한 이곳을 어떻게 넘을 생각을 했을까. 위에 무엇이 있을 줄 알고 이런 대담한 길을 냈을까.

다니가르(Danigar 4,512m) 뒤로 흰 산이 우뚝 섰다. 텐트와 어우러진 모습이 근사하다. 삼덴은 도착하자마자 따뜻한 주스와 간식을 챙겨서 왔던 길을 되돌아갔다. 전투식량으로 점심을 해결하고 계곡에 가서 빨래부터 했다. 눈 녹은 물이라 차가웠지만 고무장갑이 있었다. 키친 텐트 옆에 줄을 걸고 빨래를 널려고 하자 마부가 도와주려고 했다. 빨래까지 널어주려는 걸 괜찮다 했더니 지지대가 넘어가지 않게 돌로 고정시켜줬다. 그의 이름은 '던'이다.

K님은 2시간 반 뒤에 도착했다. 첫 번째 고개를 성공했으니 이제 고소 적응이 끝난 셈이다.

후두둑, 빗방울 떨어지는 소리에 불안했다. 스텝들은 밥을 하고 짐을 챙기느라 정신이 없었다. 한국 같으면 텐트 걸 걱정부터 했을 텐데, 여기선 스텝들이 알아서 해주니 고마우면서도 미안했다. 오늘은 바갈라 라(Bagala La 5,169m)를 넘어야 하는데 눈이라도 내리면 낭패다. 혹시나 싶어 스패츠와 아이젠을 챙기고 내복도 꺼내 입었다. 비가 와서 다른 날보다 추웠다.

삼덴을 따라 천천히 올라갔다. 신기하게도 숨이 차지 않고 힘듦도 느껴지지 않았다. 차분하게 걷다 보니 어느새 코앞에 고개가 보였다. 삼덴은 고개 정상에 배낭을 놓고 오더니 내 배낭을 들어주려고 했다. 하지만 배낭을 넘길 만큼 힘들지 않아서 사양했다.

바갈라 라 정상은 구름에 덮여서 아무것도 보이지 않았다. 아쉽지만 체온이 떨어지기 전에 내려가야 했다. 다 내려가서 구름이 걷히자 바위로 둘러싸인 넓은 초원이 드러났다. 누군가 일부러 그어놓은 것 같은 줄무늬 바위, 한가롭게 풀을 뜯는 야크들, 신선이 산다면 이 정도는 돼야 할 것 같았다.

야크 카르카를 내려다보며

야크 카르카(Yak Kharka 3,860m)까지 6시간이 조금 안 걸렸다. 삼덴은 카르카 가 집이라는 뜻이라고 했다. 그렇다면 여긴 야크의 집이라는 뜻이다. 날씨가 아쉽기 는 했지만 보기 드물게 멋진 자리다.

한차례 비가 지나갔다. 몇 시간이 지났지만 K님이 보이지 않았다. 마부가 먹을 것을 가지고 올라갔다. 한참 뒤 요리사가 뒤따라갔다. 얼마 후 가이드도 올라갔다. 사람들이 모습을 보인 건 5시간 뒤였다. K님은 괜찮은지 묻는 질문에 힘없이 고개 만 끄덕끄덕, 진이 다 빠진 사람처럼 걸었다. 그가 제대로 앉지도 못하자 부축하는 스텝들이 웃었다. K님은 저녁도 거의 먹지 못했다.

나는 계속 걷기로 했다

짙푸른 폭순도 호수는 무척 맑았다. 살면서 이토록 새파란 물빛을 본 적이 있는지, 모르긴 몰라도 네팔에서 가장 아름다운 호수라고 생각했다.

빨랫감을 들고 호수로 내려갔다. 맞은편에선 군인들이 목욕하고 있었고 옆에선 삼덴이 빨래를 했다. 빨래며 장비를 널어놓는 동안 K님이 도착했다. 그의 보디가드는 K님의 등산화를 벗겨주고 빨래를 한 보따리 챙겨서 호수로 내려갔다.

걸은 지 꽤 되어 닭 한 마리 삶아서 보신 좀 해야겠다고 생각했는데 야무진 소망에 머물고 말았다. 링모 마을이 작기도 했지만 너무 비쌌다. K님도 가이드에게 닭을 알아봐달라고 했던 모양인데 여기서도 오해가 생기고 말았다.

점심을 먹는 동안 K님은 오늘은 마을에 있겠다며 저녁을 먹지 않겠다고 했다. 왠지 느낌이 수상했다.

"아저씨가 마을에서 헬기를 알아보고 있어요."

삼덴이 전해준 소식에 마을로 갔더니 K님이 맥주를 마시고 있었다. 그는 내가 오기 전까지 헬기에 대해 알아봤는데 생각보다 비쌌던 모양이다. 그래서 마음이 바뀌었는지, 여기서 2~3일 쉬고 보디가드와 따로 갈 테니 우리는 알아서 가라고 했다. 식량은 과자로 해결할 거고, 문제가 생겨도 가이드에게 책임을 묻지 않겠단다.

저녁을 먹고 나자 삼덴이 K님을 보러 가자고 했다. 그는 K님이 자신을 신뢰하지 않는다는 걸 알고 있었다. 빈속에 맥주만 마신 K님은 이미 상당히 취해 있었고, 아무래도 우리끼리 해결되지 않을 것 같아 카트만두 여행사에 전화를 했다. K님은 여행사와 연결되자 가이드에 대한 불만을 쏟아내며 고래고래 소리 질렀다. 옆에서

폭순도 호수

들고 있던 삼덴의 표정이 굳어졌다. K님은 많은 것을 오해하고 있었다.

보디가드를 고용할 때 삼덴은 하루 인건비가 1,500루피라고 했다. 그런데 보디가드는 K님께 1,000루피만 받는다고 했고, K님은 가이드가 자신을 속였다고 생각했다. 500루피는 마부가 보디가드의 짐을 실어주는 조건으로 받았다는 걸 몰랐던 거다. 보디가드는 말 사용료가 1,000루피라고 했지만 삼덴은 말, 마부, 왕복 비용까지 5,000루피라고 했다. K님은 보디가드 말만 듣고 가이드를 의심했다. 보디가드가 말한 것은 자기 동네 기준이었다. K님이 닭고기 값을 물어봤을 때도 보디가드는 자기 동네 기준으로 말했고 삼덴이 링모에서 알아본 가격은 당연히 그보다 훨씬 비쌌다. 도타랍에서 텐트가 로지 마당에 설치된 걸 보고 K님은 삼덴이 우리에게 묻지 않고 마음대로 한다고 생각했다. 하지만 도타랍은 어디라도 텐트 사용료를 내야 했고 야영지를 정한 건 이곳 사정에 밝은 마부였다. 마당에 텐트를 친 건 담장이 바람을 막아주기 때문이었다.

링모 마을 야영지

아름다운 아침을 맞이했지만 상황은 아름답지 않았다. 어제는 알아서 가겠다고 했던 분이 오늘은 느닷없이 가이드에게 사과를 요구했다.

"가이드 님, '사.과.합.니.다.' 이 다섯 글자만 말하면 지금까지 있었던 일은 모두 없던 걸로 할게요. 가이드 님 용서하고 트레킹도 같이 갈게요."

삼덴은 눈을 내리깐 채 입술을 깨물며 아무 말도 하지 않았다. 그러자 K님은 삼덴의 신분증을 요구했다. 사진을 찍어뒀다가 나중에 카드만두로 가면 경찰에 신고할 거라고 했다. 하지만 삼덴은 신분증을 내줄 만큼 바보가 아니었다. 다시 여행사와 연결했다. K님은 군인이나 경찰을 찾아가서 시시비비를 가릴 것이며, 가이드를 고소하겠다는 말을 반복했다. 그러면서도 계속 사과를 요구했다. 여행사에선 삼덴에게 사과하라고 했고 결국 그는 한숨을 내쉬며 "죄송합니다"라는 말을 뱉었다.

호수를 따라 이어지는 길은 무척 좁았다. 발을 잘못 디뎠다간 떨어질 수 있을 정

내려다본 폭순도 호수

폭순도 호수를 따라가는 좁은 절벽 길

도로 아슬아슬했다. 워낙 길이 좁아서 짐을 실은 당나귀가 오면 피할 곳도 없다. 그래서 성수기 때는 먼저 지나간 가이드나 포터가 당나귀와 겹치지 않게 알려준다. 삼덴은 당나귀들끼리 부딪혀 떨어지면 돌포에서는 상대방 대장 당나귀를 가져가고 쿰부(에베레스트 지역)에서는 떨어진 말과 서열이 같은 말을 가져간다고 했다.

폭순도 호수는 끝자락까지 와야 멋졌다. 파란색 잉크를 통째로 부어놓은 듯 짙고도 깊었다. 참으로 묘한 색이다. 구름이 지날 때마다 산의 모습이 바뀌었다. 제법 가파르게 올라간 길은 다시 가파르게 떨어졌다. 쉬는 동안 소녀와 소가 지나갔다. 그들은 사뿐사뿐 걷는 것처럼 보였지만 금방 사라졌다. 호수 끝으로 노랗게 물든 자작나무 숲이 고왔다.

"××놈, ××끼."

점심으로 라면을 먹고 있는데 삼덴이 오자마자 욕부터 했다. 순간 웃음이 났지

나는 계속 걷기로 했다

만 뭔가 또 일이 터졌다는 걸 알았다. K님이 오다가 더는 못 가겠다며 자기 짐을 가져다 달라고 했단다. 자신은 갈 수 있다며 돈내기까지 하자던 분이 그렇게 되고 말았다. 삼덴은 허겁지겁 밥을 먹고 K님 짐을 챙겼다. 쿡을 보내도 되겠냐는 말에 나는 고개를 끄덕였다. 쿡은 K님의 짐을, 마부는 쿡의 짐을 지고 가이드와 함께 왔던 길을 되돌아갔다. 일반인 걸음으로 4시간, 현지인 걸음으로 2~3시간 걸리는 거리다.

별이 뜨고 나서야 가이드와 마부가 도착했다. K님은 쿡이 옆에 있으면 자신이 방값, 밥값, 교통비까지 내야 한다면서 다시 데려가라고 했단다. 하지만 이런 오지에선 누구라도 옆에 있어야 했다.

이번 일로 가장 상처를 받은 사람은 삼덴이다. 누군가 자신을 어떤 이유로든 자꾸 미워한다면 그것만으로도 상처가 된다. 이후로도 삼덴은 갑자기 생각났다는 듯 K님에 대한 이야기를 꺼내곤 했다. K님이 더 심했다면 때렸을지도 모른다며 곱씹듯 말하기도 했다.

5,000m가 가까워지면 꾸역꾸역 오른다는 표현이 지나치지 않다. 숨소리가 커지고 발걸음이 무거워지는 건 내 몸이 이상해서가 아니라 여기가 그런 곳이다. 고개 정상에서 내려오는 야크 떼를 만났다. 큰 몸집과 무시무시한 뿔을 가진 녀석들이지만 무섭지 않았다. 가만히 있으면 알아서 피해 갔다. 나는 야크가 좋았다. 순해빠진 눈이 마음에 들었다.

나그달로 라(Nagdalo La 5,350m) 정상엔 룽따(Lungta)와 타르초(Tarcho)가 펄럭거렸다. 룽따는 경전이 적힌 한 폭의 긴 깃발이다. 바람이라는 뜻 '룽'과 말이라는

나그달로 라 가는 길

뜻 '따'가 합쳐진 티베트어로 '바람의 말'이라는 뜻이다. 바람에 펄럭이는 깃발 소리는 바람이 경전을 읽는다고 여긴다. 이는 진리가 바람을 타고 세상 곳곳으로 퍼져 모든 중생이 해탈에 이르라는 염원이 담겨 있다. 타르초는 경전을 적은 오색 깃발로 만국기 형태이며, 룽따와 함께 티베트인이 사는 집이나 고갯마루, 산 정상, 신성한 장소 등 어디서나 볼 수 있다.

세이 곰파는 폭순도 호수 못잖게 유명한 곳이다. 많은 팀이 이 두 곳에서 쉬어 간다. 규모는 크지 않다. 마을이라고 부르기엔 빈약한 천막 몇 동이 전부다. 눈이 오면 완전히 고립되는 곳이라 겨울이 오기 전에 모두 떠난다. 세이 곰파 스님은 3년마다 바뀌는데 우리가 왔을 땐 3일 전에 새로 오신 분이 계셨다.

세이 곰파는 900년 전 티베트 고승이 세웠다. 승려들은 주변 사냥꾼들에게 음식을 나눠주며 불교의 가르침을 전했다고 한다. 세이 폭순도 호수, 세이 곰파의 '세이'는 '유리'라는 뜻이다. 산 이름이 크리스털인 이유다. 실제 이 주변에선 유리처럼 하얀 돌을 볼 수 있다. 이곳은 8월 보름이면 돌포 사람들이 모여 축제를 한다. 이때 며칠에 걸쳐 크리스털 마운틴(Crystal Mountain)을 세 번 돈다. 크리스털 마운틴은 티베트 말로 '리보룩다'라고 하며 작은 카일라스로 불리기도 한다. 카일라스(Kailas)는 힌두교와 불교에서 신성시하는 곳으로 티베트 이름은 '강 린포체'다. 티베트인들은 카일라스를 한 바퀴 돌면 1년의 업장이, 108바퀴를 돌면 일생 동안의 업장이 사라진다고 믿는다.

삼덴이 크리스털 마운틴 코라(산을 한 바퀴 도는 것) 안내자로 스님 아들을 구했다. 티베트 불교 스님은 대부분 가정을 꾸린 재가승이다. 스님 댁 1층엔 소가 있었고 아슬아슬한 계단을 올라가면 사람이 머무는 2층이 나왔다. 스님 아들은 20대 중반으로 그도 라마(승려)였다. 어머니로 보이는 분이 수유차(버터차)를 내주셨다. 수유차는 찻잎을 끓인 물에 수유(버터)와 소금을 넣어 만든 차다. 티베트인들에게는 중요한 영양 공급원이다. 감자까지 내주셨지만 이들의 귀한 양식을 먹을 수 없어 예의상 차만 한 잔 더 마셨다.

세이 곰파

세이 곰파 야영지

"투체체."

나올 때 삼덴에게 물어 티베트말로 감사 인사를 했다. 투체체는 '큰 자비' 또는 '이승에서 깨달음을 얻기를'이라는 뜻이다.

크리스털 마운틴 코라를 하기 위해 새벽 5시에 일어났다. 삼덴은 갈 길이 멀다며 밥을 꾹꾹 눌러 담

스님 아들을 만나러 가서 마신 수유차

았다. 간밤엔 어떤 짐승이 내 텐트에다 오줌을 쌌다. 시원한 물소리가 들리더니 곧이어 텐트 안으로 오줌 냄새가 들어왔다. 소들은 저녁에 집으로 돌아갔을 테니 당나귀 5남매 중 하나였을 거다.

크리스털 마운틴 코라를 10번이나 했다는 스님 아들은 축지법을 썼다. 맨발에 슬리퍼만 신었는데도 눈 깜짝할 사이에 사라졌다. 이번에도 5,000m가 넘는 고개를 지나야 했다. 이름을 물으니 카일라스 해탈의 고개인 돌마 라(Drolma La 5,668m)와 같다고 했다. 크리스털 마운틴 돌마 라는 지도에 표시되지 않았지만 5,200m쯤 됐다. 산 정상에는 호수가 있는데 특별한 수행을 해야 갈 수 있는 자격이 생긴다고 했다.

작은 카일라스로 불리는 곳답게 주변에 옷가지가 많았다. 순례자들은 자신의 죄를 씻기 위해 옷이나 신발, 머리카락 등을 놓고 간다. 혹은 환자나 죽은 이의 옷, 머리카락을 놓고 가며 복을 빌어준다. 야크의 해골도 보였다. 살아 있을 때 고생을 너무 많이 해서 복을 빌어주는 거라고 했다.

날씨가 점점 흐려지더니 작은 눈발이 날리기 시작했다. 아직도 갈 길이 한참 남았다. 해가 지기 전에 돌아가려면 서둘러야 했다. 세이 곰파가 보이는 언덕에 도착했을 때 지름길이 보였다. 이쪽으로 내려가고 싶다고 했더니 스님 아들은 저 아래 곰파까지 가야 한다고 했다. 왠지 그 말을 거역할 수 없어 조용히 따랐다.

크리스털 마운틴 돌마라 가는 길

차캉 곰파

절벽 아래 자리 잡은 가모체 곰파(Gamoche Gompa)는 절묘한 위치에 있었다. 어떻게 이런 곳에 절을 지을 생각을 했을까. 가모체 곰파를 지나 뒤돌아보니 더 위에도 곰파가 있었다. 차캉 곰파(Tsakhang Gompa)다. 절벽 아래, 정말 기가 막힌 자리다. 세이 곰파에 왔다면 꼭 가봐야 할 곳 중 하나다.

우리는 이날 쉬지 않고 10시간을 걸었다. 이렇게 걷고 나니 길에 대한 두려움이 사라졌다.

마부와 주방 아저씨는 코마(Khoma 4,060m) 마을 한가운데 텐트를 쳤다. 외지인이 우리뿐인 데다가 학교와 가까워서 다들 우리만 쳐다봤다. 아이들이 따라와서 간식을 나눠줬더니 금세 다른 아이들까지 몰려왔다. 텐트 주변을 어슬렁거리며 안을 들여다보거나 툭툭 쳐댔다. 가라는 시늉을 했지만 녀석들은 들은 척도 하지 않았다. 무척 난감해하고 있을 때 삼덴이 아이들을 쫓아냈다. 그 뒤로도 아이들은 몇 차례 왔지만 그때마다 삼덴과 마부가 돌려보냈다. 이후로는 아이들에게 함부로 간식을 주지 않았다.

계곡을 건너온 마부 다리에서 피가 철철 흘렀다. 아침에 대장 당나귀에게 차였다고 한다. 그 녀석은 등이 까져서 짐을 실을 때마다 뒷발차기를 했다. 마부를 불러서 다리에 약을 바르고 밴드를 붙여줬다. 야생마 같던 마부 던도 이럴 때는 아기처럼 얌전해졌다. 던은 올해 스물다섯 살로 벌써 결혼해서 아기도 있었다. 네팔 사람들은 다들 결혼을 빨리해서 누구를 붙잡고 물어봐도 대부분 기혼자였다.

멘도 캠프(Mendo Camp 4,200m)에 도착했다. 당나귀들은 등짐을 내리면 약속이라도 한 것처럼 누워서 등을 비볐다. 처음엔 아파서 그러는 줄 알았는데 등이 가려워서 그런 거란다. 그런데 하필이면 마른 똥 위에서 비벼대는 바람에 똥 먼지가 잔뜩 날렸다.

저녁엔 꼭 기름에 튀기거나 볶은 요리가 나왔는데, 이번엔 잡채가 나왔다. 쿡의 부재를 느끼지 못할 정도로 삼덴과 주방 아저씨가 잘했다. 삼덴은 유럽 팀 쿡을 했었고, 한국에 있을 때 식당에서 한식을 배웠다고 했다. 심지어 김치도 담글 줄 알아

코마 마을

계곡을 건너는 마부와 당나귀

서 집에서 종종 한국 음식을 해 먹는다고 했다.

달이 밝았다. 키친 텐트에선 소곤소곤 대화 소리가, 계곡에선 단조로운 물소리가 들렸다. 어쩐지 별들조차 숨을 죽이는 듯했다. 마치 다른 행성에서 맞이하는 우주 같았다. 빼곡하게 박힌 별들, 모든 침묵, 황홀한 밤이다.

맞은편에서 염소와 양, 소가 끊임없이 내려왔다. 이들은 겨울이 되면 아래로 내려갔다가 봄에 다시 올라온다고 했다. 마을을 지키는 건 몇몇 사람뿐, 이 계절엔 대부분 아래로 내려간다. 10월이면 우리네 추석처럼 네팔에도 큰 명절이 있다. 이때는 집집마다 염소 한 마리씩 잡는다. 돌포에서 키워진 염소는 포카라까지 가는 동안 모두 팔리는데 그 돈이 상당하다고 한다. 삼덴은 이곳 사람들이 카트만두에 집이 있을 정도로 부자라고 했다.

야영지는 틴제(Tinje 4,110m) 마을에서 떨어져 있었다. 오늘따라 마부의 표정이

이사 가는 양떼

좋지 않았다. 스텝들 중 누구 하나라도 표정이 좋지 않으면 불안했다. 삼덴과 마부는 긴히 할 말이 있는지 오랫동안 얘길 나눴다. 가끔 키친 텐트 안에서 큰 소리가 났다. 느낌이 좋지 않았지만 그저 별일이 없길 바랐다.

"오늘은 먼저 출발하세요."

"왜요, 무슨 일 있어요?"

"주방 아저씨와 마부 사이가 좋지 않아서 도와줘야 해요. 어제 둘이 싸웠어요."

네팔 사람들은 싸우지 않는 줄 알았는데 트레킹할 때 이런 일이 비일비재하단다. 국적을 떠나 사람이 오랜 시간 함께하는 건 힘든 일이다.

삼덴은 절대 다리를 건너지 말라고 했다. 나는 걱정 말라며 혼자서 씩씩하게 걸었다. 지프가 다닐 정도로 큰 길이라 길을 잃을 염려는 없어 보였다. 마침 앞서가는 네팔 사람들이 있어서 따라갔다. 생각 없이 따라가다 보니 다리도 건너게 됐다. 혹시나 싶어 언덕에 올라 지도를 봤다. 역시나, 다리를 건너지 않아야 했다. 큰일 날 뻔했네, 하고 내려서는데 삼덴이 보였다. 삼덴! 하고 소리치자 그가 걸음을 멈췄다.

"늦어서 미안해요."

"일은 잘 해결됐어요? 어제 무슨 일이 있었던 거예요?"

주방 아저씨는 큰소리치는 스타일이라 마부에게 잔소리를 많이 했다. 아저씨는 자기가 요리도 하고, 짐도 지고, 설거지도 하는데 마부가 하나도 돕지 않는다고 화를 냈다. 그때마다 마부는 당나귀만으로도 바쁘다며 말을 안 들었다. 아저씨는 마부가 밥 먹는 것까지도 잔소리를 했다. 그는 내가 먹는 양의 7배를 먹었다. 둘의 갈등은 멘도 캠프에서 출발할 때 최고조에 달했다. 화가 난 아저씨는 주방 기구를 모두 지고 가느라 힘들었고, 마부는 아저씨가 가버리는 바람에 혼자 키친 텐트를 걷어야 했다. 삼덴은 두 사람에게 우리가 이렇게 만난 것도 인연이고, 이러다 헤어지면 다시 못 볼 수도 있는데, 안 좋게 끝나면 되겠냐며 화해시켰다.

삼덴은 계속 마부가 오는지 확인했다. 간혹 어떤 마부는 기분이 좋지 않으면 짐을 버리고 도망간다고 했다. 다행히 마부는 금방 도착했다.

꽤 많이 걸은 것 같은데 멈출 기미가 보이지 않았다. 지도를 꺼내놓고 고민하자 마부가 가까운 곳에 야영지가 있다고 했다. 삼덴은 물어보기 전에 일정에 대해 어떤 조언도 하지 않았다. 자신의 임무는 정해진 일정에 따라 차질 없이 움직이는 것 뿐, 나머지는 손님이 원하는 대로 한다고 했다. 나는 하루를 더 추가해서 여유 있게 가기로 했다. 혼자 다닐 때 가장 큰 장점은 마음대로 일정과 코스를 변경할 수 있다는 점이다. 하지만 하루 늘어날 때마다 150달러(허가비와 인건비)가 추가되는 꼴이니 만만치는 않았다.

삼덴과 마부가 어디서 나무를 잔뜩 해왔다. 그동안은 국립공원이라 불을 피우지 못했는데 이제는 괜찮았다. 나무가 떨어지자 삼덴이 마부에게 나무를 가져오라고 했다. 삼덴은 마부가 아저씨 말은 안 들어도 자기 말은 잘 듣는다고 했다.

짐을 내리고 있는 마부와 당나귀

나는 계속 걷기로 했다

언제부터인가 나도 습관적으로 뒤돌아보면서 던이 오는지 살폈다. 저쪽에서 당나귀들 종소리가 들리면 왠지 반가웠다. 이제 던이 돌아갈 날도 멀지 않았다. 돌아가는 시간 만도 5~6일이나 걸린다는데 쉽지 않겠다.

여섯 번째 5천 급 고개인 몰라 라(Mola La 5,030m)를 넘었다. 거대한 산과 산 사이를 지나는 일은 경이로웠다. 고개를 넘을 때마다 풍경이 달라졌고 여전히 돌포는 황량했다. 인생이 산을 넘는 것과 같다면 아주 어렵지 않겠다는 생각을 한 적이 있었다. 하지만 이젠 그 산이 어떤 산이냐에 따라 다르다는 것을 알고 있다.

차르카 봇(Chharka Bhot 4,302m) 가기 전에 작은 야영지를 만났다. 작은 팀은 물이 있는 곳이라면 어디든 머물 수 있었고 마부는 매번 좋은 야영지를 찾아냈다. 돌포 트레킹은 내게 많은 즐거움을 주었다. 그중에서도 그림에나 나올 법한 야영지가 제일 마음에 들었다. 사는 동안 네팔에서 캠핑 트레킹을 할 줄 몰랐다. 전문가들이나 하는 줄 알았더니 별거 아니다. 트레킹은 설악산이나 지리산 종주할 실력이면 되고, 야영은 스텝들이 알아서 해주니 걱정이 없다.

산이 높은 곳에선 오후 3시만 넘어도 긴 그림자가 드리워졌다. 죽은 나무를 구해다가 낮부터 불을 피웠다. 불가에 앉아 마부와 함께 보리에서 돌을 골라냈다. 한 차례 싸락눈이 쏟아졌다. 누군가와 갈등이 없으니 마음이 편하다. 혼자여도 이렇게 즐겁고 좋을 수 있다는 것을 돌포에서 알았다. 어둠이 짙어지자 다시금 거대한 우주가 드러났다. 거울처럼 맑은 밤이다. 문득 내 생애 이토록 좋은 곳에서 다시 야영할 일이 있을까 싶었다.

차르카 봇 가기 전 야영지

마부와 함께 보리에서 돌을 골라내며(위).
눌룽숨다 카르카에서 야크 똥으로 불을 피우던 마부 던

입김이 하얗게 나왔다. 아침만 되
면 겨울이라는 게 실감났다. 날씨가 추
워지면서 하늘도 맑아졌다. 역시 뭔가
를 얻으려면 감수할 게 생겼다.

쉬는 동안 삼덴이 주변에 널려 있
는 쓰레기를 태웠다. 당나귀들은 멈추
기만 하면 풀을 뜯었다. 마치 중요한

이른 아침 야영지

사명이라도 되는 것처럼 열중했다. 주방 아저씨도 힘든지 잠시 걸음을 멈추었다. 쨍
한 날이라 눈이 부셨다.

눌룽숨다 카르카(Nulungsumda Kharka 4,987m)가 보였다. '숨다'는 계곡이 합
쳐지는 부분을 뜻한다. 먼저 도착한 스텝들이 벌써 키친 텐트를 설치했다. 가만 보
니 던이 내 텐트도 설치하는 중이다. 늘 삼덴 몫이었는데 이번엔 웬일로 마부가 힘
을 썼다.

점심 먹고 검정 비닐봉지를 들고 다니면서 야크 똥을 주웠다. 이 높은 곳에도
야크 똥 천지다. 던이 불러서 따라갔더니 허름한 건물 옆으로 야크 똥이 가득했다.
내가 좋아하자 그는 활짝 웃으며 자루에 야크 똥을 담았다. 부자가 된 기분이다.

아직 해가 남아 있었지만 4,900m가 넘는 곳이라 추웠다. 잘 마른 야크 똥은 금
방 타올랐고 화력도 좋았다. 삼덴은 여기서도 쓰레기를 줍느라 바빴다. 그는 돌아가
서 네팔 국립공원에 얘기하겠다며 사진도 찍었다. 던은 이런 날씨에도 맨발에 슬리
퍼가 전부였다. 마침 여분으로 가지고 다니던 양말이 있어서 그에게 줬다. 불을 쬐
면서 던에게 네팔 민요인 레쌈삐리리(Resam Phiriri)를 불러달라고 했다. 그는 수줍
게 노래를 불렀다. 그렇게 또 하루가 갔다.

　　7번째 5천 급 패스인 니와스 라(Niwas La 5,120m)에 도착했다. 마부는 저 아래 베리 콜라(Bheri Khola)부터 무스탕 지역이라고 했다. 2014년 10월 이곳에 폭설이 내려 안나푸르나, 돌포, 다울라기리, 무스탕 지역에서 40명 이상이 사망했다. 계곡 아래 무인대피소는 그때 생긴 것이라고 했다. 이곳은 주변에 큰 산이 많아 같은 높이라도 눈이 더 많이 온다고 했다.

　　돌포에서 넘어야 할 마지막 고개 중벤 라(Jungben La 5,550m)는 금방 나타났다. 아침부터 잔뜩 긴장을 하고 넘었더니 오히려 더 수월했다. 큰일을 해낸 것처럼 기쁘고 안심이 됐다. 삼덴과 하이파이브를 하고 처음으로 같이 기념사진을 찍었다. 무사히 이곳까지 오게 되어 감사했다.

　　중벤 라를 내려서면서 어마어마한 풍경에 놀랐다. 멀리 안나푸르나 토롱 라도 보였다. 그리고 어떤 곳과도 비교되지 않는 가파른 길을 내려가야 했다. 이렇게 무지막지한 길일 거라고는 상상도 못했다. 부스러진 돌무더기 사이를 걷는 동안 쭉쭉 미끄러졌다.

중벤 라 정상에서 삼덴과 함께

　　던은 캴룬파 콜라(Kyalunpa Khola) 다리 옆에 야영지를 잡았다. 협소한 장소라 억지로 텐트를 구겨넣은 것처럼 됐지만, 하룻밤 보내기엔 괜찮았다. 이제 남은 시간은 3일, 언제 가나 싶었는데 벌써 이만큼 지났다.

　"저는 다시 태어나면 여자로 태어나고 싶어요."

　"왜요? 남자들은 여자로 태어나는 거 좋아하지 않잖아요."

　"여자로 태어나면 어머니에게 받은 사랑 그대로 자식들에게 돌려주고 싶어요."

중벤 라를 내려가면서

　그 말을 듣는 순간 삼덴을 다시 보게 됐다. 남자들이 그런 생각을 하기 쉽지 않은데, 삼덴은 어머니가 잘 키워주신 듯했다.

　고개에 올라서자 안나푸르나 토롱 라(Thorong La 5,415m)와 묵티나트 (Mulktinath 3,760m)가 한눈에 들어왔다. 전에 묵티나트에서 이곳을 본 적이 있었는데 지금 내가 그곳에 서 있다. 무언가의 끝은 무언가의 시작이다. 삶이 예측한 대로 흘러가진 않지만 삶의 바람은 제 나름의 방향을 가지고 있다. 간혹 멈추기도 하고 돌풍이 불긴 해도 바람이 가는 길은 이미 정해져 있는지도 모른다.

　마지막 날이라 그런지 스텝들 표정이 다른 때보다 밝았다. 좀솜(Jomsom 2,720m)에서 생닭 두 마리를 사서 마르파(Marpha 2,670m)까지 걸어갔다. 마부는 다른 팀 마부들과 금방 돌아갈 거라고 했다. 삼덴은 마부를 위해 닭고기가 들어간 점심을 했다. 나는 마부에게 약간의 팁과 간식을 챙겨주며 악수를 했다. 그리고 언젠가 다시 만날 수 있기를 바랐다.*

---

*　이후 다울라기리 트레킹으로 이어지지만 GHT와 무관한 곳이라 생략한다. 훗날 마부는 다시 만나게 된다.

고개에 올라서자 만난 안나푸르나 토롱 라

2장

가네시 히말 지역
Ganesh Himal Area

가네시 히말은 마나슬루(Manaslu 8,163m)와 랑탕(Langtang) 사이에 위치하며, 총 7개의 봉우리로 구성되어 있다. '가네시'는 힌두교에서 신성시하는 곳으로 지혜와 행운의 신이자, 역경을 이기게 하는 힌두신이다. 이 지역은 로지가 없는 곳이 많아 야영이나 홈스테이로 진행해야 한다. 길은 지역 주민에서 물어서 갈 수 있을 정도로 어렵지 않다.

· 진행 경로 ·
· 현지 버스 : 카트만두 – 샤브루베시
· 샤브루베시 – 가트랑 – 솜당 – 팡산 패스 – 망갈 반쟝 – 야르사 – 마차콜라

86.5킬로미터 143,234걸음

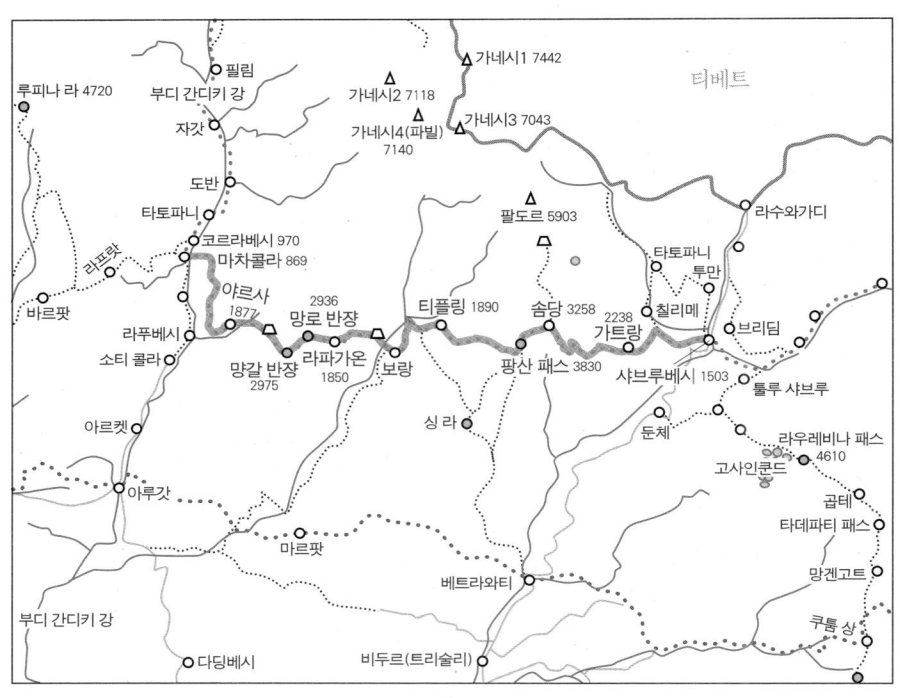

루피나 라 4720

필림

부디 간디키 강

자갓

가네시1 7442

가네시2 7118

가네시4(파빌)
7140

가네시3 7043

티베트

도반

타토파니

라수와가디

라프랏

코르라베시 970

마차콜라 869

팔도르 5903

타토파니
투만

바르팟

야르사
1877

2936

망로 반쟝

티플링 1890

솜당 3258

2238

칠리메

브리딤

라푸베시

라파가온
1850

솔라

망갈 반쟝
2975

보랑

팡산 패스 3830

가트랑

샤브루베시 1503

툴루 샤브루

아르켓

싱 라

둔체

라우레비나 패스
4610

아루갓

고사인쿤드

곱테

마르팟

타데파티 패스

망겐고트

부디 간디키 강

베트라와티

쿠톰 상

다딩베시

비두르(트리슐리)

돌포 트레킹을 끝내고 어디로 갈까 고민하다가 가네시 히말부터 시작하기로 했다. 이 코스는 알려진 곳이 아니라서 로지가 없는 곳이 많았다. 대개는 야영을 하지만 나는 홈스테이로 진행하기로 했다. 노숙을 해야 하는 상황이 생길지 몰라 취사 도구와 약간의 식량도 챙겼다. 정글에서 산적이 나올 수 있다는 말에 걱정됐지만 현지에서 해결하기로 했다.

우리 팀은 조촐했다. 카트만두에서 인연이 된 김언니, 돌포에서 같이 걸었던 삼덴, 포터 펨바와 락바 아저씨가 전부다. 세 명 모두 클라이밍 셰르파 경력이 있는 사람들이라 든든했다. 대부분은 샤브루베시(Syabrubesi 1,503m)에서 랑탕으로 가지만 우린 가네시 히말로 향했다. 시작부터 가파른 오르막길이라 땀이 줄줄 흘렀다. 스텝들도 이쪽은 처음이라 현지인에 길을 물어서 갔다.

볕이 좋아 바깥에서 점심을 먹었다. 아직 고도를 높이기 전이라 맥주도 한 잔 했다. 문득 네팔어를 배워야겠다는 생각에 삼덴을 불렀다. 네팔어는 우리와 어순이 같아서 단어만 조합해도 뜻이 통했다. 점심으로 나온 피자가 너무 맛이 없어서 즉석에서 배운 말을 써먹었다.

"미토 처이나." (맛없어요.)

옆에서 펨바가 웃었다. 그는 웃는 게 장난꾸러기 아이처럼 귀여웠다.

가트랑(Gatlang 2,238m)은 따망족이 사는 마을로 우리와 외모가 비슷했다. 이

가트랑 마을

가트랑 곰파

주변은 '따망 문화 탐방' 지역이라 여기까지만 오는 트레커들도 있었다. 랑탕과 연계해서 다녀가도 좋을 곳이다.

입김을 내뱉으며 마을을 벗어났다. 집마다 피어오르는 아침 연기가 정겨운 시골 느낌이다. 가트랑에서 50분 정도 올라가자 넓은 장소가 나타났다. 파르바티 (Parvati) 신의 호수인 파르바티 쿤드(Parvati Kund)다. 파르바티는 아름다운 힌두신으로 남편은 파괴의 신인 시바신이다. 이들 사이에 태어난 아들이 가네시(Ganesh)로 그는 아버지 없이 자랐다. 어느 날 어머니가 목욕하고 있을 때 시바신이 찾아왔다. 가네시는 아버지인 줄 모르고 그를 막았고, 그는 아들인 줄 모르고 목을 쳤다. 나중에 크게 후회한 시바신이 가네시의 몸에 코끼리 머리를 붙여주었다.

가트랑 곰파(Gatlang Gompa)는 힌두교 사원이지만 티베트 불교인 룽따와 타르초가 많았다. 네팔은 80%가 힌두교이며 고산에 사는 10% 정도만 티베트 불교다. 이 나라에선 사람보다 신이 많다고 할 정도로 다양한 신을 섬긴다. 신에 대한 경외심이 깊으며 종교가 다르다고 배척하지 않는다. 힌두교 사원에 불상이 있거나 불교 사원에 힌두신이 있는 일도 있다. 종교가 달라도 같은 사원에서 기도를 올리거나 같은 신을 섬기기도 한다.

가네시 히말에서 로지라고 부를 수 있는 곳은 솜당(Somdang 3,258m)이 마지막이다. 마을은 크지 않았지만 팔도르 피크(Paldor Peak 5,896m)를 찾는 사람들이 종종 오는 듯했다. 우리는 솜당에 짐을 풀었다. 삼덴이 창 위에 맑게 뜬 부분인 니가르(Nigar)를 가져왔다. 막걸리의 맑은 부분과 비슷해서 창보다 맛이 좋았다. 저녁엔 티베트식 수제비인 덴뚝(Thentuk)에 건조김치를 풀어서 김치수제비를 만들어 먹었다.

"디디 나마스테!"

팡산 패스(Pangsan Pass 3,830m)에 도착하자 껄렁하게 생긴 네팔 남자가 인사를 했다. '디디'는 손위 여자에게 부르는 호칭으로 누나, 언니라는 뜻이다. 나마스테(Namaste)는 인도와 네팔에서 주고받는 인사말로, '내 안의 신이 당신 안의 신께 경배합니다'라는 의미다. 남자는 내가 한국인이라고 했는데도 자꾸 일본어로 물어봤다. 대답이 궁해서 계속 무시해도 끈질기게 질문을 해댔다. 그래서 그간 배운 네팔어를 해봤다.

"팡산 패스 티플링 람므러 처?" (팡산 패스 티플링 멋져요?)

"람므러 처! 람므러 처!" (멋져요! 멋져요!)

근처에 있던 다른 네팔 사람들도 덩달아 람므러 처, 하며 동의했다.

라와둥(Lawadung)에 도착해서 유일하게 홈스테이 하는 집을 찾아갔다. 우리를 보러 온 동네 아이들은 똘망똘망한 눈망울에 호기심이 가득했다. 카메라를 들고 나가자 서로 킥킥댔다. 한 명씩 찍어서 보여주었더니 자기 사진이 나올 때마다 까르르 웃었다. 네팔 민요인 레쌈삐리리를 틀자 아이들은 숨이 넘어갈 정도로 웃으며 춤을 췄다.

라와둥의 동네 아이들

나는 계속 걷기로 했다

가네시 히말

간밤엔 무척 시끄러웠다. 마을 사람들이 늦게까지 찾아와서 얘기를 나눴고, 개는 밤새도록 짖었다. 천장에서는 쥐들이 달리기 시합을 했고, 새벽엔 수탉이 목청을 뽐냈다. 삼덴과 펨바가 심혈을 기울여 아침을 준비했다. 잘 반죽된 밀가루를 뜯어넣으며 수제비를 만들었다. 두 사람의 손맛에 건조김치까지 풀었더니 먹음직했다.

마을 황금들판은 보리나 벼가 아니었다. 똥바(빨대로 마시는 티베트 전통술) 만드는 재료인 꼬도(기장)였다. 고개를 하나 넘을 때마다 거머리 주름 같은 계단식 논밭이 나타났다. 비탈진 곳을 일구기 위해 얼마나 애를 썼을지 산악 마을을 지날 때마다 경이로웠다.

찰리세가온(Chalisegaon 1,920m)에서도 홈스테이를 했다. 그들은 우리가 도착하자 창고처럼 어질러 있는 방을 정리해줬다. 펨바와 락파 아저씨는 마을 식수장에서 팬티만 입고 샤워를 했다. 김언니와 나도 그냥 있을 수 없어서 반팔, 반바지를 입고 나갔다. 동네 여인네들이 빨래하는 통에 복잡했지만 고맙게도 한 명이 자리를 내줬다. 일단 빨래부터 한 후 단단히 마음먹고 폭포수처럼 떨어지는 물 아래 앉았다. 마을 여인들이 수줍게 웃자 괜히 쑥스러웠다. 이곳 여인들은 긴 천을 두르고 목욕하는데 내가 너무 과감했던 모양이다.

쥐들이 찍찍대고 돌아다니는 통에 잠을 못 잤다. 천장이 따로 없는 방이라 녀석들이 벽을 타고 돌아다녔다. 잠들 만하면 찍찍거리고 우당탕 소리를 내서 금방 깼다. 가장 두려웠던 건 침낭에 똥을 싸거나 얼굴 위로 지나가는 거였다.

황금빛으로 물든 꼬도가 자라는 들판

고개를 넘을 때마다 나타난 계단식 논밭

마치 당연하다는 듯 가파른 아침이 시작됐다. 숨을 내쉬며 마을을 바라보았다. 언제부터인가 내가 이곳에 있음이 그냥 좋아졌다. 무엇을 해서도 아닌 그저 걷기만 하고 있는데도 편안하고 행복했다. 뭘 하든 시간은 가겠지만 이렇게 보내는 시간이 좋았다. 사람에 대해 원망하던 시간도 있었지만 이제는 이해할 수 있을 것 같았다. 시간은 분명 약이 됐다.

라파가온(Lapagaon 1,850m)은 지나온 마을 중에서 가장 컸다. 우리가 지나가자 다들 쳐다봤다. 어떤 남자는 창문에서 "헬로" 하며 인사를 건네기도 했다. 어제 유럽 남자들이 머물렀다는 방은 진한 화장품 냄새로 가득했다. 벽도 창문도 참으로 열악한 방, 차마 이불을 덮을 수 없어서 침낭을 꺼냈다.

벽도 창문도 열악한 방(위). 큰 나무토막을 지고가는 여인들

가장 어려운 길을 통과해야 하는 날이 왔다. 이 길은 마을 사람들도 제대로 알지 못했다. 삼덴이 물어보는 사람마다 다르게 알려줬다. 라파가온에서 야르사(Yarsa 1,877m)로 가는 길은 정글 지대다. 먼저 다녀온 사람은 정글에 산적이 있을지 모르고 현지인이 아니면 길 찾기가 어렵다고 했다. 하지만 마을 사람들은 산적 얘기를 하지 않았고 우리는 스텝들만으로도 길을 잘 찾았다.

동네 주민들은 키보다 훨씬 큰 나무토막을 이마와 등을 이용해 날랐다. 보기에도 무거울 것 같

나는 계속 걷기로 했다

은데 그걸 지고 산을 넘어 다녔다. 그중엔 여자도 많았다. 젊은 여인이 무거워서 일어나지 못하자 삼덴이 잡아주었다. 저리 어린 여자도 무지막지한 노동을 해야 한다니 마음이 짠했다. 삼덴에게 이들 하루 인건비가 얼만지 물어봐달라고 했더니, 여자나 남자나 600루피(약 6,400원)라고 했다. 누군가의 집을 짓기 위해, 누군가는 나무를 베고, 또 누군가는 이렇게 일일이 지고 가야 했다.

먕갈 반쟝(Myangal Bhanjyang 2,975m) 가는 길은 가네시 히말에서 최고 조망터다. 주변에 랄리구라스가 많아서 봄에 오면 좋겠다. 야르사까지는 현지인들마다 말이 달랐지만 먼 거리임에 분명했다. 거리도 거리지만 오르내리막이 심해서 체력 소모가 컸다. 먕갈 반쟝부터는 엄청난 내리막길에 갈림길도 자주 나왔다. 그때마다 스텝들은 귀신같이 길을 찾아서 뒷사람이 따라올 수 있게 화살표 표시를 했다. 발길이 뜸한 곳이라 묵은 길도 많았고 정글답게 바닥이 축축해서 미끄러웠다. 길이 쏟아진다는 표현이 딱 맞았다. 힘든 길이라고 한 이유가 있었다.

가네시 히말

현지인들과 럭시를 마시며

걸으면서 김언니에게 20대로 다시 돌아가고 싶은지 물었다. 언니는 그럴 수 있다면 더 열심히 돌아다닐 거라고 했다. 삼덴도 20대로 돌아가고 싶다고 했다. 어릴 때는 걱정이 없었지만 지금은 결혼해서 책임감 때문에 힘들다고 했다. 네팔 남자들도 우리나라 남자들 못잖게 책임감이 컸다. 나는 20대에 직장 다니며 주말마다 산을 찾았다. 하지만 질풍노도의 시기를 그때 겪었기 때문에 돌아가고 싶지는 않다. 그 시절 젊음보다 하고 싶은 것을 하고 있는 지금이 더 좋다.

야르샤까지 10시간 넘게 걸었지만 뿌듯했다. 너무 늦지 않게, 너무 차이 나지 않게 무사히 도착해서 기뻤다. 마을에 로지가 없다고 해서 삼덴과 펨바가 여기저기 알아보러 다녔다. 다행히 방을 내주겠다는 집이 있었다. 그들은 자신들이 자던 방을 내주며 이불까지 모두 바꿔줬다. 바닥에는 흰색 방수포 같은 자리를 깔아주었다.

펨바와 락파 아저씨를 찾았더니 현지인들과 럭시(전통 증류주)를 마시고 있었다. 이 좋을 걸 자기들끼리만 마시고 있다니 나도 그들 틈에 끼어 한 잔 받았다. 그리고 남은 쥐포를 꺼내다가 모두와 나눠 먹었다. 주인 여자는 콩을 볶아서 안주로 냈다. 술을 마시지 않는 삼덴도 꼈다. 내일은 가네시 히말이 끝나는 날이자 마나슬루가 시작되는 날이다. 김언니와 나는 침대에서 자고 스텝들은 바닥에서 침낭을 덮고 잤다.

아침엔 남은 건조김치로 국을 끓여서 밥을 말아 먹었다. 염소 한 마리는 뭐가 그리 신기한지 우리 방에 들어와 기웃거렸다.

까시가온(Kashigaon)에서 내려가는 길은 흐릿했다. 이곳 사람들도 잘 다니지 않는 길이라고 했다. 무성하게 자란 풀이 길을 덮었고, 아직 해가 들지 않는 곳은 물기가 남아 미끄러웠다. 길이 끊긴 곳이 있어 돌아가기도 했다.

"누나, 이제 우리 헤어지겠네요. 안나푸르나 틸리초 가는 길은 위험하니까 조심하세요."

"고마워요, 조심할게요."

"만약에 네팔 히말라야 횡단을 다 하면 네팔에 오지 않을 거예요?"

"그건 몰라요. 가봐야 알죠. 아직 일어나지도 않은 일을 어떻게 알겠어요."

삼덴과는 무려 50일을 걸었다. 한 사람과 그토록 오래 걸어본 적은 처음이다.

앞으로 우리가 걷게 될 마나슬루 길이 보였다. 다리를 건너면 가네시 히말은 끝나게 된다. 끝은 시작이기도 했다. 열흘도 되지 않는 짧은 시간이었지만 소중한 추억이 됐다. 멋진 풍경만 고집하다가 소박한 풍경을 보며 걷는 즐거움을 알게 된 곳이기도 하다. 누군가 다시 그곳에 가자고 하면 아마도 나는 흔쾌히 그러자고 대답할 것 같다. 어쩌면 아쉬움이 남을지도 모를, 다시 이어질 길과 그 길에 대한 기대감, 길은 삶이다.

마나슬루 가는 길

3장

마나슬루 지역
Manaslu Area

마나슬루(Manaslu 8,163m)는 세계에서 여덟 번째 높은 산이다. 산스크리트어로 영혼이라는 '마나사(Manasa)'와 땅이라는 '룽(Lung)'이 합쳐진 말로 '영혼의 땅'이라는 뜻이다. 티베트어로는 '간푼겐'이라고 하며 '눈의 어깨'라는 뜻을 가지고 있다.

마나슬루 트레킹은 티베트 국경과 가깝다. 마나슬루 트랙과 함께 북쪽 춤 계곡(Chum Valley)까지 포함해 트레킹을 하면 좋다. 특히 마나슬루 베이스캠프(Manaslu BC 4,400m)와 '왕의 호수'라는 뜻의 비렌드라 호수(Birendra Tal)는 이 지역 꽃이라 할 수 있다.

· 진행 경로 ·
· 자갓 – 춤 계곡 – 사마 – 마나슬루 베이스캠프 – 라르캬 라 – 빔탕 – 다라파니

221.4킬로미터 351,386걸음

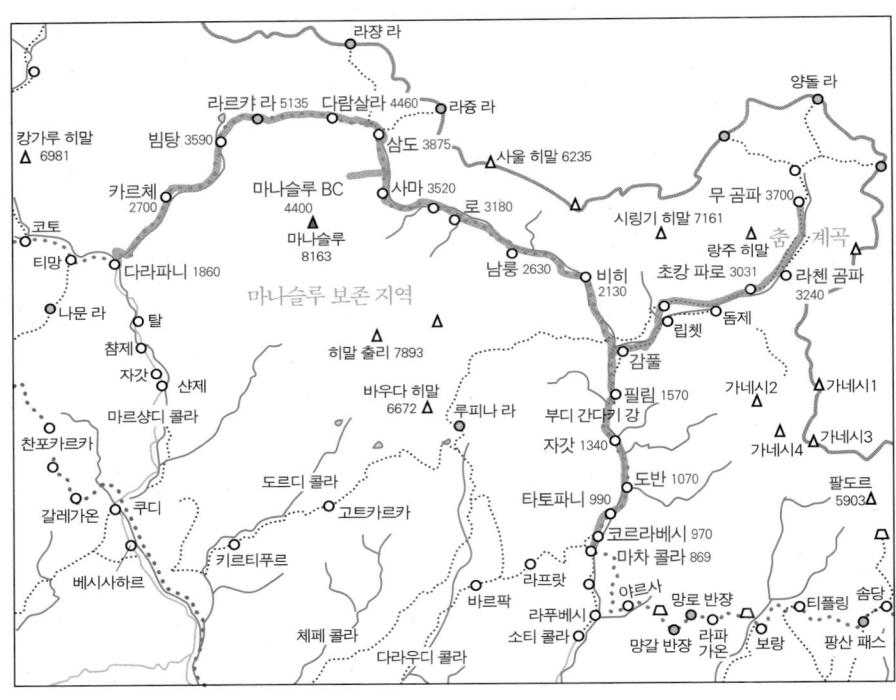

라장 라

양돌 라

라르캬 라 5135 다람살라 4460 라쥼 라

빔탕 3590 삼도 3875 사울 히말 6235

캉가루 히말 카르체 마나슬루 BC 사마 3520 무 곰파 3700
6981 2700 4400 로 3180 시링기 히말 7161 춤 계곡

코토 마나슬루 남룽 2630 랑주 히말 라첸 곰파
8163 초캉 파로 3031 3240
티망 다라파니 1860 비히 돔제
나문 라 마나슬루 보존 지역 2130 립쳇
탈 히말 출리 7893 감풀
참제 가네시2 가네시1
자갓 산제 바우다 히말 필림 1570
마르샹디 콜라 6672 루피나 라 가네시4 가네시3
찬포카르카 부디 간다키 강
도르디 콜라 자갓 1340 팔도르
갈레가온 쿠디 고트카르카 5903
키르티푸르 타토파니 990 도반 1070
베시사하르 코르라베시 970
바르팍 라프랏 마차 콜라 869 솜당
체페 콜라 야르사 티플링
다라우디 콜라 소티 콜라 망로 반장 보랑
라푸베시 망갈 반장 라파 팡산 패스
가온

춤 계곡, 나그네의 삭발

마을 이름에 파니(Pani)가 들어간 곳은 물과 관련된 곳이다. 타토파니(Tatopani)는 따뜻한 물, 치소파니(Chisopani)는 차가운 물, 타다파니(Tadapani)는 먼 곳의 물, 고라파니(Ghorapani)는 말이 먹는 물이다. 그리고 타토파니에는 꼭 온천이 있다.

타토파니(Tatopani 990m) 로지에 점심을 주문했더니 스텝들이 총출동해서 음식을 했다. 삼덴이 요리하고, 펨바가 세팅하고, 락파 아저씨는 거들었다. 사우니(여주인)는 당연한 것처럼 아무것도 하지 않았다. 김언니는 마카로니를, 나는 감자튀김을 주문했다. 감자튀김은 핑거 칩스(Finger Chips) 또는 프렌치 프라이(French fried)로 주문해야 했다. 프라이 포테이토(Fried Potato)를 주문하면 감자볶음이 나왔다. 핑거 칩스는 메뉴판에 없는 경우도 있지만 주문서에 적으면 알아서 해줬다.

지금까지 함께했던 삼덴은 여기서 내려갔다. 그는 위험 지역이라 생각했던 가네시 히말에서만 필요했던 거다. 이제부터 가이드 역할은 펨바 몫이 됐다.

감풀에서 마나슬루 트랙과 춤 계곡(Chum Valley) 길이 갈라졌다. 이제부터 우리는 춤 계곡으로 들어가서 무 곰파까지 갔다가 다시 나오게 될 거다. 춤 계곡은 마나슬루 트랙에서 벗어난 곳이지만 어떤 곳인지 궁금해서 가보기로 했다.

현지에 적응한다는 건 선호하는 음식이 생긴다는 것과 같은 말일지도 모른다. 아침마다 거의 티베탄 브레드(Tibetan Bread)에 밀크티를 마셨다. 티베탄 브레드엔 꼭 꿀을 추가했고 밀크티엔 설탕을 듬뿍 넣었다. 네팔 설탕은 정제되지 않아 천일염처럼 알갱이로 되어 있다. 덜 달고 유기농이라 일부러 퍼먹는 사람도 있다.

햇살이 들지 않는 길은 손이 곱을 정도로 추웠다. 가네시 히말도 오늘따라 파랗게 질려 보였다. 걷다 보면 단순한 것들에 행복을 느낄 때가 많다. 목마를 때 마시는 물, 배고플 때 먹을 수 있는 음식, 걷는 동안 뒤가 무겁지 않은 것, 양치질을 할 수 있는 물 한 컵, 몸을 뉠 수 있는 삐걱거리는 침대, 세수를 할 수 있는 물티슈 한 장이면 하루가 만족스럽다. 생각해보면 특별한 목적이 있는 여행도 아니다. 그저 순례자처럼 묵묵히 걷고만 있다. 왜 왔냐고 묻는다면 대답이 궁해진다. 적절한 대답을 찾아낸다 하더라도 얼마든지 변할 수 있는 게 이유가 아닐까.

길에서 마주친 여인들이 "따시델레" 하며 지나갔다. 따시델레는 '행운, 행복'을 뜻하는 말로 상대방을 축복하는 티베트 인사다. 이제 막 말을 시작하는 아이도 어설픈 발음으로 몇 번이나 인사를 했다. 수줍게 웃으며 인사를 건네는 모습을 보면 덩달아 마음이 따뜻해진다.

초르텐(불탑)이 보이면 마을이 가까워졌다는 뜻이다. 이제 가네시 히말도 멀어졌다. 닐레(Nyile 3,361m)에 도착한 사람들은 모두 같은 로지에 묵었다. 우리 방은 해가 잘 들었지만 창밖으로 바람소리가 살벌했다. 바람은 낮과 밤을 가리지 않고 괴상한 소리를 냈다.

언덕 위 무 곰파(Mu Gompa 3,700m)가 까마득하게 보였다. 저곳에서 아침을 맞이했다면 어땠을까. 나중에 알았지만 무 곰파에서도 숙식이 가능했다. 진즉에 알았다면 좋았을 텐데 정보의 부재는 귀한 경험을 놓치게 했다. 무 곰파는 차나 간단한 먹거리도 판매했다.

하산하는 길에 라첸 곰파(Rachen Gompa 3,240m)에 들렀다. 사원은 밖에서 보는 것보다 규모가 컸다. 큰 법당을 가운데 두고 기숙사 같은 건물이 둘러쌌다. 이곳에 대한 정보가 전혀 없었지만 비구니 절일 것 같은 느낌이 들었다. 펨바에게 물어보니 정말 그랬다. 왠지 머리를 밀고 싶었다. 말 떨어지기가 무섭게 김언니가 비구니 스님께 허락을 받아냈다. 충동적으로 뱉은 말이었는데 순식간에 일이 벌어졌다. 네팔에 오기 전 서른아홉 기념으로 삭발을 했다. 그게 6개월 전이었다. 스님은 머리부터 감으라며 물을 데워주고 샴푸도 내주셨다. 그리고 면도칼을 새로 바꾼 후 담담

하게 머리를 밀어주셨다.

벌써 9년이나 된 일이다. 날마다 집에서 108배를 하던 때가 있었다. 그러다 어느 날 지리산 화엄사에서 홀로 삼천 배를 했다. 남들이 말하는 울컥함을 느끼고 싶었지만 아무렇지 않았다. 기대했던 삼천 배는 싱겁게 끝났다. 이제는 그날처럼 삼천 배를 해도 지금처럼 머리를 밀어도 낯설지 않다. 늘 하던 일을 하는 것처럼 덤덤하다.

스님은 머리를 다 밀고 다시 물을 데워주셨다. 머리칼이 한 올도 남지 않은 머리통은 사포처럼 까끌까끌했다. 감사의 표현을 하고 싶어서 약간의 돈을 드렸더니 손사래를 치며 사양하셨다. 할 수 없이 그분 주머니에 억지로 넣어드렸다. 뭐든 처음에 마음먹기 어려워서 그렇지 처음이 지나면 아무렇지 않은 것들이 많다.

라첸 곰파에서 라마가온은 코앞이라 금방이다. 마을에서 마주친 동네 주민들이 나를 뚫어져라 쳐다봤다. 눈이 마주치면 자기 머리를 만지며 밀었다는 시늉을 했다. 그럼 나도 그대로 따라하면서 라첸 곰파를 가리켰다. 마을 여인들은 환하게 웃으며 라마(승려)냐고 묻기도 했다.

저녁이 찾아왔다. 사포처럼 만져지는 머리가 어색하면서도 편했다. 김언니는 한 번 만져보자며 머리통을 쓰다듬었다. 언니가 여행 중에 만난 어떤 여인도 네팔에서 머리를 밀었다고 했다. 그 여인은 인도에서 한 스님을 만나 한국에서 출가했다고 한다. 사람 일이라는 게 다 인연이다.

삭발해주신 라첸 곰파의 스님과 함께

나는 계속 걷기로 했다

어느덧 11월 중순이다. 9월 중순에 트레킹을 시작했으니 꽤 오랜 시간이 흘렀다. 날씨가 추워지는 걸 보니 11월 중순 이후가 왜 비수기로 들어가는지 이해됐다.

남룽(Namrung 2,630m)은 고산족인 라마족과 구릉족이 사는 마을이다. 라마는 라마교를 의미하기도 하지만 티베트에서 이주해온 마나슬루 사람을 말하기도 한다. 이곳은 산골 오지임에도 잘 정비돼 보였다. 전기도 들어오고 인터넷도 됐다. 덕분에 오랜만에 바깥소식에 빠져서 시간가는 줄 몰랐다.

로(Lho 3,180m)가 보이기 시작하자 그 뒤로 거대한 흰 산이 드러났다. 세계에서 여덟 번째로 높은 봉우리 마나슬루(Manaslu 8,163m)다. 워낙 깊은 곳이라 이제야 모습을 보여줬다. 마을을 지나는 동안 동네 아이들이 사탕을 달라고 쫓아왔다. 일부러 모른 척하고 걸었더니 아이 하나가 돌을 던지려 했다. 순간 화가 나서 나도 모르게 "야!" 하고 소리를 질렀다. 보고 있던 아이 엄마가 녀석들을 혼냈다. 저 꼬마들이 사탕을 얻기 위해 방법을 가리지 않는다고 생각하니 무서웠다. 나중에 크면 아이들 눈에 외국인이 어떻게 보일지. 아이들이 그렇게 된 건 여행자들의 잘못이 제일 크겠지만 씁쓸했다.

숨을 고르며 샬라(Shyala 3,500m)에 도착하자 사방이 확 트였다. 보이는 곳 모두 7천 급 이상의 봉우리다. 거대한 산으로 완벽하게 둘러싸인 곳이다. 히말라야를 두고 '신들의 영역', '신들의 정원'이라고도 하는데 정말 그랬다. 신들이 인간을 굽어보고 있는 듯함, 어디를 둘러봐도 신(神)밖에 없었다.

사마(Sama 3,520m)는 그야말로 마나슬루 품에 자리 잡고 있었다. 지도를 보

로에서 바라본 마나슬루

사마가온 가는 길

마나슬루 빙하

면 꽤나 외진 곳처럼 보이는데 실제로는 무척 큰 마을이다. 우린 여기서 머물기로 했다.

아침 햇살에 빛나는 마나슬루 위용은 대단했다. 파란 하늘 아래 우뚝 솟은 주봉과 동봉에서 묘한 균형이 느껴졌다. 산은 가까이 갈수록 더욱 근사한 자태를 드러냈다. 마나슬루는 산스크리트어로 '영혼의 산'이라는 뜻이지만, 뾰족한 봉우리 때문에 '악마의 뿔'로 불리기도 한다. 넋 놓고 보는 순간 우르릉 소리를 내며 빙하 일부가 쏟아졌다. 맑은 날이 아니었다면 무서울 법한 소리다. 산 정상에서는 바람이 불 때마다 신의 흰 옷자락이 펄럭였다. 마나슬루 정상은 기술적 난이도는 높지 않지만 베이스캠프(4군데)를 지날 때마다 눈사태와 붕괴 위험이 있다고 한다. 그래서 정상 등반이 어려운 곳 중 하나다.

우리는 삼도와 갈라지는 길에서 왼쪽으로 들어섰다. 베이스캠프 가는 길은 종아리가 뻑뻑해질 정도로 가파른 오르막이다. 금방 갈 것 같은데 가도 가도 끝이 없다. 대기가 투명하고 깨끗한 곳이라 거리가 짐작되지 않았다.

가까이에서 본 마나슬루 빙하는 엄청났다. 아가리를 쩍 벌리고 있는 거대 빙하는 낯선 짐승을 보고 있는 것처럼 기괴했다. 크기는 가늠조차 되지 않았다. 마치 신이 악마를 품고 있는 것처럼 보였다. 늘 빙하를 올려다보기만 했는데 내려다보고 있으니 기분이 묘했다.

마나슬루 베이스캠프(Manaslu BC 4,400m)에서 바라보는 사마가온과 비렌드라 호수는 최고였다. 여기에 오지 않았다면 두고두고 후회할 뻔했다. 감히 이곳의 꽃이라 말할 정도로 근사했다. 내려가는 길에는 비렌드라 호수(Birendra Tal)에 들렀다. 마나슬루 빙하가 녹아서 만들어낸 비렌드라 호수, 멀리서 보던 것보다 멋졌다. 비렌드라는 네팔 국왕의 이름을 따서 붙여진 이름이다. 호수를 보고 있자니 저녁에 도착한 게 아쉬웠다. 마나슬루 베이스캠프도 완벽하게 좋았지만 왠지 비렌드라 호수에 더 끌렸다.

이른 아침, 혼자 비렌드라 호수에 도착했을 땐 아무도 없었다. 모자를 벗고 수많은 돌탑 사이에 앉았다. 여기 있음이 평온했다. 어느 곳에 나만의 돌탑을 쌓았다. 바람이 불고 눈이 쏟아져도 쓰러지지 않길 바라면서 신중하게 돌을 올렸다. 무엇을 빌기 위해서가 아닌 지금까지 잘 걸은 것에 대한 고마움이다. 바람도 흔한 새소리도 없이 모든 것이 정지된 듯 고요했다. 생각을 벗어난 상상에선 어느 여인이 발가벗고 호수로 들어가 생을 마감하기도 했다. 죽고 싶을 만큼 아름다운 곳인지, 죽고 싶지 않을 만큼 아름다운 곳인지. 지금 내 눈앞에서 그런 광경이 벌어지고 있더라도 그저 바라보고만 있을 듯했다.

마나슬루는 이미 호수 안에 있었다. 물에 비친 하늘과 흰 산은 또 하나의 우주가 되었다. 나는 신의 물가에 비친 산을 하염없이 바라보았다. 뚜렷한 반영은 저 안이 진짜인 것 같은 착각이 들게 했다. 위치가 변할 때마다 호수에 비치는 산도 변했다. 배낭을 내려놓고 호수 가장자리에 앉아 또 한참을 있었다. 얼음장처럼 차가운 물에 손을 씻었다. 신의 물가에서 홀로 보낸 시간은 고요하고 아름다웠다.

전날 봐둔 길을 따라 삼도(Samdo 3,875m)로 향했다. 좁은 길에선 돌담을 넘고, 길이 없는 곳에선 가시에 찔리며 나뭇가지를 걷어냈다. 그러다 소가 다녔을 법한 길을 몇 차례 바꿔가며 한 여인을 따라갔다. "따시델레" 인사를 하자 여인이 환하게 웃으며 길을 비켜줬다.

길을 몰랐지만 아는 사람처럼 걸었다. 인사를 하듯 자주 뒤돌아보았다. 바람이 불자 신의 새하얀 머리칼이 휘날렸다. 제각각 이름을 가지고 있는 히말라야가 가는 내내 호위해줬다. 혼자 걷는 게 이렇게 좋을 수도 있었다. 네팔 땅에선 늘 스텝들과 다니다가

나만의 돌탑

나는 계속 걷기로 했다

비렌드라 호수에 비친 마나슬루

홀로 걷는 즐거움을 잊고 있었다. 바람이 많이 불었다. 잠시 배낭을 내려놓기도 했지만 물만 마실 뿐 오래 쉬지 않았다.

더 가도 상관없다는 마음으로 걸었더니 어느새 언덕까지 올라와버렸다. 마음의 기대를 반쯤 꺾어놓는 것, 때론 기대가 죄가 되기도 한다. 조금 더 올라서자 그제야 삼도가 보였다. 건물이 제법 많았다. 저쪽에서 나를 발견한 펨바가 손을 흔들었다. 혼자 가겠다고 해서 보내긴 했는데 잘 찾아올지 걱정이 됐나 보다. 삼도는 국경이 코앞인 곳이라 티베트 문화를 유지하고 있었다. 삼도뿐만 아니라 티베트 국경 가까이 사는 마을 대부분이 그랬다.

로지 트레킹이 가능한 곳 중에서 가장 열악한 숙소, 가장 맛없는 음식, 가장 비싼 곳이 마나슬루가 아닐까 싶다. 이곳에는 너무하다 싶을 정도로 안 좋은 곳이 종종 있는데 특히 다람살라가 최고다. 성수기 때는 몇 백 명이 먹고 잔다고 한다. 방은 대략 6~7개 정도 되는 듯했다. 우리는 일찍 도착해서 방을 배정받을 수 있었다. 방이 바깥보다 더 추워서 양지바른 곳에 앉아 음악을 듣거나 일기를 썼다. 5천 급 고개를 앞둔 다람살라는 너무나 평화로웠다. 사람들은 양지바른 곳에 앉아 해바라기를 하거나 고산 적응을 위해 근처 언덕을 오르기도 했다.

새벽 3시 반, 불빛이라곤 별과 랜턴 불빛이 전부다. 우린 짐

다람살라의 열악한 숙소

나는 계속 걷기로 했다

부터 꾸려놓고 식당으로 향했다. 백인들은 몇 시에 식사를 시작했는지 벌써 출발하고 있었다. 아침을 든든하게 먹을 생각에 참치, 달걀, 야채가 들어간 볶음밥을 주문했다. 하지만 정작 나온 건 맨밥뿐이었다. 어제 계산할 때만 해도 가만있더니 이제와서 재료가 없단다. 펨바를 불러 차액만큼 돌려받긴 했지만 아무 맛도 없는 맨밥을 억지로 먹으려니 곤욕스러웠다. 김언니가 먹은 오트 포리지(귀리죽)는 더 최악이었다. 메뉴에는 견과도 포함되었지만 견과는커녕 작은 그릇에 멀건 국만 나왔다. 독점의 폐해가 생각보다 심각한 곳이다. 결국 김언니가 따져서 양을 추가로 받았다. 기가 막힌 건 백인들 오트 포리지는 큰 그릇에 제대로 나왔다는 거다. 백인들은 우리옆에 벽이라도 있는 것처럼 늘 떨어져 앉았다. 어디든 가장 많은 인종이 대접받고 힘을 쓰는 건 당연한 일이었고, 차별 또한 그랬다. 마음이 상했지만 내 인생에서 중요하지도 않은 사람들 때문에 마음 쓰고 싶지 않았다.

　새벽부터 걷는 통에 아무것도 보이지 않았다. 움직일 때마다 흔들거리는 랜턴

불빛과 새초롬하게 떠 있는 달이 전부였다. 바람이 불면 손끝이 아플 정도로 시렸다. 더 두꺼운 장갑이 있었지만 사진 찍기에 불편했다. 비수기라 티숍도 문을 닫아 마땅히 쉴 곳이 없었다. 혹시 해가 떠오르나 싶어 자주 뒤를 돌아보았다. 그때마다 산의 실루엣만 선명했다. 펨바에게 얼마나 더 가야 하냐고 묻지 않았다. 가다 보면 어디쯤에 룽따와 타르초가 펄럭일 것이고 거기가 고개일 터였다.

평소 같으면 아침밥을 먹을 시간인데 벌써 이 높은 곳까지 올라와버렸다. 라르캬 라(Larkya La 5,135m)에서 1시간 정도 기다리자 락파 아저씨와 김언니가 도착했다. 늘 그렇듯 다들 쌩쌩했다.

빔탕(Bimthang 3,590m)에 도착해서 오래간만에 감자튀김에 맥주를 시켰다. 저녁이 되자 히말라야 봉우리가 붉게 물들었다. 식당은 난로 덕분에 훈훈했다. 주방은 스텝들이 모여서 노래하고 춤추느라 떠들썩했다. 누군가에겐 여행이 끝나고 있지만 누군가에겐 일이 끝나고 있었다.*

---

* 빔탕에서 출발해 오후 4시 반, 9시간 만에 다라파니에 도착했다. 펨바는 하루에 이렇게 많이 걷는 건 한국 사람뿐이라고 했다. 일정을 베끼다 보니 그렇게 됐다. 다라파니에서는 마나슬루와 안나푸르나 가는 길이 나뉜다. 나는 내일 펨바와 마낭(Manang) 방향으로 가게 될 것이고, 김언니는 락파 아저씨와 베시 사하르(Besi Sahar) 쪽으로 가게 될 것이다.

나는 계속 걷기로 했다

4장

안나푸르나 지역
Annapurna Area

네팔 중앙에 위치한 안나푸르나는 동쪽 마나슬루(Manaslu 8,163m)와 서쪽 다울라기리(Dhaulagiri 8,167m) 사이에 있으며 세계에서 열 번째로 높다. 총 6개 봉우리로 구성되어 있고 그중 1봉(8,091m)이 14좌에 속한다. 1봉은 8천 급 산 중 가장 먼저 등정된 곳이기도 하다. 안나푸르나는 산스크리트어로 '수확의 여신'이라는 뜻으로 네팔에서 가장 인기 있는 지역 중 하나다.

· 진행 경로 ·
· 다라파니 – 차메 – 나왈 – 마낭 – 틸리초 호수 – 토롱 라 – 묵티나트 – 좀솜 ·

133.8킬로미터 206,374걸음

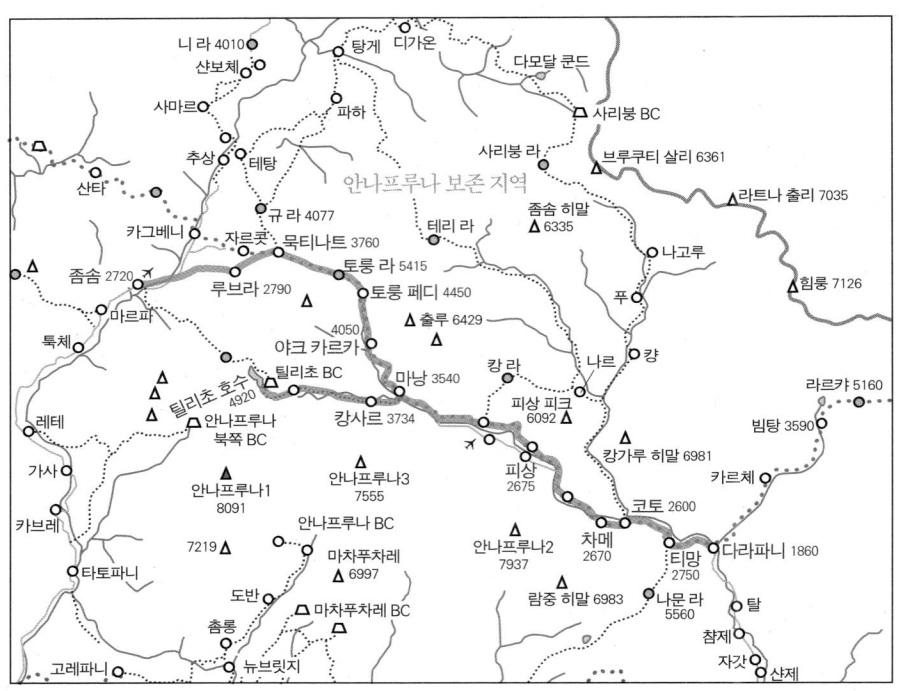

니 라 4010
탕게 디가온
샨보체
다모달 쿤드
사마르
파하
사리붕 BC
추상 테탕
사리붕 라
브루쿠티 살리 6361
규 라 4077
라트나 출리 7035
안나푸르나 보존 지역
카그베니
자르콧 묵티나트 3760
테리 라
좀솜 히말
나고루
좀솜 2720
토룽 라 5415
6335
푸
힘룽 7126
루브라 2790
토룽 페디 4450
마르파
4050
출루 6429
나르
캬
특체
야크 카르카
캉 라
라르캬 5160
틸리초 호수
틸리초 BC
마낭 3540
피상 피크
레테
4920
안나푸르나
캉사르 3734
6092
빔탕 3590
가사
북쪽 BC
캉가루 히말 6981
카르체
카브레
안나푸르나1
안나푸르나3
피상
8091
7555
2675
타토파니
7219
안나푸르나 BC
차메 코토 2600
다라파니 1860
도반
마차푸차레
안나푸르나2
2670
티망
6997
7937
2750 나문 라
촘롱
마차푸차레 BC
람중 히말 6983
5560
참제
고레파니
뉴브릿지
자갓
산제
탈

　김언니와 24일간의 동행을 마치고 각자의 길로 들어설 시간이 되었다. 나는 안나푸르나를 향해 또 한참을 걸어야 할 것이고 김언니는 네팔 어디쯤을 다니며 90일을 채울 것이다. 섭섭한 듯, 아주 섭섭하지는 않게 우리는 무덤덤하게 사진을 찍고 가볍게 헤어졌다. 좋은 동행자와 나쁜 동행자가 있는 게 아니라 나와 잘 맞는 동행자와 그렇지 않은 동행자가 있을 뿐이다.

　11월이 끝나는 시점이라 손님들로 북적거려야 할 로지마다 텅텅 비었다. 점심을 하러 들른 로지에선 손님이 하나뿐이라는 말에 입을 삐죽거렸다. 구불구불 마을을 지나는 곳에서 펨바는 매번 나를 시험에 들게 했다. 그는 손님은 안중에도 없다는 듯 앞으로 쑥 가버렸다. 옷자락도 보이지 않아 바닥에 찍힌 발자국으로 방향을 가늠하며 갔다. 가이드 겸 포터에 대한 이야기는 종종 들어왔다. 가이드도 아니고 포터도 아닌 게 정체성이 모호하다고 했다. 그래서 가이드와 포터를 따로 쓰려고 했지만 결국 그놈의 돈이 문제였다. 나는 펨바를 포터라고 생각하지 않았다. 누군가 물어도 가이드라고 했다. 그랬기에 가장 높은 인건비로 올려줬던 건데 펨바는 그렇게 생각하지 않는 듯했다. 사람을 상대하며 사람과 걷는 직업을 가졌지만 펨바는 아쉬운 게 많았다.

　차메(Chame 2,670)는 높지 않았지만 하루 종일 구름 낀 날씨라 추웠다. 옷을 잔뜩 입어도 덜덜 떨릴 정도라 실례인 줄 알면서도 주방에 들어가 불을 쬈다. 결국 사우지(남주인)가 식당에 작은 불을 내줬다. 저녁은 마카로니에 허브티, 따뜻한 럭시도 한 잔했다. 따뜻한 게 들어가니 잔뜩 움츠렸던 마음이 풀어졌다. 펨바에게 내일은

로지 마당에 널어놓은 빨래

차메 온천에서 빨래하는 펨바

차메에서 쉬자고 했다. 혹시 알아듣지 못했을까 봐 몇 번이나 확인했다.

"펨바, 어디 가요?"

"온천에 빨래하러 가요."

"여기 온천 있어요? 어디 있는데요?"

"여기로 계속 가면 나와요."

아침을 먹고 펨바가 알려준 방향으로 내려갔다. 이른 아침이라 온천엔 펨바뿐이었다. 그 옆에 앉아 온천물로 빨래를 했다. 개운한 빨래만으로도 그간의 피로가 풀렸다.

"펨바, 여기 물에 들어가도 돼요?"

"되는데 사우지에게 물어봐야 할 거예요. 잘 몰라요."

된다는 소린지 안 된다는 소린지. 펨바는 종종 분명하지 않은 대답을 했다. 나는 펨바의 대답과 상관없이 반팔 반바지로 갈아입고 다시 온천으로 향했다. 다시 왔을 때 아무도 없어서 망설임 없이 몸을 담갔다. 쌀쌀한 아침에 뜨끈뜨끈한 물에서 몸을 녹이니 천국이 여기였다. 오랫동안 있을 생각이었는데 한 여인이 빨랫감을 잔뜩 들고 나타났다. 양해를 구하고 다시 온천욕을 즐기려는데 이번엔 한 무리의 남자가 왔다. 그들은 내가 여자라는 걸 알고 다시 돌아갔다. 여긴 동네 목욕탕이자 빨래터였던 거다. 아쉽지만 오래 있으면 안 될 것 같아 물 밖으로 나왔다. 하지만 어디에도 옷 갈아입을 곳이 없었다. 젖은 옷을 입고 로지까지 가기엔 너무 추웠다. '1분 안에 옷을 갈아입을 수 있을까? 그렇다.' 누가 본다 한들 어차피 나는 지나가는 객일 뿐이다. 찰나라고 생각하면 부끄러울 것도 없다. 나는 여인 뒤에서 망설임 없이 옷을 갈아입었다.

트레킹하면서 빨래를 하고, 널고, 개는 일이 꽤나 즐거웠다. 잘 말라가는 빨래를 보면서 상당한 위안을 받았다. 혼자 있어도 늘 방 안의 짐을 가지런히 정리했고 정리가 되어야 편안함을 느꼈다. 단 하루라도 휴식은 정말 중요했다. 적절한 휴식이 있어야 멀리 갈 수 있는 힘이 생겼다. 살면서 휴식에 참 인색했다. 조금이라도 시간을 허투루 쓰면 괜한 죄책감이 들었다. 하지만 이젠 가끔씩 시간을 허투루 써볼 생각이다.

차메 로지에서 불을 쬐며

싸늘한 아침 공기, 어두침침한 방, 차가운 옷으로 갈아입을 때마다 몸서리쳤다. 겨울이 오고 있는데 나는 무엇 하러 부지런을 떠는가. 이제부터는 30분 늦춘 하루를 시작하기로 했다.

펨바가 멈추는 곳에서 같이 쉬었다. 서로 등을 맞대고 앉다 보니 펨바 혼자 먼저 출발하는 경우가 종종 있었다. 고개를 돌렸을 때 저 멀리 가고 있는 펨바를 봤을 때의 황당함이란. 피식 웃음이 났다. 그래서 출발할 때 얘기 좀 하라고 했더니 그 뒤로는 오케이, 하고 출발했다.

어느덧 11월 마지막 날이 되었다. 걷는 길이 길든 짧든 그날 목적지에 도착하면 안심부터 됐다. 성수기가 끝난 로워 피상(Lower Pisang 2,675m)은 을씨년스러웠다. 높게 떠 있는 해님도 이제 힘을 잃었다. 바람은 마음을 닫은 여자처럼 냉랭했다.

살면서 고기가 먹고 싶은 날은 손에 꼽을 정도인데 갈비가 무척 먹고 싶었다. 삼겹살도 먹고 싶고, 쫄깃한 족발도 생각났다. 오징어 회를 먹으면 얼마나 맛있을까. 매운 코다리찜에 막걸리도 생각나고, 얼큰한 김치찌개도 먹고 싶었다. 그래서 저녁엔 지인에게 추천받은 야크 커리를 주문했다. 생각보다 맛이 좋아서 기뻤다.

차를 마시며 펨바에게 가장 길게 걸었던 게 며칠이냐고 물었다. 그는 30일 정도라고 했다. 나하고는 거의 40일 일정이었으니 긴 시간이다. 돈을 벌기 위해 매일 집을 비워야 하는 남편과 같이 사는 여자는 어떨까. 나는 싫을 것 같다. 매번 누군가를 기다려야 하는 입장이 되고 싶지 않다. 누군가는 기다리게 하는 것도 권력이라고 하지만 나는 어느 것도 내키지 않는다.

걷다 보면 이런저런 생각들이 요동을 칠 때가 있다. 20년도 넘은 기억이 슬금슬금 기어나와서 어쩌라는 건지. 기억이란 무서웠다. 작은 머리통 안에서 일어나는 무수한 생각이 때로는 끔찍할 정도로 지겹다. 그렇게 생각의 범람을 겪다 보면 어느 순간 고요해질 때가 있다. 한차례 몰아치는 폭풍우처럼, 그렇게 지나고 나면 걷고, 먹고, 싸고, 자는 것에만 집중하게 된다.

오지만 돌아다니다가 이제야 사람 사는 곳에 들어온 것 같다. 마낭(Manang 3,540)은 큰 마을이라 없는 게 없었다. 고기를 먹어야겠다는 생각에 이번엔 야크 스테이크를 주문했다. 하지만 오랜만에 연이어 먹은 고기 때문인지 설사를 하고 말았다. 인터넷이 되는 곳마다 자꾸 바깥세상에 기웃거렸다. 늦은 밤까지 밀린 소식을 봤더니 눈이 침침해졌다. 세상엔 모르고 살아도 좋을 내용이 많은데 굳이 알고 싶어 한다. 때론 편리함이 독이 된다.

어느덧 나도 마흔이 코앞인 사람이 되었다. 그 나이가 되면 멋있는 사람이 되고 싶었는데, 마흔의 꿈이라고 하기엔 너무 컸나 보다. 인간적으로 아름다워지기란 평생을 살아도 어렵다는 것을 알았다. 그렇다고 섭섭하거나 실망스럽진 않다. 오히려 인간적으로 모자란 나를 인정하며 사는 게 진짜 내가 되는 일이라는 것도 알았으니까. 멋있지 않으면 어떤가. 늙어가는 곰처럼 변한다 한들 그러면 어떤가. 어제의 나는 이미 죽었고 내일의 나는 존재하지 않는다. 그렇다면 지금의 내가 최선이다. 사람들의 고민이란 다 거기서 거기, 정말 위대한 고민을 하는 사람은 많지 않다. 내 고민이 더 커 보이지만, 다른 이들의 고민과 별다를 게 없다는 걸 알았을 때 고민은 하찮은 것이 될 수도 있다. 그럼에도 계속해서 같은 고민을 하겠지만 그것 역시 그러려니 한다. 나는 나 자신과 싸우기보다 설득하고 싶다. 내가 왜 이런 길을 걷고 왜 이런 수고를 하는지에 대해 나를 설득하면 나도 알아듣는다. 내 안의 나는 나일 것 같지만 내가 아닐 때도 많아서 가끔은 설득이 필요하다.

안나푸르나

6시 반. 틸리초 베이스캠프 식당에는 빈 그릇들만 덩그러니 있었다. 대부분 6시에 출발했기 때문에 아침식사 손님은 나만 남은 듯했다. 펨바는 약속시간보다 15분 늦게 어슬렁거리며 나타났다. 이미 기분이 상해서 한마디 안 할 수가 없었다.

"펨바, 여기 포터로만 왔어요? 가이드 아니에요? 어제오늘 계속 시간 어기는 거 알아요?"

그러자 펨바는 어색한 표정을 지으며 밖으로 나갔다. 평상시 뭘 줘도 고맙다는 말을 하지 않더니 미안하다는 말도 하지 않았다. 아침 식사 준비도 엉망이라서 대충 먹고 일어났다. 이미 모두가 떠난 뒤라 로지는 썰렁했다. 배낭을 펨바에게 주면서 오늘은 천천히 가라고 당부했다. 기분도 안 좋은데 그가 늘 하던 대로 내빼버리면 화가 날 것 같았다.

12월이라 눈이 내려서 틸리초 호수에 못 가면 어쩌나 싶었는데 걷는 내내 날씨가 쾌청했다. 바람이 불 때마다 능선사면에 있던 흙먼지가 안개처럼 퍼졌다. 틸리초 호수에 대한 기대는 별로 없었다. 왠지 가봐야 할 것 같은, 점을 찍는 행위 정도로만 생각했다. 그런데 언덕에 올라선 순간 감탄이 터졌다. 얼어 있을 거라고 생각했던 호수는 동해바다 백 개를 겹쳐놓은 것처럼 파랬다. 다녀본 곳 중 가장 아름답다고 생각했던 티베트 남쵸 호수 물빛과도 비슷했다. 호수 옆으로 길이 보였다. 언젠간 내가 저 길을 따라 걸을 날이 있을 거다.

같은 네팔 히말라야라고 해서 비슷할 거라고 생각했는데 착각이었다. 우리나라 지리산과 설악산이 다르고 덕유산과 월출산이 다른 것처럼 이곳도 달랐다. 돌포

틸리초 호수로 가는 길

틸리초 호수에서

돈동 패디

와 다울라기리가 달랐고 마나슬루와 안나푸르나가 달랐다. 흰 산이 보인다고 다 같지 않았다.

거대한 벽 아래 자리 잡은 토롱 페디(Thorong Phedi 4,450m)에서 점심을 먹었다. 이곳에 맛있는 빵집이 있다고 했지만 너무 아래쪽이라 바라보기만 했다. 점심을 먹고 나면 언제나 그렇듯 힘이 솟았다. 뜻을 찾아보면 점심(點心)은 마음에 점을 찍는다고 되어 있다. 역시 마음에 점을 찍는 일은 중요하다.

하이 캠프(High Camp 4,833m) 가는 길은 무척 가팔랐다. 하지만 숨이 차도록 펨바 뒤를 바짝 붙어서 갔다. 걸어본 사람은 알 거다. 때로는 숨이 차도록 걷는 일이 얼마나 큰 희열을 주는지에 대해. 숨이 턱 밑까지 차는데도 힘듦보다 강한 기쁨이 솟는다는 것에 대해. 생각보다 많은 것이 몸이 아닌 마음에 따라 결정되기도 한다. 이상할 정도로 힘들지 않아서 펨바의 쉼조차 기다리고 싶지 않았다. 45분 만에 하이 캠프에 도착했다. 나의 심장과 폐가 이곳 환경에 잘 적응한 것 같아 기분이 좋았다. 뒤돌아보니 높고 흰 산이 굽어보고 있었다. 틸리초 호수만큼 파란 하늘이 맑게 빛났다.

다음 날 새벽, 약속이나 한 듯 다들 비슷한 시간에 움직였다. 하이 캠프부터 늘어선 랜턴불빛이 춤을 추었다. 손이 시려서 몇 번이나 주먹을 쥐었다가 폈다. 다음에 올 땐 더 나은 장갑을 챙겨야겠다며 아린 손끝을 주물렀다. 대피소에 들러 잠시 멈추기도 했지만 대개는 쉼 없이 걸었다. 걷는 것보다 추운 것이 더 괴로웠다. 걷다 보니 사람들을 추월하며 계속 앞으로 가게 됐다. 펨바는 묵묵히 걷다가 가끔씩 내가 오는지 확인했다. 이제 우리 앞에는 아무도 없었다.

고개를 들어보니 어느새 토롱 라(Thorong La 5,415m)다. 출발한 지 2시간 만이다. 이렇게 쉽게 도착하다니 거저 얻은 것 같다. 이게 그동안 힘들게 걸어준 펨바 덕분이다. 우리는 이날 가장 먼저 토롱 라에 도착했다. 걷는 날이 길어지다 보니 자연스럽게 걸음이 빨라졌다.

토롱 라 맞은편으로 지난번 돌포 트레킹 때 내려온 곳이 보였다. 한 달 전에 지

토롱 라 맞은편에 보이는 한달 전 지났던 곳

묵티나트 뒤로 우뚝 솟은 다울라기리(Dhaulagiri 8,167m)*

났던 곳을 바라보고 있으니 가슴이 벅찼다. 마치 환생을 해서 다시 찾아온 것만 같다. 정해진 미래를 알고 있었던 것처럼 그곳에 서서 이곳의 나를 미리 보았을지도 모른다. 삶이 돌고 도는 것인지, 길이 돌고 도는 것인지. 만나야 할 것들은 언젠가 꼭 만나게 된다. 내가 히말라야를 만나게 된 것도 그런 인연이지 않을까. 강을 거슬러 올라가는 연어처럼 그렇게 히말라야를 찾은 게 아닐까.

그간 있었던 일들이 주마등처럼 지나갔다. 삼덴, 주방 아저씨, 마부, 펨바와 락파 아저씨, 김언니. 좋지도 나쁘지도 않은 인연들. 이 중에 다시 이어질 인연이 있을지. 있다면 누가 될지. 내가 모르고 있을 뿐 이미 모든 것이 정해져 있을 거다.

. . .

지도를 보면서 그동안 걸었던 길이 네팔 히말라야 횡단의 삼분의 일이나 된다는 걸 알았다. 이참에 나머지 구간을 한 번에 해보고 싶었다. 근거 없는 막연한 자신감, 하면 될 것 같은 섣부른 기대만 가지고 다시 짐을 꾸렸다.

2017년 봄, 다시 떠나기로 했다. 경험도 정보도 부족했지만 가서 부딪혀보기로 했다. 계절이 좋지 않다고 말리는 사람도 있었고 혼자는 위험하다고 하는 사람도 있었다. 너무 성급한 거 아니냐고도 했다. 그래도 해보고 싶었다. 예비일까지 무려 5개월. 막대한 비용과 시간, 체력, 고산 적응, 정신력까지 모두 혼자 감당해야 했다. 이건 단순한 트레킹이 아닌, 내 인생에 대한 투자였다. 과연 나는 그 일을 해낼 수 있을까.

---

* 나는 이곳에서 펨바와 함께 백숙을 나눠 먹고 3일을 더 걸어 타토파니(Tatopani 1,190)까지 갔다. 이 부분은 GHT와 무관한 곳이라 이 책에선 생략했다.

2부

네팔
동부

2017년 3~5월

5장

칸첸중가 지역
Kanchenjunga Area

칸첸중가(Kanchenjunga 8,586m)는 에베레스트(Everest 8,848m)와 K2(8,611m)봉에 이어 세계에서 세 번째로 높다. 5개 봉우리 중 3개가 8,000m를 넘으며 '다섯 개의 보물'이라는 뜻을 가지고 있다.

네팔 GHT 하이루트를 동쪽에서 시작할 경우 칸첸중가 팡페마(Pangpema 5,143m)가 출발점이 된다. 이곳에서 가장 난이도가 높은 룸바삼바 패스(Lumbhasambha Pass 5,159m)는 칸첸중가와 마칼루(Makalu) 지역을 이어준다. 칸첸중가 지역은 야영이 필수이며, 일부 구간은 이 지역을 잘 아는 가이드가 필요하다.

· 진행 경로 ·
· 국내선 : 카트만두 – 바드라푸르 / 지프 : 일람 – 피딤 – 타플레중 – 수케타르
· 수케타르 – 체람 – 셀레레 라 – 군사 – 팡페마 – 올랑춘 골라 – 룸바삼바 패스 – 투담

238.4킬로미터 365,520걸음

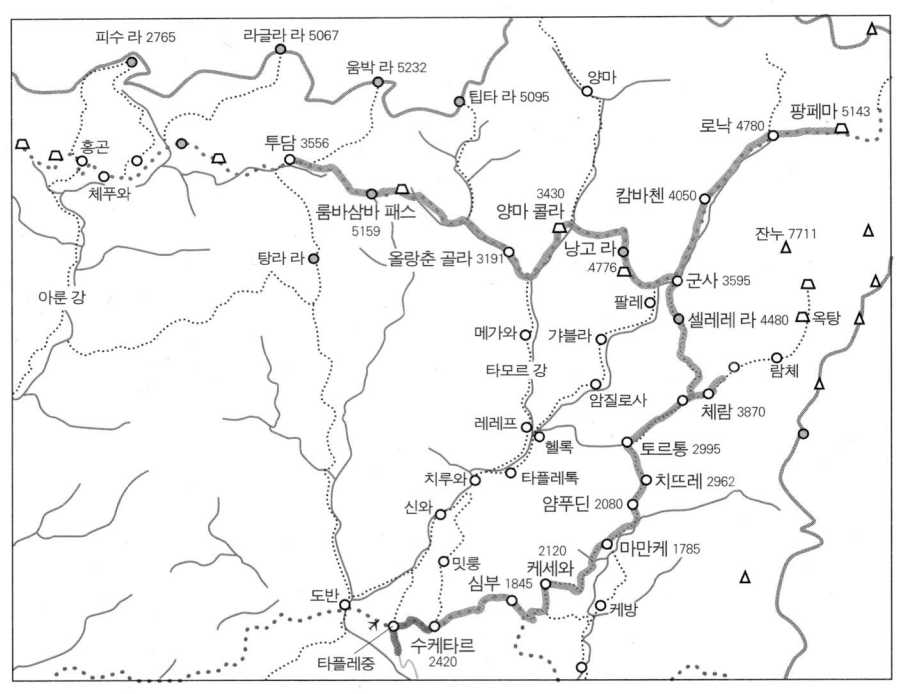

피수 라 2765 라글라 라 5067

움박 라 5232

팀타 라 5095 양마

흥곤 투담 3556 로낙 4780 팡페마 5143

체푸와 룸바삼바 패스 양마 콜라 3430 캄바첸 4050

5159 낭고 라 잔누 7711

올랑춘 골라 3191 4776 군사 3595

탕라 라 팔레 셀레레 라 4480 옥탕

아룬 강 메가와 갸블라 람체

타모르 강 암질로사

레레프 체람 3870

헬록 토르통 2995

치루와 타플레톡 치뜨레 2962

신와 얌푸딘 2080

밋룽 마만케 1785

심부 1845 2120

도반 케세와

수케타르 케방

타플레중 2420

"칸첸중가와 마칼루 알아보고 있는데 아무도 가려는 사람이 없어요. 작년에 스위스 팀이 들어갔다가 한 사람 죽고, 포터 두 명이 동상 걸려서 헬기로 수송했다는 소문이 퍼져서 아무도 안 가려고 해요."

네팔로 떠나기 보름 전 A여행사에서 연락이 왔다. 놀라고 급한 마음에 부랴부랴 다른 여행사를 알아보기 시작했다. 그동안 A여행사를 통해서만 트레킹을 했기 때문에 마땅히 아는 곳이 없었다. 그러다 소개로 네팔의 B여행사와 연락이 닿았다. 다행히 그곳 한국 사장은 가까스로 사람을 구했다며 연락을 줬다. 가슴을 쓸어내리며 내게 이런 행운이 오려고 늘 같이하던 A여행사와 안 됐구나 싶었다. 그러나 웬걸. 본격적으로 일이 꼬이기 시작했다.

"GHT 때문에 머리가 아파요. 가이드도 안 간다고 하고 포터들도 구하기 힘들 것 같습니다."

출발하는 날 공항에서 받은 문자는 가뜩이나 불안했던 마음을 더 안 좋게 했다. B여행사 네팔인 사장 B씨는 다리까지 다쳐서 사람 구하는 데 애를 먹었다.

"협상을 할 때는 포터든 가이드든 누구에게든 질질 끌려 다니지 않는 게 좋아. 며칠째 끌려 다니고 있잖아."

네팔 사장의 동업자이자, 믿고 맡겼던 한국인 사장은 라오스에서 문자로만 얘기하고 있으니 답답할 노릇이었다.

가겠다던 가이드는 아이가 아프다며 일방적으로 모든 일정을 취소했다. 그러다 다시 아이가 괜찮다면서 뱉은 말을 주워담았다. 사람 구하기가 어려워서 그러자 했다. 그런데 이놈이 포터 구하기가 힘들다며 또 취소하고 다른 팀으로 가버렸다. B 씨는 사장이면서도 말을 바꾸는 가이드에게 힘을 쓰지 못했다.

마침 클라이밍 셰르파로 가기로 했던 친구가 전 구간을 가겠다고 나섰다. 그리곤 그 자리에서 먼저 예약한 팀을 취소했다. B씨는 몇 번이나 그에게 확인을 받았다. 나는 영어도 한국어도 거의 못하는 그와 함께 장비점으로 향했다. 순식간에 장비 값만 1,000달러가 나갔다. 장비가 필요한 건 순전히 마칼루 지역의 이스트 콜(6,180m)과 롤왈링 지역의 타시랍차 라(5,755m) 때문이었다. 그 패스를 넘지 않을 거라면 전문 장비도, 전문 인력도 필요하지 않았다.

보험 처리를 위해 기다리고 있는데 B씨에게 전화가 왔다. 가기로 했던 친구가 터무니없는 조건을 내세웠다는 거다. 일을 중단시키고 부랴부랴 B여행사로 향했다. 마음에서 큰 파도가 일기 시작했다. 뱃멀미를 하는 것처럼 현기증이 났다. 그 친구의 조건은 너무나 황당해서 말이 나오지 않았다. 그는 두 배의 일당과 능력에 비해 과한 성공보수와 장비 값을 요구했다.

다시 원점으로 돌아갔다. 며칠 동안 사람을 구하느라 집에 가지 못한 B씨는 무척 피곤해보였다. 그 무렵 네팔 여행사들 사이에서 이상한 소문이 돌기 시작했다. "한국 여자가 GHT 한다고 돈을 많이 들고 왔다." 어디서 이런 소문이 났을까. B씨가 사람 구한다고 여기저기 연락하면서 혹은 말을 번복한 가이드가 소문의 근원인지도 몰랐다. 네팔 트레킹은 소문이 날수록 불리했다. 준비부터 진행까지 제대로 된 여행사와 조용히 진행해야 한다는 것을 여기 와서 알았다. 며칠 사이 살이 빠졌다. 끼니를 거의 챙겨 먹지 못했다.

드디어 가이드를 구했다는 연락이 왔다. 한국어를 할 줄 아는 쿡과 4명의 포터는 이미 대기 중이었다. 새로운 가이드는 에베레스트 경험이 있는, 주로 등반을 전문으로 하는 클라이밍 가이드라고 했다. 네팔 GHT를 네 번이나 했고 동쪽부터 서쪽까지 두루 경험이 많다고 했다. 그는 클라이밍 셰르파 한 명을 추가해달라고 했다. 몇 군데 고정 로프를 설치해야 하는데 혼자 작업하기엔 무리라고 했다. 인원이 추가되고 전체적으로 인건비가 올라가면서 처음보다 금액이 크게 늘었다.

새로운 가이드는 동쪽과 서쪽 모두를 자신에게 맡기면 3만 달러에 할 수 있다고 했다. 이 금액에는 그들에게 지급해야 할 인건비, 장비, 식량, 성공보수, 팁, 보험까지 모두 포함이었다. 3만 달러 외에 내가 쓸 돈은 전혀 없었다. 그러나 만약 내가 다치게 되면 그 금액은 날리게 되는 거였다. 대신 하이루트로 갈 수 없을 경우 컬처 루트로 돌아가더라도 히말라야 횡단을 전부 이어주는 조건이었다. B씨는 어서 마무리하고 여기에서 벗어나고 싶어 했다. 고민됐지만 선택의 여지가 없어서 이들로 결정했다.

비자를 연장했다. 무려 5개월이다. 트레킹 허가도 무사히 나왔다. 확실하게 하기 위해 계약서를 썼다. 나, B여행사, 가이드. 셋이 계약을 했지만 B씨는 동쪽 구간에 필요한 2만 달러 모두 가이드에게 줬다. 덕분에 B씨는 책임만 지고 아무런 권리도 이익도 없는 모호한 입장이 되었다. 그 와중에 유일하게 한국말을 할 줄 알았던 쿡은 큰 금액에 욕심을 부렸다. 가이드에게 나눠 먹자고 했던 모양이다. 결국 쿡이 교체됐다. 그리고 이 일은 후에 또 다른 화를 불러오게 된다.

그래도 출발

　　카트만두에 온 지 9일째가 돼서야 출발할 수 있었다. 딱딱한 빵 조각에 인스턴트커피를 마시며 그나마 이렇게라도 떠날 수 있음에 마음이 놓였다. B씨에게는 고마움, 미안함, 불편함이 교차했다.

　　가이드 푸리와 바드라푸르(Bhadrapur)행 비행기를 탔다. 스텝들은 버스로 이동하는 중이라 내일 밤에나 만나게 된다. 말없이 창밖을 바라보며 앞으로 어떻게 흘러갈지 궁금했다. 4차원의 세계에선 과거, 현재, 미래가 공존한다. 그렇다면 이 여행의 결과도 이미 세상 어딘가에 있을지 모른다. 이미 정해진 결과를 따라 물이 흐르는 것처럼 내버려두면 될 일이다. 8일간의 마음고생은 어떤 의미였는지, 그 선택이 이 여행에 어떤 영향을 주게 될지. 궁금함은 여행을 지속하게 하는 힘이 된다.

　　공항에 도착하자 뜨거운 공기에 숨이 막혔다. 트레킹이 시작되는 수케타르까지는 차를 네 번이나 타고 이동해야 했다. 푸리와 둘이 이동하다 보니 말이 거의 없었다. 무엇보다 내 영어가 짧았다. 나는 푸리의 네팔식 영어 발음을 알아듣지 못했고 그는 나의 서툰 영어를 알아듣지 못했다.

　　밤새도록 닭이 우는 바람에 잠을 설쳤다. 가이드 푸리는 깍듯했다. "굿모닝 레이디" 하며 인사를 했고 지프를 탈 땐 현지인에게 얘기해서 좋은 자리로 바꿔줬다. 그래봐야 끼어서 가는 건 마찬가지였지만 배려가 고마웠다. 일람(Ilam)에서 피딤(Phidim), 피딤에서 타플레중(Taplejung), 다시 수케타르(Suketar)까지 총 세 번 지프를 갈아탔다. 하루 종일 차를 타는 바람에 엉덩이가 아팠다. 저녁이 돼서야 도착

나는 계속 걷기로 했다

한 수케타르의 숙소는 열악하고 어두웠다.

　다른 스텝들은 모두 저녁 8시 조금 못 돼서 도착했다. 보조 가이드 파상은 오자마자 "안녕하세요" 하며 인사했다. 쿡은 허리를 90도로 숙였다. 스텝들이 다 모이자 반갑고 기뻤다. 메인 가이드, 보조 가이드, 쿡, 포터 5명까지 모두 8명이다.

　시작하는 날이다. 기분 좋게 단체사진을 찍었다. 앞으로 함께 할 사람들, 아직은 누가 누군지 모르지만 함께 있다는 것만으로도 즐거웠다.

　이번 트레킹에선 네팔어를 배울 생각이라 수시로 회화 책을 들여다보며 연습했다. 숫자를 외고 요일을 기억했다. 푸리와 파상이 네팔어를 알려주기도 했다. 특히 파상은 한국말을 배우고 싶다며 서로 알려주자고 했다.

　심부(Simbu 1,845m)에서 그레이트 히말라야 트레일 표지를 보니 반가웠다. 내가 그걸 하고 있어서 뿌듯했다. 끝까지 하고 싶은 마음이 더욱 커졌다. 앞으로 10년은 해외 트레킹을 하기로 했으니 이왕이면 굵직한 트레킹을 하고 싶었다.

출발 전 단체사진

비가 주룩주룩 내렸다. 칸첸중가 지역은 3월에 비나 눈이 잦다고 했다. 안나푸르나에 눈이 60cm 내렸다는 소식에 푸리는 근심어린 표정을 지었다. 여기에 비가 내리면 위에서는 눈이 내린다. 그런데도 나는 될 대로 되라는 마음이었다. 어떻게든 갈 수 있을 거라는 생각. 그렇지 않으면 가지 말아야 할 이유가 충분하던가.

네팔 GHT를 시작하는 사람들은 보통 칸첸중가 북쪽 트랙을 따라 걷는다. 하지만 나는 칸첸중가 남쪽 베이스캠프인 옥탕(Oktang 4,730m)과 북쪽 베이스캠프인 팡페마(Pangpema 5,143m)를 모두 보고 싶었다. 덕분에 일정이 더 길어졌다.

3월에 비가 자주 내리는 칸첸중가 지역

창(위). 처음으로 마주한 포터들

무스칸 촉(Muskan Chok)에 도착하자 양철지붕 위로 빗소리가 우렁찼다. 따뜻한 믹스커피가 간절했다. 어떻게 알았는지 쿡이 커피를 가져왔다.

"멀라이 창 먼 뻐르처."(나는 창을 좋아해요.)

내 말을 들은 푸리가 크게 웃었다. 외국인이 네팔 전통술인 창(Chang)을 좋아한다니까 의외였던 모양이다. 막걸리를 좋아해서 그와 비슷한 창도 입맛에 잘 맞았다.

날씨가 좋지 않아서 칸데 반쟝(Kande Bhanjyang 2,129m)에서 멈췄다. 짐을 풀고 식당으로 내려갔더니 푸리가 창을 권했다. 아직 고도가 높지 않아서 한 잔 정도는 괜찮았다. 창 중에서 제일은 꼬도(기장)로 만든 창이라 하더니 과연 그랬다. 목에 착 감기는 것이 맛과 향이 끝내줬다. 창을 마시며 처음으로 포터들과 얼굴을 마주했다.

"떠빠이꼬 남 께 호?"(당신 이름이 뭐예요?)

포터들은 한 명씩 돌아가며 이름을 알려줬다. 파상과 까르마는 영어를 잘했고 둘 다 가이드 자격증이 있었다. 보조 가이드 파상은 푸리의 조카로 이번 트레킹에 클라이밍 셰르파로 왔다. 까르마는 푸리의 아들이고 멕, 옹디, 수닐, 니마는 따망족으로 넷이 꼭 붙어 다녔다.

간밤에는 지붕이 깨질 정도로 우박이 쏟아졌다. 그런 밤이라도 아침이면 날씨

비가 그치자 모습을 드러낸 칸첸중가

가 놀라울 정도로 맑아졌다. 사우지가 멀리 흰 산을 가리키며 칸첸중가라고 했다. 그 말을 듣자 가슴이 두근거렸다.

쿡 체왕은 한국 팀을 따라다닌 적이 있어서 나를 '선생님'으로 불렀지만, 곧 '디디(누나)'로 바뀌었다. 푸리는 처음엔 '레이디', 다음엔 이름으로 불렀다. 내가 그를 '다이(손위 남자로 오빠, 형이라는 뜻)'라고 부르자 그도 나를 '버히니(손아래 여자, 여동생)'로 불렀다. 파상은 한국말을 조금 할 줄 알아서 처음부터 '누나'라고 불렀다. 따망 보이들은 '디디'로 불렀고 까르마는 어떤 호칭으로도 부르지 않았다.

현지인의 집에 점심으로 삶은 감자를 부탁했다. 기다리는 동안 파상이 사탕수수를 꺾어 왔다. 푸리는 "굿 에너지"라며 사탕수수를 우걱우걱 씹었다. 너무 억세서 씹기 힘들었지만 맛은 괜찮았다. 아주 달지 않으면서 시원했다. 스텝들은 마을이 있는 곳이면 어김없이 창을 마셨다. 그때마다 나도 한 잔씩 챙겨줬다. 집마다 맛이 달라서 매일 새로운 창을 마시는 것도 즐거움 중 하나였다. 고도를 올리면서 술을 자제했지만 그때마다 푸리는 괜찮다고 했다. 그럼 나도 못 이기는 척하며 딱 한 잔만 받았다. 워낙 도수가 낮은 술이라 이곳 사람들은 음료로 생각하는 것 같았다.

품페 단다(Phumphe Danda 1,858m)에 도착했다. '단다'는 능선이나 언덕, 혹은 그곳에 자리 잡은 마을을 뜻한다.

"선생님 쏘주?"

"쏘주가 있어요?"

쿡에게 되묻자 그는 네팔 전통술인 럭시(Raksi)를 가리켰다. 럭시는 우리네 소주와 비슷했다. 그들과 같이 앉아서 럭시를 마셨더니 사우니(여자 주인)가 신기하게 쳐다봤다. 어쩌면 짧은 머리 때문에 여자인지 남자인지 궁금했을 수도 있다. 창밖을 내다보니 고양이 두 마리가 짝짓기를 하고 있었다. 봄은 봄이었다.

"선생님, 미토 처?"

쿡은 내가 식사를 끝내면 꼭 맛있는지 물어봤다. 그때마다 나는 맛있다는 뜻으로 "미토 처" 하고 대답했다. 식사가 초라하긴 했지만 맛은 괜찮았다.

품페 단다 로지

멀리 보이던 칸첸중가가 좀 더 가까워졌다. 푸리와 말이 통했다면 이것저것 물어봤을 텐데 아쉬웠다. 영어도 네팔어도 제대로 하는 게 없으니 대화는 늘 짧았다. 반대로 푸리는 자신이 한국말을 못하는 것에 대해 아쉬워했다.

이번 점심도 현지인 집에 부탁했다. 기다리는 동안 당연한 수순처럼 창을 마셨다. 안주로 온통 새카맣게 탄 마수(고기)가 나왔는데 어찌나 질긴지 씹어도 잘 넘어가지 않았다. 고깃국도 말린 고기라 질기고 딱딱한 건 마찬가지였다.

얌푸딘(Yamphudin 2,080m) 로지는 마당도 넓고 방도 깨끗했다. 저녁 먹으러 내려갔더니 푸리가 똥바(Thongba)를 내왔다. 똥바는 티베트 전통술이다. 주로 국경과 가까운 고산 마을에서 만들며 꼬도를 많이 재배하는 칸첸중가 지역이 유명하다. 똥바는 발효시킨 꼬도(보리나 옥수수를 섞기도 한다)에 따뜻한 물을 부어 대나무 빨대로 마신다. 맛은 사케와 비슷하며 4번 정도 우려 마실 수 있다. 도수는 높지 않다. 추울 때 마시면 몸이 따뜻해지고 배도 불러서 일석이조다.

누군가 레쌈삐리리를 틀자 푸리와 포터 니마가 춤을 췄다. 네팔 사람들은 평소 조용하게 보여도 음악만 나오면 달라졌다. 그들은 상당히 낙천적이고 흥이 많았다. 장소를 옮겨 이번엔 윗집으로 갔다. 흔히 말하는 2차였다. 푸리는 가이드 경력만 20년이라 네팔 전역에 아는 사람이 많았다. 우리는 이곳에서도 똥바를 마셨다. 날이 추워지니 똥바 맛이 더 좋았다. 그들의 대화는 하나도 알아듣지 못했지만 술자리는 즐거웠다.

똥바

나는 계속 걷기로 했다

얌푸딘에서 현지 포터 한 명을 구했다. 포터들이 계속 짐이 무겁다고 했던 모양이다(포터 고용에 대해선 모두 가이드에게 맡겼다). 새로운 포터의 이름은 펀조. 이 친구는 후에 끝까지 남은 유일한 포터가 된다. 출발할 때 로지 사우지 두 명도 같이 갔다. 한 명은 라미테 정글 티숍 주인이고 한 명은 체람 로지 사우지다. 비수기라 로지 문을 열지 않을 때지만 우리가 인원이 많아서 같이 가기로 했다.

치뜨레(Chittre 2,962m)에서 라미테 정글까지는 너무하다 싶을 정도로 가팔랐다. 점심때가 지났는데도 오르막길이 끝나지 않았다. 결국 점심도 못 먹고 오후 3시에 도착했다. 기다렸다는 듯 눈이 내리기 시작했다. 라미테 정글 캠프(Lamite Jungle Camp 2,920m)엔 작은 티숍 뿐이지만 눈과 바람을 막기엔 충분했다. 사우지는 내게 문 없는 방을 내줬다. 내가 옷을 갈아입겠다고 하자 다들 알아서 피해줬다.

트레킹하기 전 네팔을 오래 겪은 한국 분들께 몇 가지 조언을 들었다. 그들은 한결같이 포터들과 거리를 두고 필요한 건 가이드를 통해서 하라고 했다. 간식을 주는 것도, 같은 자리에서 밥을 먹는 것도 삼가라고 했다. 너무 친해지면 만만하게 볼 수 있다는 게 이유였다. 또한 여자 혼자 남자 스텝들과 다니기 때문에 거리를 둬야 한다고 했다. 남녀 관계에서 우리보다 보수적인 곳이라 오해를 줄 만한 행동은 하지 말아야 했다. 나는 그들에게 스킨십 따위를 하지 않았다. 몇 달을 같이 걸어야 하는데 작은 오해라도 생기면 곤란했다. 내 성격이 살갑지 않아서 자연스럽게 거리가 유지되긴 했지만 그래도 조심했다.

날이 어두워지자 깃털 같은 눈이 펑펑 내렸다. 이렇게 눈이 내리면 내일 가야

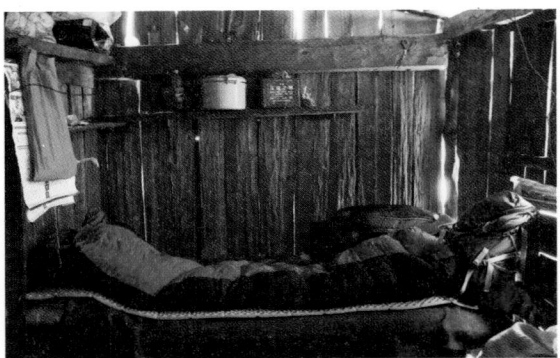

눈 내리는 라미테 정글 캠프

문 없는 방

라미테 정글 캠프 티숍 내부

할 길이 막막하겠지만 산중에서 맞이하는 눈은 감동스러웠다.

스텝들이 깨기 전 화장실에 다녀왔다. 마을이든 어디든 화장실이 없어서 아침마다 부지런을 떨었다. 가축우리 옆은 어느새 똥밭이 되었다. 네팔 사람들은 똥을 누고 늘 온전한 모습으로 남겨뒀다. 흙이나 눈으로 덮지 않았다. 덕분에 그들의 적나라한 똥을 수시로 보게 됐다.

짐을 꾸리는 동안 쿡이 차를 가져왔다. 밤새 눈이 제법 내렸는데도 언제 그랬냐는 듯 금방 녹았다. 일주일이 넘었지만 스텝들과는 여전히 서먹서먹했다. 그렇다고 너무 애쓰지 않았다. 자연스럽게 친해지고 싶었다. 그게 아니라도 상관없었다. 꼭 친해져야 하는 건 아니니까. 아직은 낯섦이 더 많은 시간이지만 하루하루 쌓이다 보면 생활이 될 테니까.

3시간 만에 토르통(Tortong 2,995m)에 도착했다. 원래 목적지는 체람이었지만 5시간이나 더 가야 해서 이곳에 머물기로 했다. 며칠간 하지 못한 빨래를 하고 눅눅해진 장비를 내다 널었다. 점심엔 카레밥이 나왔다. 반찬은 한국에서 가져온 진공 포장된 깻잎과 무말랭이다.

할 일 없이 누워 있는데 파상이 찾아왔다.

"누나 똥바? 똥바 데레이 미토 처." (누나 똥바 아주 맛있어요.)

이제부턴 금주할 생각이었는데 맛있다는 말에 흔들리고 말았다. 주방에는 이미 포터들이 모여서 똥바를 마시고 있었다. 고도를 올리면서 날이 차졌는데 이런 날엔 똥바만 한 게 없었다.

파상은 쉴 때도 작은 배낭을 메고 다녔다. 그 안엔 앞으로 써야 할 돈다발이 들어 있었다. 달러를 네팔 루피로 바꾸다 보니 부피도 커지고 무게도 상당했다.

잠깐 잠이 들었다가 시끄러워서 깼다. 시계를 보니 밤 11시 반, 스텝들이 이렇게 늦게까지 술을 마시고 있어 놀랐다. 노래하고 떠드는 소리가 너무 커서 다시 잠을 청하기가 어려웠다. 무엇보다 가이드가 이래도 되는 건가 싶어 점점 화가 났다.

라미테 정글 캠프 티숍

여기에 손님이 10명 정도 있어도 그랬을까. 옷을 챙겨 입고 주방으로 가서 문을 확 밀치며 큰 소리로 말했다.

"데레이 똥바 람르러 처이나!" (똥바 많이 마시는 거 나빠요!)

맞는 말인지는 모르겠지만 뜻은 통했을 거다. 되지도 않는 영어도 격하게 쏟아냈다. 너무 시끄러워서 잠을 잘 수가 없다며 푸리를 똑바로 쳐다봤다. 그는 얼마나 눈이 풀렸는지 "쏴리~ 쏴리~" 하면서 몸을 가누지도 못했다. 소리를 지르고 나자 다행히 금세 조용해졌다.

그러나 이게 끝난 게 아니었다. 로지 주인 부부가 새벽까지 싸움을 했다. 네팔어를 알아듣지 못하니 이유는 알 수 없었다. 아마도 늦게까지 이어진 술자리 때문이 아닌가 싶었다. 옆방에서 하도 싸워서 나무 벽을 쾅쾅 두들겼다. 조용해지는가 싶더니 이번엔 멀리서 여자 악쓰는 소리가 들렸다. 다섯 살쯤 되는 딸아이는 아빠를 찾으며 빡빡 울어댔다. 도대체 무슨 일인지. 여자 울음소리가 너무 처절해서 혹시 남자가 때리는 것은 아닌지 걱정됐다. 어쩌면 아이가 아빠에게 엄마를 살려달라고 했던 건지도 몰랐다. 새벽 3시까지 이어진 울부짖음은 기괴할 정도로 소름이 끼쳤다. 미친 연놈들이라며 욕을 하다가 다시 잠을 청했지만 헛수고였다. 다음 날 가이드에게 할 말을 생각하느라 머리도 복잡했다.

쿡이 블랙티를 가져다주고 얼마 안 있어 푸리가 밀크티를 가져왔다. 미안하긴 했던 모양이다. 다시 가려는 푸리를 방으로 불렀다. 그리고 어젯밤 생각해뒀던 말을 꺼냈다.

"밤에 너무 시끄러워서 잠을 못 잤어요. 푸리 다이에게 정말 실망했고 화가 많이 났어요. 이 트레킹은 매우 중요해요. 잊지 마세요. 당신은 내 가이드예요."

푸리를 보내고 이번엔 파상을 불렀다.

"나는 매일 알고 싶은 게 세 가지 있어요. 첫째 출발 시간, 둘째 점심 장소와 시간, 셋째 목적지와 도착 시간. 아침마다 알려주세요."

두 사람은 미안하다며 사과했고 나도 더 쌓아두지 않았다.

사우니는 간밤에 그렇게 울고불고 난리를 치더니 아침엔 멀쩡했다. 생글생글 웃으면서 아무렇지도 않게 사람들과 얘기했다. 순간 내가 간밤에 꿈을 꿨나 싶었다.

포터 멕과 핀조는 잘생긴 아이들이라 바라보고 있으면 훈훈했다. 내가 일찍 결혼했으면 저만 한 아들이 있었을 거다. 멕은 피부가 까매서 다들 '깔레'라는 애칭으로 불렀다. 네팔어로 깔레는 '까맣다'는 뜻이다.

체람(Tseram 3,750m) 사우지가 먼저 도착해서 로지 문을 열어놓았다. 짐을 푸는 동안 푸리가 밀크티와 과자, 초코바를 가져왔다. 오후엔 눈이 쏟아지기 시작했다. 군사까지 가려면 5개나 되는 고개를 넘어야 했다. 푸리는 옥탕에 눈이 너무 많아서 갈 수 없으니 군사(Ghunsa)로 바로 넘어가자고 했다. 눈이 쌓이기 시작하면 군사에도 갈 수 없었다. 아쉽긴 하지만 이 상황에선 옥탕보다 군사로 가는 게 더 중요했다.

푸리가 부르는 소리에 나가봤더니 눈이 그쳤다. 내내 흐리던 하늘에 흰 산이 멋지게 드러났다. 날씨가 이대로라면 내일은 군사로 향할 수 있을 거다.

잘생긴 깔레와 핀조

나는 계속 걷기로 했다

체람에서

쿡이 차를 가져다주며 눈이 많이 와서 갈 수 없다고 했다. 밖을 내다보니 온통 하얀 세상이다. 아침도 먹기 전에 산책부터 나섰다. 잠깐 걷는 동안에도 눈이 부셨다. 문득 이런 날 가만히 있어도 괜찮은지 불안했다. 당장 군사로 출발해야 하는 건 아닌지, 이러다 며칠 동안 발이 묶이는 건 아닌지 걱정됐다.

날씨가 좋아지는 기미가 보이자 푸리가 람체(Ramche 4,610m)까지만 다녀오자고 했다. 옥탕을 취소하자고 했던 게 마음에 걸렸던 모양이다. 눈꽃을 더 구경하고 싶은 마음에 흔쾌히 그러자 했다. 배낭은 파상에게 맡겼다. 길 안내는 얌푸딘에서 고용한 포터 핀조가 했다.

날이 좋아지는가 싶더니 안개가 몰려왔다. 그 와중에도 해가 뜨거워서 눈이 질 퍽거렸다. 비닐하우스에 갇힌 것처럼 땀이 났다. 이런 날은 올라가봤자 뿌연 안개만 보다가 내려올 게 뻔했다.

"아저 모우섬 람므러 처이나." (오늘 날씨 안 좋아요.)

내 말을 들은 푸리가 고개를 끄덕였다. 고민됐지만 여긴 나중에 오기로 하고 내려가자고 했다.

"쿠시 훈처?" (행복해요?—가지 않아도 행복하냐는 뜻.)

"서머시아 처이너." (문제없어요, 괜찮아요.)

원한다면 며칠 더 머물다 옥탕에 갈 수 있겠지만 앞으로 갈 길이 멀었다.

핀조가 향나무를 꺾더니 불을 피웠다. 연기가 피어오르자 푸리가 두 손을 모으고 기도를 했다. 연기가 하늘로 올라가면 신이 냄새를 맡고 날씨를 좋게 해줄 거라

람체 가는 길

기도하는 푸리

불에 구운 야크 치즈

고 했다. 다시 체람에 도착하자 눈이 내렸다. 람체에 가지 않고 중간에 내려오길 잘했다. 시간이 지날수록 눈발이 거세졌다. 문정희 시인의 말대로 폭설 속의 고립을 꿈꿔봐도 좋으련만, 히말라야에서 만나는 폭설은 마냥 낭만적일 수만은 없었다.

주방 난로 옆에 앉아 일기를 쓰다가 등산화에 왁스를 칠했다. 따망들과 까르마는 같은 또래면서도 많이 달랐다. 따망들은 술 마시고, 담배 피우고, 카드놀이도 했지만 까르마는 어느 것도 하지 않았다. 그에게 천장에 매달아놓은 노란 물건의 정체를 물어보니 추르피(Churpi, 딱딱한 야크 치즈)라고 했다. 만져보니 플라스틱처럼 딱딱했다. 까르마는 치즈를 뜨거운 물에 불리더니 프라이팬에 구웠다. 그러곤 잘 익은 치즈 하나를 집어 줬다. 그 모습이 왠지 황순원의 『소나기』에 나오는 소년 같았다.

저녁엔 파상과 까르마가 모모(만두)를 만들어주겠다고 했다. 두 사람이 모모 만드는 걸 직접 보니 신기했다. 그사이 쿡은 팝콘을 튀겼다. 그는 자기가 할 일을 다른 사람이 하고 있다는 것에 불편한 기색이 역력했다.

우리 스텝들은 고향이 다양했다. 핀조는 칸첸중가, 쿡은 마칼루, 푸리를 비롯한 파상과 까르마는 에베레스트, 따망들은 랑탕이다. 거기에 다양한 요리를 할 수 있는 사람이 세 명(쿡, 파상, 까르마)이나 있었으니 그야말로 천하무적 팀이다.

눈은 여전했다. 한 번 밖에 나갔다가 들어오면 하얗게 뒤집어썼다. 그래도 푸리는 내일은 날씨가 좋아질 거라며 희망을 놓지 않았다.

구름 한 점 없는 감사한 날씨, 신이 푸리의 기도를 들어주셨다. 히말라야에서 신의 존재를 부정할 수 있는 사람은 많지 않을 거다. 각기 다른 신을 믿는 원정대도

나는 계속 걷기로 했다

고산 등반을 앞두고 있을 땐 히말라야 신께 허락을 구하는 것처럼 말이다.

파상은 칸첸중가 지역이 처음이라 길을 잘 몰랐다. 처음부터 발걸음이 꼬였지만 황홀한 아침이라 무엇도 번거롭지 않았다. 돌아보니 우리가 머물던 로지가 보였다. 히말라야에서 내가 지나는 모든 곳이 처음이자 마지막일 수 있다는 생각에 잠시 먹먹해졌다. 눈이 잔뜩 쌓인 침엽수림을 지나자 시야가 확 트였다. 이런 날 옥탕에 가도 좋겠다는 생각이 들었지만, 더 큰 것을 얻기 위해 때로는 포기하는 것도 필요하다.

봉우리 끝만 보였던 카브루(Kabru 7,318m)와 라통(Rathong 6,682m)도 시원하게 보였다. 옥탕이 있는 저 끝에선 어떤 풍경이 펼쳐질지 궁금해 마음이 간질간질했다. 여지를 남겨둔다는 건 다시 오기 위한 충분한 이유가 된다. 언젠가 다시 이곳에 오게 될 것이다.

인생은 상상한 대로 흘러가는 게 맞을까. 내 인생에 히말라야가 있을 줄은 몰랐다. 가장 쉬운 ABC(안나푸르나 베이스캠프)조차도 어려운 곳이라 생각했다. 내겐 국내 산행이 전부였고 히말라야는 언제나 먼 나라 이야기였다. 그러던 내가 네팔 히말라야 횡단을 하겠다고 길을 나섰으니 인생은 참 모를 일이다. 빈곤한 경험 덕분에 고생도 많고 돈도 많이 들었지만 모두가 경험을 얻기 위한 대가였다. 경험이든 깨달음이든 삶은 거저 주는 법이 없다. 경제적인 손실이든 마음의 상처든 반드시 대가를 치르게 했다.

헉헉대며 걷다가 뒤돌아보면 꿈 같은 풍경이 펼쳐져 있고, 그때마다 마음은 날개를 달았다. 30cm쯤 되는 보폭이 하나하나 쌓여 몇 십, 몇 백, 몇 천 킬로미터까지 갈 수 있다는 건 놀라운 일이다.

먼저 걷다가도 포터들이 나타나면 보고 싶은 사람을 만난 것처럼 반가웠다. 이제는 저들의 뒷모습만 봐도 누가 누군지 구분이 됐다.

구름이 심상치 않더니 금세 날씨가 바뀌었다. 앞을 가릴 정도로 눈이 쏟아졌다. 스텝들이 길을 찾지 못해 멈추는 일이 잦아졌다. 우려했던 대로 위에는 눈이 많이

눈앞에 펼쳐진 카브루와 라통

쌓여 있었다. 파상이 선두에서 눈 벽을 허물며 올라갔다.

시네랍차 라(Cinelaptsa La 4,640m)는 이번 여정에서 처음으로 넘는 고개다. 하지만 스텝들은 내리쏟는 눈발을 맞으며 쉬지 않고 걸었다. 고개를 넘자 눈이 그쳤고 히말라야도 다시 온화한 표정으로 돌아갔다.

"다이!"

내가 부르면 푸리는 고개를 돌려 포즈를 취해줬다. 그는 고도와 상관없이 담배를 피우고 술을 마셨다. 그래도 잘 걷는 걸 보면 신기했다. 그가 쉬는 동안 혼자 100m 정도 러셀(눈을 헤치며 걷는 것)을 해봤다. 만만치 않았다. 눈을 치고 나가는 것도 그랬지만 눈 아래 있는 돌 때문에 걷기가 조심스러웠다.

두 번째 고개인 미르긴 라(Mirgin La 4,480m)가 코앞이다. 뒤에 오는 스텝들을 위해 눈 위에 사탕을 올려놓았다. 발견했는지 모르겠지만 내 마음이다. 러셀 대부분은 파상이 했다. 오후가 되자 그도 체력이 떨어졌는지 머뭇거리는 일이 많아졌다. 그럴 때면 푸리가 앞으로 나갔다. 그는 거침이 없었다. 20대인 파상은 쉰이 다 된 푸리를 따라오지 못했다. 파상은 가볍고 빨랐지만 오래가지 못했다. 푸리는 천천히 걷는 듯해도 더 오래, 단단하게 걸었다.

오후 5시가 넘어 캠프에 도착했다. 거의 쉬지 않고 9시간을 걸었는데 거리는 6km에 불과했다. 일정대로 간다면 셀레레 라까지 가야 했지만 눈길에선 속도가 나지 않았다.

까르마가 가져다준 핫초코를 마시며 서쪽 하늘을 보았다. 긴 하루였지만 마음은 어느 때보다도 충만했다. 모든 게 얼고 추웠지만 우리가 무사히 자리 잡고 있음이 기뻤다. 어제 람체 가는 길에 푸리가 했던 "쿠시 라교"라는 말이 생각났다. 나는 그 어느 때보다도 많이 행복했다. 데레이 쿠시 라교.

밤은 다소 쌀쌀했다. 트레킹이 시작되고 처음 하는 야영이라 더 춥게 느껴졌는지도 몰랐다. 텐트 문을 열고 고개를 내밀었다가 하늘을 보고 얼른 카메라를 챙겼다. 저만큼의 산을 보기 위해선 이만큼 올라와야 했고 역시 산은 산에서 봐야 했다.

야영지에서 맞이한 아침

날씨는 흐렸지만 나름 분위기가 있었다. 하지만 푸리는 날씨가 좋지 않다면서 고개를 저었다. 파상이 해를 가리켜서 쳐다봤더니 햇무리였다. 예전에 햇무리가 생기면 날씨가 좋지 않다는 얘길 들어서 약간 불안했다.

어제 고개 두 개를 넘었으니 오늘 세 개를 넘어야 한다. 야영한 곳에서 2시간 걸려 시니온 라(Sinion La 4,646m)에 도착했다. 고개를 넘자 눈앞에 쿰바카르나(Kumbakharna 7,711m)가 나타났다. 우린 떡 벌어진 어깨 앞에서 걸음을 멈췄다. 거대한 산은 저절로 경외의 대상이 되었다. 내려가는 길에는 허벅지까지 눈에 빠졌다. 너덜길이라 걷기가 만만치 않았다.

셀레레 티숍은 비수기라 문이 닫혀 있었다. 추위를 피할 곳이 없어 바깥에서 눈을 맞으며 라면을 먹었다. 그나마 점심을 챙겨 먹는 건 나뿐이고 스텝들은 묽은 수프에 밀크티를 마셨다. 그래도 그들은 웃고 장난치며 즐거워했다.

쿰바카르나

허벅지까지 쌓인 눈

눈발이 날리고 안개가 자욱한 날씨

티숍에서 40분 정도 가야 셀레레 라(Selele La 4,480m)가 나왔다. 이렇게 해서 네 번째 고개를 넘었다. 셀레레 라에서 내려가는 길은 가파르고 눈도 많았다. 눈발이 날리고 안개까지 자욱해서 저 아래 뭐가 있는지 보이지 않았다. 곧 마지막 고개인 타모 라(Tamo La 3,840m)에 도착했지만 군사로 내려가는 길도 만만치 않았다. 워낙 가파른 곳이라 긴장을 늦출 수 없었다.

군사(Ghunsa 3,5955m)에 도착하자 오후 5시가 넘었다. 어제 9시간, 오늘 8시간, 이틀 동안 17시간을 눈을 헤치며 여기까지 왔다. 눈을 헤치느라 다들 고생했지만 무엇보다 무사해서 다행이다.

짐을 정리하는데 푸리가 "버히니" 하며 똥바 마시러 오라고 했다. 힘든 구간을 끝냈고 내일은 휴식이니 당연히 그래야 했다. 푸리는 나에게 셀레레 라를 넘은 것을 축하한다며 하이파이브를 했다. 이게 축하받을 일인지는 모르겠지만 나도 고맙다고 했다. 똥바 마시는 데 음악이 빠질 수 없었다. 춤꾼 푸리는 누가 시키지 않아도 알아서 춤을 췄다. 따망들까지 춤을 추러 나가자 열기가 뜨거워졌다. 저녁엔 모두에게 야크 고기가 나왔다. 똥바도 실컷 마시고 야크 고기도 먹고 좋은 날이다.

군사

7시가 넘었지만 다들 조용했다. 쉬는 날이라고 어젯밤 음주가무를 제대로 즐긴 까닭이다. 주방에 갔더니 푸리와 니마가 수유차(버터차)를 마시고 있었다. 니마는 체력적으로 더 이상 버틸 수 없어 여기서 내려가기로 했다. 그는 지원받은 옷을 벗고 자신의 옷으로 갈아입었다. 깨끗한 운동화에 나이에 어울리는 캐주얼한 복장, 옷이 날개라더니 인물 좋은 니마가 더 잘생겨 보였다. 그는 내게 마지막까지 성공하길 바란다며 행운을 빌어줬다. 니마와 악수를 하고 약간의 팁을 챙겨줬다. 계약으로 보자면 나는 어떤 돈도 쓸 필요가 없었지만 상관없었다. 니마가 입었던 등산화와 바지, 다운재킷 등은 핀조에게 넘어갔다.

쉬는 날이자 정비하는 날이라 아침부터 분주했다. 침낭을 담장에 널어놓고 빨래부터 했다. 스텝들은 노래하면서 그 찬물에도 빨래를 척척했다. 다들 멋쟁이라 청바지 하나씩은 꼭 있었다. 한동안 빨래터는 그들의 노랫소리와 수다로 활기가 넘쳤다.

쿡이 카드놀이를 하다가 점심을 놓쳤다. 내가 배고프다고 했더니 그제야 부랴부랴 준비하기 시작했다. 파상에게 쿡에 대한 불

빨래하는 스텝들

만을 털어놓으며 앞으로 세 가지를 지켜달라고 했다. 음식을 로지에 맡기지 말 것. 시간을 지킬 것. 키친 타월과 장비를 깨끗이 할 것. 더러운 행주로 그릇이나 컵을 닦는 게 늘 마음에 걸렸다. 파상도 이 부분을 충분히 알고 있었기 때문에 내 말이 서툴러도 금방 이해했다.

점심에는 짜장밥에 반찬이 푸짐하게 나왔다. 한마디했다고 음식의 질이 확연히 달라졌다. 까르마는 키친 타월을 빨아서 널었다. 역시 참고 있는 것보다 말하고 요구하는 게 나았다. 아무 말도 하지 않으면 계속 그렇게 해도 되는 줄 알고 바뀌지 않는다.

저녁에는 짐을 나눠서 다시 정리했다. 4일 동안 필요한 것만 빼고 나머지는 군사에 두고 가기로 했다. 우린 팡페마로 향했다가 다시 군사에 돌아오게 된다.

고도를 높이는 중이라 작은 오르막도 힘들었다. 적응 과정이라고 보면 되는데 완전히 적응하기 전까지 다리가 무겁고 숨이 찼다. 몸이 무겁다고 생각되는 시기가 지나면 5천 대도 평지를 걷는 것처럼 숨쉬기 편해진다.

쿰바카르나

칸바첸

캄바첸(Kambachen 4,050m)에 가까워질수록 쿰바카르나도 손에 닿을 듯했다. 이 산은 히말라야에서 가장 가파른 벽을 가진 곳 중 하나로 마치 독수리가 날개를 펴고 앉은 모습이다. 쿰바카르나의 쿰바는 '어깨'라는 뜻으로 뾰족한 봉우리 양옆으로 날개처럼 펼쳐진 봉우리 때문에 붙여진 이름이다.

캄바첸 로지는 우리가 간다고 해서 문을 열었다. 대군을 끌고 다니니 시즌이 아니래도 이런 유리한 점이 있었다. 등산화며 침낭을 널어놓고 일기를 썼다. 우리와 같은 곳에 묵는 프랑스인 두 명은 파상에게 이것저것 물었다. 그전에 푸리가 한국인 여자 혼자 네팔 GHT를 한다고 약을 발라놓은 듯했다. 그들은 내게 스폰서가 있는지 궁금해했고 없다고 하자 매우 놀라워했다. 파상은 우리가 셀레레 라를 어떻게 지나왔는지 설명하며 그들에게 넘어가기 어려울 거라고 했다. 푸리는 앞으로 가야 할 곳인 이스트 콜과 타시랍차 라를 언급하며 서쪽의 돌포, 무구, 홈라 이야기도 했다. 총 5개월이라는 말에 프랑스인들은 감탄사를 날렸고 푸리는 자신이 이 트레킹을 진행한다는 사실에 뿌듯해했다.

아침 일찍 까르마가 차를 가져왔다. 그 아인 꼭 나를 "헬로" 하고 불렀다. 산골 소년인 핀조조차 디디라고 부르는데 말이다.

다시금 새파란 하늘에 눈부신 하루가 시작됐다. 점점 고도를 높여가자 역시나 다리가 무거워졌다. 갑자기 파상이 심장이 이상하다며 걸음을 멈췄다. 그의 심장을 가리키며 "쿵쿵쿵" 하냐고 했더니 그렇다며 표정이 안 좋아졌다. 아스피린을 건네주며 오늘은 쯔롯(담배)을 피우지 말라고 했다. 다행히 파상은 금방 괜찮아졌다.

사태 지역이 끝나는 지점에 큰 얼음 폭포가 있었다. 우리가 지날 때 이 얼음이 무너지는 바람에 한바탕 숨차게 뛰었다. 얼마쯤 가자 이번엔 우리 뒤로 돌이 쏟아졌다. 네팔 트레킹은 어디를 가나 이런 위험이 도사렸다.

로낙(Lhonak 4,780m) 로지 역시 우리가 온다고 해서 문을 열었다. 방은 나름 깨끗했다. 푸리는 여기 방값이 굉장히 비싸다고 했다. 고산 적응을 위해 쿡이 마늘 스

수시로 낙석이 일어나는 길

등산화를 말리며

프를 해왔다. 마늘을 얼마나 많이 넣었는지 향이 아주 진했지만 맛은 기가 막혔다.

해가 잘 드는 곳에 등산화와 입었던 옷을 말렸다. 수시로 바람이 불어서 먼지가 앉았지만 이렇게만 말려도 냄새가 나지 않는다. 포터들의 양말과 등산화에선 고린내가 너무 심했다. 그나마 가이드인 푸리와 파상은 아침마다 향 스프레이를 뿌려서 냄새가 나지 않았다.

해가 질 무렵 칸첸중가 빙하를 보러 둔덕으로 향했다. 빙하 지대는 살벌했다. 마치 거대한 괴물이 아가리를 벌리고 있는 듯했다. 예전에 자연이 선택하는 건 대체적으로 옳다는 말을 들은 적이 있다. 뚜렷한 이유는 없지만 왠지 저 산들도 무조건 옳아 보였다.

하루 중 가장 좋은 시간을 묻는다면 '따뜻한 침낭 속에서 더 있어도 될 때'라고 말하고 싶다. 팡페마에 가기 위해 다시 길을 나섰다. 하늘은 며칠째 맑고 깨끗했다.

칸첸중가 빙하 지대는 누군가 밭을 갈아놓은 것 같았다. 베이스캠프 가는 길은 다 마찬가지겠지만 이곳도 모레인(빙퇴석) 지대를 통과해야 했다. 나는 숨이 차서 천천히 가는데 파상과 까르마는 훌쩍 가버렸다. 그들은 멀찌감치 가다가 내가 오는지 확인하고 계속 가던 길을 갔다. 마음 같아서는 '비스타리(천천히)!' 하며 소리치고 싶었지만 그들은 너무 멀었고 나는 숨이 찼다. 천둥소리가 들리더니 쐐기처럼 생긴 웨지 피크(Wedge Peak 6,802m)에서 눈사태가 일었다. 날이 따뜻해지면서 눈이 자주 쏟아졌다.

팡페마(Pangpema 5,143m) 추모비 앞에 섰다. 신의 영역에 도전했던 사람들. 그러나 신은 그들을 허락하지 않았다. 죽은 모습 그대로 얼음 속에서 천년만년 보낼

지도 모를 그들, 비록 육체는 얼음에 갇혔지만 영혼은 이 산 어딘가에 있을지도 모른다. 어쩌면 한 마리 새가 되어 허락받지 못한 산 주변을 날고 있을지도 모를 일이다. 팡페마는 네팔 GHT 하이루트의 시작점이기도 하다. 히말라야 횡단은 부탄에서 네팔, 티베트, 인도, 파키스탄까지 총 4,500km에 이르는 대장정이다. 그중 네팔은 1,700km(하이루트)로 제일 긴 구간이다.

이곳에선 칸첸중가의 다섯 보물 중 세 가지를 볼 수 있다. 칸첸중가(Kanchenjunga 8,586m), 얄룽 캉(Yalung Kang 8,505m), 캉바첸(Kangbachen 7,902m)이 그 보물이다. 나머지 칸첸중가 중봉(Kanchenjunga Central 8,482m)과 남봉(Kanchenjunga South 8,494m)은 30분쯤 더 올라가면 볼 수 있다.

파상이 아침에 '옴마니밧메훔'을 틀었다. 이는 불교 진언으로 '옴'은 우주, '마니'는 지혜, '밧메'는 자비, '훔'은 마음을 뜻한다. 히말라야에서 듣는 옴마니밧메훔은 표현하기 어려운 신성함이 있다. 푸리는 걸을 때도 종종 옴마니밧메훔을 중얼거렸다. 한숨을 내쉴 때도 마찬가지다.

눈사태 나는 웨지 피크

로낙

하산하는 길에 한 프랑스인을 만났다. 그는 나와 루트가 같다면서 인사를 했다. 남자는 120일 일정으로 가이드와 단둘이 왔다고 했다.

이틀에 걸쳐 올라갔던 길을 하루 만에 내려왔다. 우리는 군사에 도착해서 짐을 풀자마자 똥바부터 마셨다. 나는 안 되는 영어와 네팔어를 섞어가며 그들과 문화와 종교에 대한 이야기를 나눴다. 셰르파족, 따망족, 라이족, 보테족은 몽골리안이라 비슷한 문화를 가지고 있다. 그들 대부분은 히말라야 줄기를 따라 고산에 살고 있으며 티베트 불교도인 경우가 많다. 산간 지역을 벗어난 곳은 거의 힌두교로 문화와 언어가 다르다. 파상과 푸리는 힌두교인을 좋아하지 않는다고 했다. 기득권을 차지하는 다수의 힌두교인과 그들의 카스트 제도가 다른 소수민족을 불편하게 하는 듯했다.

네팔리 가이드라면 몇 개의 언어는 기본으로 한다. 파상은 영어, 독일어, 힌디어, 네팔어, 티베트어, 셰르파어까지 총 6개 언어를 한다. 푸리는 영어, 이탈리아어,

스페인어, 약간의 중국어, 네팔어, 티베트어, 셰르파어를 할 수 있다. 허풍이 있어서 다 믿을 수는 없지만 그래도 대단하다.

쿡이 안주라며 닭똥집 볶음을 내오더니 저녁엔 백숙을 해줬다. 전혀 기대하지 않은 요리라서 무척 놀랐다. 혼자 먹기엔 양이 많아서 반은 푸리에게 나눠줬다. 그는 이번 트레킹에서 한국 음식을 처음 먹는다며 백숙 맛을 보더니 엄지손가락을 세웠다.

팡페마에서 칸첸중가를 배경으로(위). 군사 로지에서

따망들의 반란

올랑춘 골라까지 3일 정도 마을이 없어서 짐이 많았다. 우리는 군사에서 식량과 연료를 보충하고 포터 2명을 추가로 고용했다. 이제 스텝은 가이드 2명, 쿡, 포터 7명까지 총 10명이 되었다.

낭고 라(Nango La 4,776m) 가는 길에 큰 짐승의 발자국을 만났다. 간밤에 기괴한 소리가 들리더니 이제야 정체를 알았다. 눈에 찍힌 발자국은 어미와 새끼로 밤새 이동한 모양이었다. 어쩌면 눈표범일지도 모른다는 생각이 들었다. 그리고 그들의 흔적 외 발자국 하나가 더 있었다. 푸리는 지난번 만났던 프랑스 팀이라고 했다. 나는 그들을 'GHT 투맨'이라 불렀다.

"디디, 보끄 라교?" (누나, 배고파요?)

파상이 건네 준 김밥은 밥 한 덩이에 김만 붙어 있었다. 그나마도 비닐봉지 안에서 흐물흐물 다 녹았다. 혼자 먹기 미안해서 비상식으로 가지고 다니던 초코바를 가이드들에게 줬다. 아침이 늦다 보니 스텝들 점심을 따로 준비하

연료를 보충하고 있는 쿡

나는 계속 걷기로 했다

낭고라에서

지 않은 듯했다.

　오후로 접어들자 맑던 하늘이 구름에 휩싸였다. 순식간에 을씨년스러운 분위기로 바뀌었다. 랄리구라스 숲도 지나고, 이끼로 덮인 정글도 지났다. 이곳은 산사태가 심해서 계곡을 내려가다가 다시 올라가는 일이 반복됐다. 정글이 끝나자 다리가 나타났다. 양마 콜라(Yangma Khola 3,430m)다. 먼저 도착한 GHT 투맨 텐트도 보였다. 기척 소리에 모습을 보인 프랑스인은 다리를 절뚝거렸다. 그는 가이드와 단둘이 모든 짐을 지고 걷는 중이었고 7월까지 이 길을 이어간다고 했다. 나도 프랑스인도 혼자 하는데 나는 스텝이 10명이고 그는 1명이다. 너무 극과 극이라 기분이 묘했다.

　따망들은 1시간이나 늦게 왔다. 녀석들 중 하나가 내 카고백을 지고 다녀서 기다리는 일이 자주 생겼다.

　어제 내려온 만큼 다시 올라가야 했다. 내려왔으면 올라가고 올라갔으면 내려

양마 콜라의 산사태 길

갔다. 푸리는 몬순에 양마 콜라에 오면 낙석 때문에 매우 위험하다고 했다. 낙석뿐만 아니라 계곡도 넘칠 것 같다. 양쪽으로 깎인 길이라 길이 끊어졌다 이어지기를 몇 번, 안전한 길이 아니다.

갑자기 모든 게 지루해졌다. 아직 한 달도 되지 않았는데 이 긴 일정이 어떻게 흘러갈지 두려워졌다. 네팔 스텝들과 친해져야겠다는 생각도, 네팔어를 배우고 싶다는 마음도 옅어졌다. 문득 내게도 동지가 있었으면 싶었다. 누군가 같이 걷고, 어려운 일이 있을 때 상의하고, 맛있는 똥바를 같이 마실 사람이 있다면 얼마나 좋을까. 혼자 감당해야 할 모든 것들을 생각하니 슬며시 외로워졌다.

다른 포터들이 쉬고 있을 때도 따망들은 보이지 않았다. 녀석들이 큰 말썽을 부리는 것은 아니지만 자꾸 마음이 쓰였다. 쉬는 동안 푸리와 여러 이야기를 나눴다. 그는 따망들이 일도 못하면서 말이 너무 많다며 머리가 아프다고 했다. 참탕에 도착하면 녀석들을 보내고 새로운 포터를 구하겠다고도 했다. 푸리는 내친김에 쿡에 대한 불만도 털어놓았다. 게으르고 음식도 못한다면서 진짜 쿡이 아니라 주방 보조만 했을 거라고. 그리고 아침에 출발 시간을 못 지키는 건 쿡이 매번 늦잠을 잤기 때문이란다.

올랑춘 골라(Olangchun Gola 3,191m)는 그동안 보던 마을과 분위기가 달랐다. 양철지붕이 아닌 너와지붕이라 그랬는지 중국의 어느 마을 같았다. 지붕에 올린 돌들은 많은 양의 눈과 거센 바람을 견디기 위해서라고 했다. 마을에 들어서자 사람들이 어느 나라 사람인지 물었다. 그때마다 푸리는 "꼬리아 호" 하고 대답했다. 신기한 건 이런 오지라도 다들 한국이라는 나라를 알고 있다는 거다. 이들에게 한국은 로망이다. 5년 동안 일하고 돌아오면 집도 사고 땅도 살 수 있으니 그럴 수밖에 없다.

우리가 찾아간 로지는 마을에서 유일하게 전화가 됐고 주인이 마을의 관리자이자 유지였다. 여기 사우니는 군사 사우니의 동생이라고 했다. 그녀는 언니보다 붙임성이 좋아서 내게 "디디" 하며 똥바를 내줬다. 옥수수 가루를 반죽해서 구운 빵을 여기 사람들은 '로티(Roti)'라고 불렀다. 한 조각 먹어보고 "미토 처"라고 하자 사우

올랑춘 골라

로티

니가 한 조각을 더 내줬다.

똥바만으로도 얼굴이 달아올랐지만 이대로가 좋았다. 거울을 안 본 지 오래돼서 머리가 얼마나 자랐고 얼굴은 어떤지 알지 못했다. 한창 멋을 부릴 나이엔 굵은 다리가 부끄러웠지만 지금은 좋기만 하다. 화장을 하고 예쁜 옷을 입기 위해 고민하던 것도 이젠 중요하지 않은 일이 되었다. 꾸밈에 익숙해지면 자연스러워야 할 내 민낯이 불편해질 수 있다는 것을 산에 다니면서 알았다. 사람들은 내가 생각하는 것만큼 나에 대해 관심이 없다. 내가 고심해서 고른 신발이나 옷이라도 상대방은 잘 기억하지 못한다. 나이 듦이 좋은 점은 사소한 것이 더 이상 중요하지 않게 된다는 거다. 설익은 젊음보다 잘 익어간다고 믿고 있는 지금이 더 좋다.

푸리가 B씨와 통화하면서 낮에 깔레도 전화했다는 걸 알게 됐다. 이유는 밥값 때문이다. 따망들은 야영 때도 자신들이 먹을 식량을 직접 샀다. 야영은 음식이 제공되어야 하는데 푸리가 약속을 지키지 않았던 거다. 그는 B씨에게 따망들이 일을 못한다며 다른 포터들을 쓰겠다고 했다. 깔레도 그만두겠다며 목소리를 높였다. 결국 따망들 모두 하산하기로 했다.

쉬는 날이라 푸리와 약 500년 된 데키 촐링 곰파(Deki Chholing Gompa)를 보러 갔다. 티베트 불교는 라마교라고도 하는데 티베트, 몽고, 네팔 등에서 믿는 불교 분파 중 하나다. '라마'는 고승에게 쓰던 존칭으로 스승이라는 뜻이지만 일반 승려에게 사용되면서 라마교라고 부르게 되었다. 이곳 곰파는 오랜 역사만큼 규모가 크고 벽의 붉은색도 다른 곳보다 강했다. 마니차도 관리 상태가 좋았다. 마니차(Mani Wheel)는 불교 경전을 넣어두는 경통으로 한 번 돌릴 때마다 경전을 한 번 읽은 것과 같다고 여긴다. 티베트 불교에서는 초르텐(불탑)이나 마니차, 곰파를 돌 때 왼쪽에서 오른쪽으로 돈다. 성산 카일라스를 돌 때도 마찬가지다. 우리는 곰파 왼쪽에서 시작해서 마당까지 돌아보고 안으로 들었다.

곰파 내부는 사진을 찍을 수 없었다. 관리인과 푸리는 법당에 들어서자마자 세

데키 촐링 곰파

곰파에서 마니석을 따라 내려가는 길

번 절했다. 문화라고 생각해서 나도 그들처럼 삼배를 했다. 푸리는 불상 아래 500루피를 올리더니 초를 밝히고 한 움큼의 쌀을 뿌렸다. 관리인이 손바닥에 물을 부어주자 그걸 마시고 머리에도 뿌렸다. 내가 돌덩이처럼 가만히 있자 푸리가 내 몫으로 500루피를 꺼내서 불상 아래 두었다. 그러곤 자신이 했던 것처럼 초를 밝히고 쌀을 뿌리게 했다. 관리인이 부어주는 물은 약간 쇠 맛이 났지만 후루룩 마시고 머리에 툭툭 뿌렸다. 이 과정이 끝나자 관리인이 목에 흰 천(카타)을 걸어줬다. 얼떨결에 합장을 했지만 이런 경험이 처음이라 몹시 새로웠다.

종교에 부정적이었지만 푸리를 보니 괜찮아 보였다. 무언가에 의지한다는 느낌보다 감사하는 마음을 가지는 듯했다. 하지만 종교라는 게 결국은 자신과 가족의 안녕을 바라는 경우가 많아서 가끔 헷갈렸다. 곰파 안에서 본 푸리는 진지하다 못해 경건하기까지 했다. 그런데 그가 밥값 때문에 포터들과 싸우고, 후에 돈 때문에 불미스러운 일이 생기는 것을 보면서 의문이 생겼다. 정직할 것 같았는데 사실은 그게 아니었음을 알았을 때, 어쩌면 종교는 그냥 습관 같은 건지도 모르겠다.

군사에서 고용한 포터 두 명은 돌아갔다. 지난밤 고성이 오가며 싸우던 따망들은 계속 같이 가기로 했다. 얘길 들어보니 그날 밤새 술 마시고 춤을 추며 화해한 모양이었다.

로지에서 시멘트나 땔감 등을 나르던 청년들이 우리 팀에 합류했다. 이제 우리가 향할 곳은 칸첸중가 지역에서 가장 험하다고 할 수 있는 룸바삼바 패스다.

10명이 먹어야 할 점심은 양이 상당했다. 사우니가 로티를 많이도 챙겨줬다. 거기에 못생긴 감자와 삶은 달걀까지 제법 푸짐했다. 보통 달걀은 몇 개 안 돼서 나와 가이드가 먹었다. 식어서 퍽퍽해진 로티는 잘 넘어가진 않았지만 계속 고도를 올려야 해서 열심히 먹었다. 그렇게 싸우던 푸리는 깔레에게 달걀을 챙겨줬다. 깔레도 고분고분하게 말을 잘 들었다. 이 사람들은 싸우고 나서도 툭툭 털어버리는 듯했다.

나무를 해오는 암무릿(위). 야영지에서

더 올라가면 물을 구할 수 없다는 쿡의 말에 낭고 카르카(Nango Kharka 4,160m)에서 머물기로 했다. 날씨도 안 좋은데 올라가봐야 볼 것도 없었다. 핀조가 어디선가 나무를 잔뜩 해왔다. 따망들과 올랑춘 골라 청년들도 한 짐씩 지고 왔다. 새로 고용한 포터는 암무릿과 무게쓰로 이들의 성은 '림부'다. 늘 가만히 있던 따망들도 이번엔 부지런히 움직였다. 나무를 해오고, 불을 피워 물을 끓이고, 설거지가 편하게 작은 물웅덩이도 만들었다. 까불기만 하던 깔레도 압력솥을 지키며 밥하는 데 열중했다. 올랑춘 골라에서 그들끼리 무슨 일이 있었는지 모르겠지만 갑자기 분위기가 훈훈해졌다. 그러나 푸리와 깔레 관계는 그리 오래가지 않았다.

견과, 사탕, 육포를 넣은 꾸러미를 만들어 파상에게 포터들 나눠주라고 했다. 룸바삼바 패스를 넘는 날이라 뭐라도 챙겨주고 싶었다.

언덕을 넘고 길이 바뀔 때마다 풍경이 달라졌다. 탕체(Thangche 4,453m)는 넓고 평평했지만 바닥에는 물이 흥건했다. 파상이 선두에 섰고 그 뒤를 암무릿이 따랐다. 암무릿은 올랑춘 골라에 살면서도 룸바삼바 패스가 처음이라고 해서 의외였다. 숨 돌리며 아래를 보니 놀라운 풍경이 펼쳐졌다. 오르막이 힘들긴 해도 이런 맛이 있었다.

눈이 녹아서 걸을 때마다 푹푹 빠졌고 그 아래에선 물이 흘렀다. 계곡 건너 올라가는 길은 수직에 가까웠다. 이곳에 눈이 많으면 안전 장비가 필요할 정도로 위험하다고 하더니 과연 그렇다. 올라갈수록 날씨가 좋지 않아서 방향이 분간되지 않았다. 우리보다 먼저 지나간 팀은 없는 듯했다. 순간 GHT 투맨은 어디로 갔을까 궁금했다. 나는 그들이 룸바삼바 패스로 갔다고 생각했는데 발자국이 없어서 이상했다. 아무튼 올랑춘 골라 이후 두 사람에 대한 소식을 듣지 못했고 나도 금방 잊어버렸다.

파상이 배낭에서 볶음밥을 꺼냈다. 그런데 그릇은 달랑 세 개, 나와 가이드들이 먹을 밥이었던 거다. 포터들은 언제 점심을 먹는지 물어봤더니 비스킷이 전부라고 했다. 이 친구들 점심이 고작 비스킷이라니 당황스러웠다. 아침에 내가 준 간식이 있었지만 그것만으로 배를 채울 순 없었다. 나는 룸바삼바 패스를 넘기 위해 챙겼던 초코바 5개와 사탕을 모두 꺼내서 나눠줬다. 어쩌면 이들은 아침에 밥을 먹었기 때문에 점심을 이런 식으로 때우는지도 몰랐다.

흐린 날씨 때문에 보이는 게 없으니 땅만 보면서 열심히 걷는 수밖에 없었다.

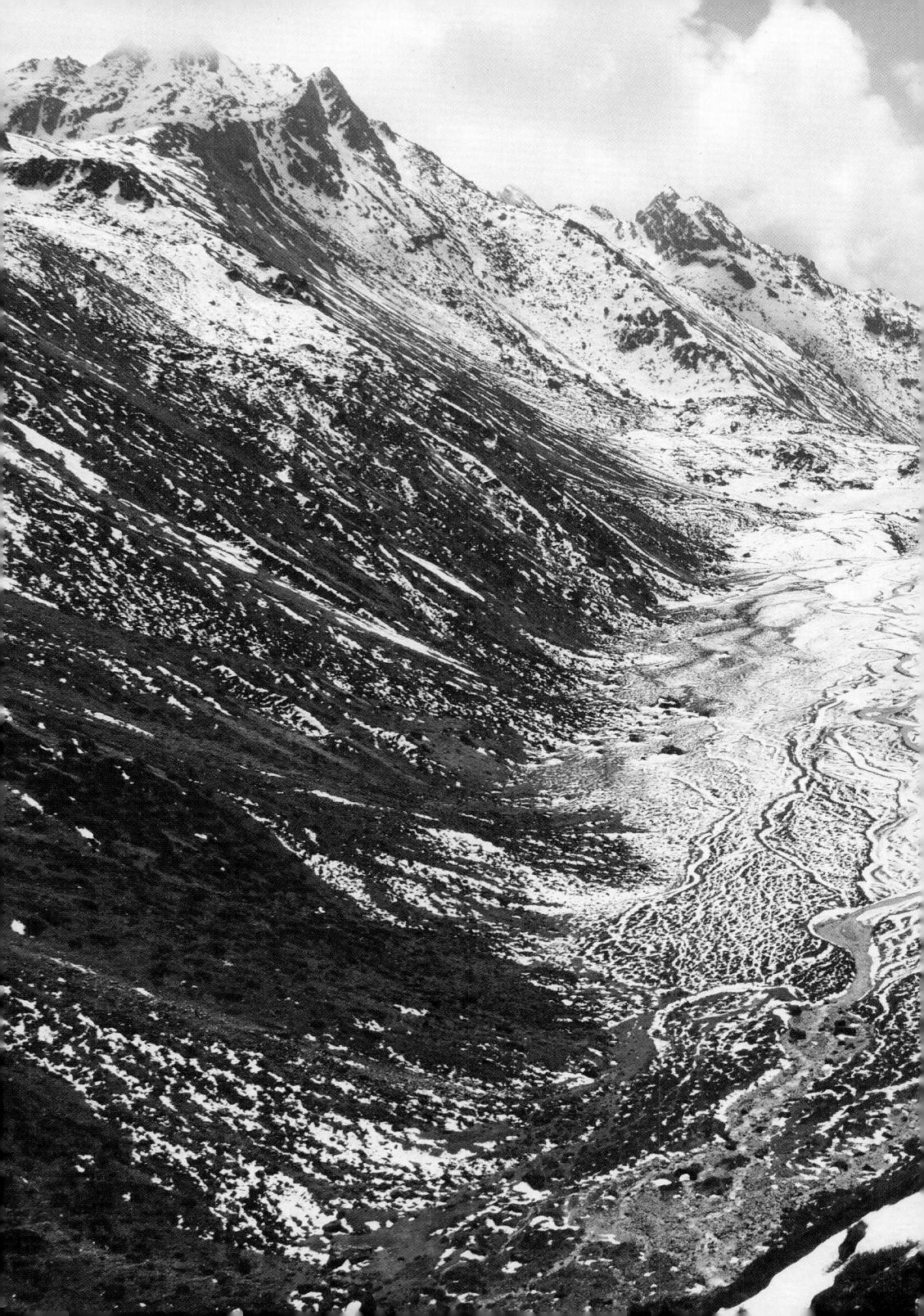

탕체

탕체를 지나는 포터들

룸바삼바 패스 가는 길

이정표 역할을 하는 돌무더기 케른(Cairn)이 있어서 길을 찾긴 어렵지 않았다. 올라가고, 올라가고, 또 올라갔다. 점심을 안 먹었으면 정말 힘들 뻔했다. 핀조는 언제 앞에 갔는지 이 높은 곳에서도 거침없이 걸었다. 고도 5,000m가 되면 산소가 53%로 떨어지지만 이젠 숨참이 전혀 없었다. 묵직했던 다리도 가벼웠고 지금까지 이어진 오르막길도 비교적 수월했다. 몸이 완전히 적응한 모양이다.

배낭에 넣고 다녔던 카타를 꺼내 룸바삼바 패스(Lumbhasambha Pass 5,159m) 룽따 사이에 묶었다. 행운을 기원하는 마음과 지금까지 무사함에 대한 감사 인사다.

여기서 왼쪽은 마칼루 산군이고 오른쪽은 칸첸중가 산군이지만 날씨가 흐려서 아무것도 보이지 않았다. 이렇게 미련이 남으면 안 되는데 미련이 남고 말았다.

"파니 람므러 처이나." (물이 안 좋아요.)

푸리는 물을 만날 때마다 혀를 차며 계속 진행했다. 날이 어두워지고 있었지만 야영지마다 물빛이 회색이었다. 걸으면서 암무릿에게 말을 걸었더니 "노 잉글리시" 하며 바로 막을 쳤다. 자기 딴에는 영어를 못한다는 뜻일 텐데 받아들이는 입장에선 말을 하고 싶지 않은 것처럼 보였다. 생각해보니 나도 외국인이 말을 걸면 그런 식으로 막부터 치곤했다. 입장이 바뀌니 기분이 묘했다. 그래서 암무릿에게 "파니 람므러 처이나" 했더니 그제야 네팔어로 대꾸해줬다. 하지만 안타깝게도 내가 그 말을 알아듣지 못했다.

저녁이 다 되어 두 계곡이 합수되는 지점에 멈췄다. 그나마 물이 깨끗했지만 야영하기엔 장소가 마땅치 않았다. 푸리는 여기서 투담(Thudam 3,556m)까지 1시간이면 된다고 했다. 아직 몇몇 포터들은 도착하지 않았고 비까지 내리고 있었다. 언제 따라왔는지 쿡이

야영지마다 회색인 물빛

보였다. 그가 가이드에게 뭐라고 하자 둘의 목소리가 커졌다. 알아들진 못했지만 아직까지 야영지를 정하지 못한 것에 대해 힐난하는 듯했다. 나는 대충 분위기를 파악했지만 투담 쪽을 가리키며 왜 안 가냐고 물었다. 그러자 쿡이 "디디 투담?" 하면서 마을로 향하기 시작했다. 내가 투담에 가고 싶어 하면 당연히 그래야 한다는 것처럼. 갑자기 바뀐 쿡의 행동에 어안이 벙벙했다.

빗줄기가 굵어졌다. 아무도 랜턴을 켜지 않아서 나도 최대한 눈을 크게 뜨고 걸었다. 조심했지만 결국 미끄러져서 랜턴을 꺼냈다. 푸리는 불빛도 없이 빠르고 정확하게 갔다. 내가 잘 오는지 수시로 돌아봤지만 말은 하지 않았다. 위에서는 포터들이 내려오는 불빛이 보였다. 투담까지 1시간이 걸린다고 했지만 어두운 데다가 빗길이라 1시간 반 정도 걸렸다. 투담은 마을이라기보다 집 몇 채가 전부였다. 비가 쏟아지는 중에도 파상이 이 집 저 집 물어서 간신히 한 집에 들었다. 이날 우리는 10시간 30분 동안 약 23km를 걸었다. 이틀에 와야 할 거리를 하루 만에 온 거다.

하늘이 찢어지는 소리를 낼 때 포터들이 도착했다. 물에 빠진 생쥐처럼 흠뻑 젖었지만 표정은 밝았다. 날씨가 더 궂어지는 걸 보니 야영하지 않고 내려오길 잘했다. 포터들은 젖은 옷을 갈아입지도 않고 불가에 앉아 준비해놓은 맥주부터 마셨다. 카고백에 고이 모셔두었던 육포를 풀었더니 다들 좋아했다. 그들이 맥주를 마시는 동안 나는 혼자 똥바를 마셨다. 이런 날은 맥주보다 따뜻한 똥바가 최고다.

이 집은 원룸식이라 자연스럽게 혼숙이 됐다. 유일한 침대는 내 차지가 됐고 나머지 사람들은 바닥에서 잤다. 우리 스텝만 10명인데 그것도 모자라서 주인 남자 두 명까지, 전생에 나라를 구한 모양이다. 12명의 네팔 남자들과 한 공간에 있었지만 어색하거나 불편하지 않았다. 트레킹하면서 이런 특별한 경험을 하다니 오히려 즐거웠다.

나는 계속 걷기로 했다

6장

마칼루 지역
Makalu Area

마칼루(Makalu 8,468m)는 세계에서 다섯 번째로 높다. 마칼루라는 이름은 산스크리트 어 '마하칼라(Mahakala)'에 어원을 두며, '거대하고 위대한 검은 존재'를 뜻한다. 힌두교 시바신의 다른 명칭이기도 하다. 몸통이 검은 이 신은 티베트 불교에서 대흑천(大黑天) 으로 의역되어, 마칼루가 '검은 귀신'으로 소개되기도 했다.

이 지역의 이스트 콜(East Col 6,180m), 웨스트 콜(West Col 6,190m), 암푸랍차 라 (Amphu Labsta La 5,845m)는 네팔 GHT 하이루트에서 가장 어려운 곳이다. 전문 등반 장비와 기술이 요구되고 단독 트레킹이 어려워 비용이 많이 든다. 이곳의 난이도와 비용 등이 부담스러우면 컬처루트인 살파 라(Salpa La) 트랙을 이용하여 쿰부(에베레스트) 지역과 연결할 수 있다.

· 진행 경로 ·
· 투담 – 바룬 강 – 마칼루 베이스캠프 – 이스트 콜 아래 – 마칼루 베이스캠프 – 타시가온 – 세두와

191.6킬로미터 301,663걸음

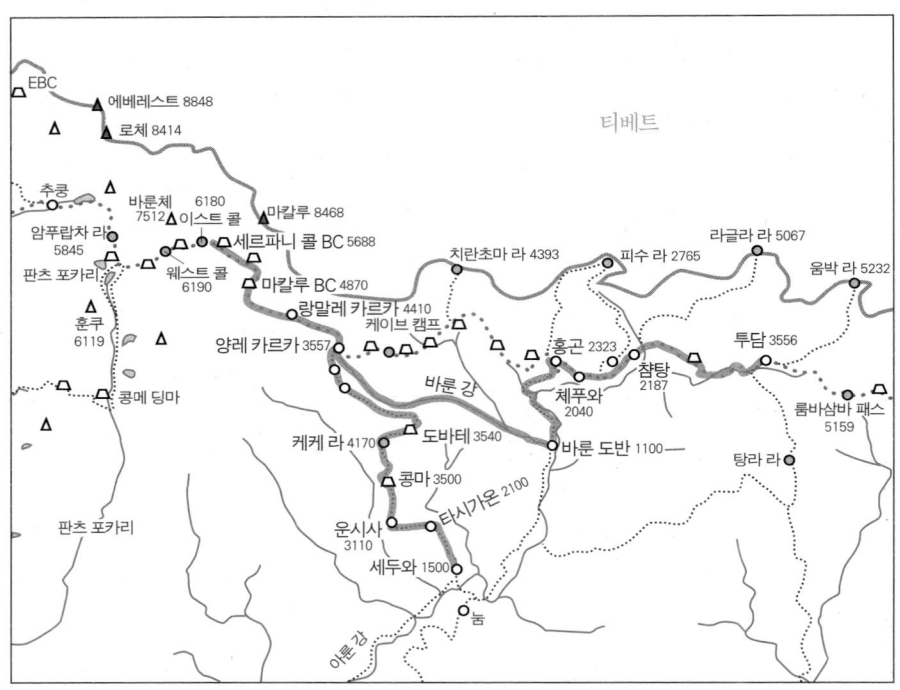

EBC
에베레스트 8848
로체 8414

티베트

추쿵
바룬체 6180
이스트 콜
마칼루 8468
암푸랍차 라 5845
세르파니 콜 BC 5688
판츠 포카리
웨스트 콜 6190
마칼루 BC 4870
치란초마 라 4393
피수 라 2765
라글라 라 5067
움박 라 5232
훈쿠 6119
랑말레 카르카 4410
케이브 캠프
양레 카르카 3557
바룬 강
홍곤 2323
찹탕 2187
투담 3556
콩메 딩마
체푸와 2040
롬바삼바 패스 5159
케케 라 4170
도바테 3540
바룬 도반 1100
탕라 라
판츠 포카리
콩마 3500
운시사 3110
타시가온 2100
세두와 1500
눔
아룬 강

쉬는 동안 마을 사람들이 우르르 몰려왔다. 그들은 마을 부녀회라며 기부를 요청했다. 오지 마을을 지나다 보면 이런 일이 자주 있다. 나는 여행 초반이라 기꺼이 기부했다. 그렇다고 늘 기부하는 건 아니다. 푸대접일 경우나 바가지를 씌우면 거절하기도 한다. 방명록에 이름을 적어달래서 한글로 이름과 국적을 적었다. 그들이 고맙다며 목에 흰 천을 걸어주었다.

마을 여자가 아이를 데리고 찾아왔다. 아이 손가락엔 상처와 함께 때가 나무껍질처럼 붙어 있었다. 물티슈로 닦아주고 연고를 발라주었다. 여자에게 밴드 몇 개를 더 주며 바꿔서 붙이라고 했는데 잘 이해했는지 모르겠다. 약상자를 닫으려고 하자 이번엔 할머니 한 분이 무릎이 아프다고 했다. 소염 진통제를 줬더니 잠시 후 또 한 사람이 찾아왔다. 아직 갈 길이 멀어서 더 이상 안 된다며 거절했다. 가는 내내 이런 일이 반복되어 사실 좀 난감했다. 동쪽부터 서쪽까지 약을 달라는 사람들이 제법 많았다. 트레킹이 끝나는 때라면 얼마든지 주겠지만 아직은 적절하지 않았다.

텐트 두들기는 소리에 내다봤더니 콩알만 한 우박이 떨어졌다. 포터들도 놀라서 안으로 들어갔다. 어제 룸바삼바 패스를 넘길 잘했다. 안 그랬으면 낮부터 이런 우박을 맞거나 눈을 맞으면서 걸었을 거다.

윗집에서 푸리가 똥바 마시러 오라며 불렀다. 날이 차져서 따뜻한 게 그리울 때였다. 깔레와 무게쓰가 먼저 와서 럭시를 마시고 있었다. 럭시는 증류한 술로 원액은 꽤 독했다. 나는 그보다 순한 똥바가 더 좋았다. 푸리는 똥바 마실 때 빨대 닦는 법을 알려줬다. 우선 대나무 빨대 입구를 손으로 잘 닦은 다음, 입구를 막아 안에 있

콩알만 한 우박

는 물을 빨아들인 후 거꾸로 쏟아낸다. 이렇게 하면 다른 사람이 입 댄 부분이 소독된다. 할머니가 주신 말린 야크 치즈는 너무 딱딱해서 한참이나 입에서 녹여야 했다. 뭔가 드릴 게 없을까 생각하다가 스카치 캔디를 드렸다. 이 사탕은 밀크티 맛이 나서 네팔 사람들도 좋아했다.

오늘은 계곡으로 내려가다가 다시 능선으로 올라가야 한다. 이제부터는 마칼루 지역이다. 그야말로 산 넘고 물 건너는 날이다. 간밤에 내린 눈으로 산할아버지 머리가 허옇게 셌다. 이틀 동안 그렇게 비가 쏟아졌으니 룸바삼바 패스는 눈이 차고도 넘쳤을 거다. 풍경을 못 봐서 아쉽다고 했는데 다르게 생각하면 이만한 행운도 없었다.

몇 개의 카르카를 만났지만 번번이 조건이 좋지 않았다. 야크가 너무 많다거나, 장소가 좁다거나, 물이 없어서 야영하기 힘들었다. 챰탕까지는 2시간 정도라 계속 진행하기로 했다. 불편한 야영지보다 마을까지 가는 게 나았다. 챰탕은 한참 내려갔다가 다시 올라가야 했다. 얼마나 내려왔는지 다리가 덜덜거렸다. 아룬 강

나는 계속 걷기로 했다

(Arun River)은 며칠 동안 내린 비로 난폭하게 흘렀다. 비를 맞으며 챰탕(Chyamtang 2,787m)에 도착했을 땐 이미 날이 어두워졌다. 투담에서 챰탕까지도 이틀 거리였다. 우린 9시간 반 동안 약 25km를 걸었다.

포터들은 밤 9시 반에 도착했다. 파상에게 영양제와 피로회복제를 포터들에게 나눠주라고 했다. 나중에 파상 배낭에 피로회복제가 그대로 있는 것을 보고 그가 중간에 챙겼다는 걸 알았다. 어쩌면 룸바삼바 패스 가는 날 나눠줬던 간식도 파상이 일부 챙겼을지 모른다는 생각이 들었다. 이후로는 그에게 배낭을 비롯해서 무엇도 맡기지 않았다.

챰탕엔 로지가 없어서 주인 내외가 자던 방을 내줬다. 그래도 손님이라고 침대 커버를 새로 바꿔줬다. 잠이 들려는 순간 침낭 위로 뭔가 후루룩 지나갔다. 직감에 이건 쥐였다. 랜턴을 켰더니 벽 모퉁이에서 쥐 두 마리가 초롱초롱한 눈으로 바라보고 있었다. 쫓아내려고 하자 녀석들은 상관없다는 듯 벽 가장자리를 따라 유유히 사라졌다. 이후로도 벽이나 천장을 오가는 소리가 들렸다. 혹시나 녀석들이 또 침낭으로 내려오는 건 아닌지 불안하고 불결했다. 설마 저것들이 카고백을 물어뜯지는 않겠지…… 걱정이 됐지만 피곤함을 이기진 못했다.

며칠 간 내린 비로 난폭해진 아룬 강

어느새 4월이 되어 복사꽃이 피었다. 며칠 전만 해도 겨울이었는데 잠깐 사이에 봄이 되었다. 우주의 법칙은 얼마나 정확한지 자연은 때가 되면 한 치의 어긋남도 없다.

쿡은 마칼루 지역 체푸와(Chepuwa)가 고향이다. 그는 고향 마을을 지나면서 시원한 창도 얻어다 주고 저녁에 쓸 채소도 구해왔다. 아침부터 부지런을 떤 이유가 있었다. 고향이라 그런지 어깨에 힘이 많이 들어갔다.

홍곤(Hongon 2,323m)은 현지에서 팡도(Pangdo)로 불렀다. 우린 여기서 정비한 후에 출발하기로 했다. 휴식의 시작은 이번에도 똥바가 됐다. 푸리는 우리가 머물고 있는 로지의 똥바가 최고라고 했다. 보통 똥바에 보리 같은 걸 섞기도 하는데 여긴 100% 꼬도 똥바라 맛이 훌륭했다. 하지만 그만큼 도수가 셌다.

푸리는 배낭에 있던 돈뭉치를 꺼내 로지 금고에 맡겼다. 포터들이 다 보고 있는데 돈을 꺼내는 이유가 뭔지 모르겠지만 부피가 엄청났다. 그는 내가 방에서 나올 때마다 매번 방문을 잠갔는지 확인했다. 내가 괜찮다고 하면 사람이 많아서 위험하다며 주의를 줬다.

야크를 잡았다는 소리에 내려가보니 포터 셋이 고기를 썰고 있었다. 칼을 세워서 고기를 자르는 손놀림이 능숙했다. 저녁엔 파상이 마수 모모(고기 만두)를, 쿡은 고추장을 듬뿍 넣은 불고기를 만들어줬다. 이날은 다들 고기 안주에 고깃국까지 잘 먹었다.

머리를 감으러 동네 빨래터에 갔더니 포터들도 있었다. 우리 포터들이 잘생겨

서 그런지 동네 여인들이 수줍어
했다. 역시 젊은 남녀들은 보고만
있어도 좋은 모양이다.

　야크 고기는 보관을 쉽게 하
기 위해 줄에 걸어서 말렸다. 기다
렸다는 듯이 파리가 달려들었지만
이런 곳에선 녀석들과 나눠먹는
수밖에 없다. 현지인들은 이렇게
말린 고기를 겨울에 먹는 듯했다.

　점심 먹고 동네 마실을 나갔다.
홍곤은 큰 마을이었고 집도 좋았다.
푸리가 친구네 집이라고 들른 곳엔
친구가 없었다. 친구는 카트만두에
서 일하는 중이고 이 집 딸도 공부
하러 카트만두에 간다고 했다. 우리

포터들(위). 야크 고기를 말리며

가 서울로 가는 것처럼 이들도 그랬다. 친구 어머니가 창을 내주셨다. 복장이 멋져서
사진을 찍어도 되냐고 했더니 자세를 잡아주셨다. 사진을 보여드렸더니 부끄러워하면
서도 좋아하셨다.

　현지인의 또 다른 집에도 갔다. 푸리는 새로운 경험을 할 수 있는 곳이면 늘 나
를 불러줬다. 이 집에서는 중학생 정도로 보이는 어린 라마(승려) 둘이 불교 경전을
읽으며 의식을 행하고 있었다. 웬일인지 그 앞 중년 남자는 울고 있었다. 무릎을 꿇으
면서, 가끔 똥바도 마시면서 흐으윽 하며 눈물을 흘렸다. 여기도 창을 내줬다. 네팔
은 첨잔이 예의라서 한 모금 마시기가 무섭게 잔을 채워줬다. 덕분에 내가 얼마나
마신지 모를 때가 많았다. 나올 땐 약간의 기부를 했다. 불교 행사에 참석할 때마다
그게 개인의 행복을 비는 의식이라도 왠지 기부를 해야 할 것 같았다.

홍곤

무를 깎으며 울고 있는 남자(위). 무스탕 커피

낮술에 알딸딸해서 낮잠을 잤다. 잠이 깨서 1층에 갔더니 다들 맥주를 마시고 있었다. 그들이 내준 자리에 들어가 나도 같이 마셨다. 저녁에는 새로운 배추김치와 깍두기가 나왔다. 양배추 김치는 익으면서 맛이 이상해졌는데 확실히 배추와 무는 맛이 달랐다. 매끼 고깃국이 나와서 쉬는 동안 몸보신도 잘했다. 스텝들 역시 끼마다 고깃국에 고기 달밧을 먹었다.

파상이 무스탕 커피(Mustang Coffee)를 만들어준다고 했다. 네팔 무스탕 지역에서 유래된 무스탕 커피 만드는 법은 간단했다. 먼저 냄비에 쌀, 버터, 설탕을 넣고 끓인다. 설탕이 녹으면서 커피색으로 변하면 이때 전통 술인 럭시를 붓는다. 그렇게 완성된 술은 쌀의 구수함과 버터의 고소한 맛, 설탕의 단맛과 럭시의 쓴맛이 어우러진다. 물을 타지 않은 럭시는 무척 독해서 무스탕 커피 역시 독주에 속한다. 간혹 럭시가 우리나라 소주보다 약하다고 하는 경우가 있는데 아마 물을 많이 타서 그럴 거다. 다같이 무스탕 커피를 마셨다. 스텝들이 춤추고 노래하자 분위기는 더욱 흥겨워졌다. 하루 종일 창, 맥주, 무스탕 커피까지 마셨으니 술이 제법 들어갔다.

까르마의 노크 소리에 잠이 깼다. 어제 잠들 때만 해도 괜찮았는데 아침에 숙취가 심했다. 혼자서 뺑뺑이 도는 것처럼 세상이 빙글빙글 돌았다. 그래도 출발은 해야겠기에 세수하고 짐을 챙겼다. 까르마가 가져다준 차와 식사는 손도 대지 못했다.

"누나 괜찮아요?"

어제 술을 많이 마신 게 걱정됐는지 파상이 내 상태를 확인하러 왔다. 그는 원한다면 오늘 하루 더 휴식해도 괜찮다고 했다. 날씨도 좋지 않다면서. 보아하니 파상도 상태가 좋아 보이지 않았다. 나는 고민할 것도 없이 하루 더 쉬자고 했다. 하루 종일 침대를 벗어나지 못했다. 포터들도 피곤했는지 다들 잠만 잤다. 오후가 되자 비가 퍼붓기 시작했다. 어쨌든 출발하지 않길 잘했다.

저녁때가 되어 정신 차리고 등산화에 왁스칠을 했다. 그 와중에도 푸리는 어제 일은 없었다는 듯 똥바를 권했다. 그는 진정한 술꾼이었다. 낮부터 내린 비는 밤까지 이어졌다. 푸리는 이틀에 한 번씩 큰 비가 내려서 위에는 눈이 많을 거라고 했다. 몰룬 포카리(Molun Pokhari) 쪽은 눈이 많으면 되돌아와야 했고, 길을 찾기도 어려 웠다. 약 6일 동안 민가를 만날 수 없기 때문에 식량, 시간, 비용이 많이 들었다. 현지 인들은 몰룬 포카리보다 바룬 강(Barun River)을 권했다. 어차피 두 곳 모두 사람들 이 잘 다니지 않는 길이긴 했지만 나는 현지인의 말을 따르기로 했다.

나는 계속 걷기로 했다

우리는 아룬 강을 따라 내려갔다. 이 지역은 시나몬을 많이 재배해서 눈길 닿는 곳마다 시나몬이다. 특이하게도 이 식물은 뿌리 쪽에서 꽃이 피고 열매가 열렸다.

쿡은 우리를 여동생이 하는 가게에 데려가서 비싼 맥주를 몇 병이나 꺼내줬다. 내가 됐다고 했는데도 "조금만 조금만" 하면서 맥주를 가득 따랐다. 지금껏 여러 번 네팔 트레킹을 했지만 이렇게 끊임없이 술을 권하는 팀은 없었다. 가뜩이나 더운데 또 취하게 생겼다. 쿡이 아낌없이 따라주는 맥주 덕분에 포터들까지 맥주를 마실 수 있었다. 말린 돼지고기로 안주도 만들어줬다. 혈육이 뭔지, 그는 지나가는 동네 사람들에게도 이것저것 사줬다. 맥주와 음료수, 그들이 먹은 것을 다하면 며칠 치 일당이 나갔을 텐데 개의치 않는 듯했다.

오랜만에 만난 여동생에게 뭔가 보여주려고 한 건지, 고향이라고 한 턱 쏘고 싶었던 건지 왠지 짠했다. 그래서 얼마간 돈을 챙겨줬더니 한사코 받지 않았다. 푸리가 뭐라고 하자 그제야 마지못해 받았다. 지금까지 쿡이 썩 잘한 건 아니지만 여동생 앞에서는 그의 위신을 세워주고 싶었다.

살림꾼 핀조가 닝가르(고사리 종류)를 꺾기 시작하면서 일이 커

쿡의 여동생과 함께

바룬 도반 가는 길에 만난 시나몬 재배지

고사리처럼 생긴 닝가르

졌다. 너도나도 닝가르를 꺾기 시작했던 거다. 나는 처음에 닝가르를 구분하지 못했지만 곧 익숙해져서 꽤 많이 꺾었다.

오후 4시가 다 되어 바룬 도반(Barun Dobhan 1,100m)에 도착했다. 도반은 두 계곡이나 강이 만나는 합수 지점이다. 바룬 빙하에서 녹은 물이 마칼루 베이스캠프를 거쳐 바룬 강을 따라오다 이곳에서 아룬 강에 합류한다.

바깥에서 일기를 쓰고 있는데 암무릿이 찾아왔다. 그는 "디디, 꼬리안 바사" 하며 노트에 자신의 이름을 영어로 적었다. 한글로 적어달라는 뜻이었다. 내가 천천히 쓰면서 글자가 만들어지는 과정을 보여줬더니 그 아래 그대로 따라 적었다. 옆에 있던 핀조 이름도 적어주자 녀석도 그대로 따라했다. 암무릿은 숫자를 적더니 내가 적어준 한글 아래 네팔어 발음을 적었다. 그리고 며칠 동안 암무릿과 핀조는 일, 이, 삼, 사, 오…… 하며 열심히 숫자를 외웠다.

저녁엔 무려 닭도리탕과 닝가르 무침이 나왔다. 낮에 있었던 일 때문인지 음식이 확 달라졌다. 마음을 표현하는 방법 중 돈만큼 좋은 것도 없다. 좋아하는 사람에게 돈을 쓰기 아깝다면 그건 좋아하는 게 아닐 확률이 컸다. 정말 아끼고 좋아하는 사람이라면 돈이 아깝지 않을 테니까.

암무릿에게 한글을 가르쳐주며

바룬 강을 따라 거슬러 올라가기 시작했다. 4월 초였지만 한낮은 여름처럼 무더웠다. 걷는 동안 쿡이 계속 보이지 않았다. 고향 땅이라 그러려니 했지만 점심때가 돼도 나타나지 않았다. 푸리는 쿡에게 돈을 많이 줬다면서 그가 올지 자신도 모르겠다고 했다. 아무도 쿡이 왜 보이지 않는지, 온다면 언제 올 건지 모르고 있었다.

우리가 갈 방향에서 갑자기 사람이 나타났다. 붉게 칠한 이마에 노란 옷, 긴 머리칼은 동아줄처럼 굵게 땋여 있었다. 암무릿은 신기한지 직접 만져보기도 했다. 푸리는 그를 인도 수행자 '조기'라고 했다. 허락을 구하는 뜻에서 카메라를 쳐들자 그는 동아줄 같은 머리를 뒤로 넘기며 포즈를 취했다. 도인들도 사진 찍을 때 자세를 잡는구나 싶어 웃음이 났다.

쉬는 동안에도 쿡은 나타나지 않았다. 몇몇 포터가 휘파람 소리를 냈다. 그들은 길을 걷다가 위치를 알려주거나 잘 가고 있는지 확인할 때 휘파람을 불었다. 계곡 아래서 응답하듯 휘파람 소리가 들려왔다. 그 소리에 너도나도 휘파람을 불기 시작했고 그중 한 명이 쿡이 있다고 했다. 아마도 그는 자신만이 아는 길을 따라왔던 모양이다. 점심때까지 나타나지 않은 건 괘씸했지만 이제라도 나타나서 다행이다. 그런데 푸리는 왜 그렇게 말했을까. 어쩌면 그는 정말로 쿡이 오지 않길 바랐는지도 모른다. 푸리는 종종 쿡이 비싼 인건비에 비해 일을 못한다고 했다.

비가 쏟아지기 시작해서 부랴부랴 자리부터 잡았다. 야영지를 넓히기 위해 박혀 있는 돌을 빼내고 죽어 있는 나무들을 치웠다. 하루가 멀다 하고 비가 내리는 걸 보니 왠지 4월부터 몬순인 것 같았다. 허구한 날 비를 맞다 보니 텐트도 거지꼴을 면

스텝들

인도 수행자 '조기'

물이 불어난 계곡

계곡을 건너다 미끄러진 까르마

다리를 만드는 스텝들

하지 못했다. 쿡은 5시쯤 도착했다. 미안했는지 1시간이나 일찍 밥을 줬다. 그는 이런저런 설명을 하지 않았고 나도 굳이 묻지 않았다. 고향 땅에서 하루쯤 볼 일이 있었을 거라고 생각했다.

비가 그친 숲은 싱그러움이 넘쳤고 새소리로 가득했다. 밤새 그렇게 비가 쏟아지더니 계곡물이 불었다. 물의 힘은 보는 것보다 세서 함부로 얕잡아볼 수 없었다. 물을 건너기 위해 등산화를 벗고 막 출발하려는데 암무릿이 배낭을 받아줬다. 등산스틱으로 바닥을 꾹꾹 찍어가며 건넜다. 봄에 이 정도라면 여름은 알 만했다.

무더기로 쓰러진 대나무에 길이 막혔다. 한참 동안 사람이 다니지 않은 듯했다. 암무릿이 들고 다니던 칼로 엉킨 대나무를 정리했다. 그는 누가 말하지 않아도 이런 일에 늘 앞장섰다.

며칠 동안 비가 내리고 눈이 녹는 중이라 만나는 계곡마다 물이 넘쳤다. 까르마가 먼저 건너다가 미끄러졌다. 그걸 보고 내가 못 넘고 있자 암무릿이 돌을 들어다가 다리를 만들고 배낭을 받아줬다. 그 사이 핀조는 '망가니'라는 나물을 잔뜩 뜯어왔고, 무게쓰는 귀한 약초 뿌리를 캐왔다.

지금까지 한 달 넘게 산 넘고 물 건넜지만 이곳은 차원이 달랐다. 오르내림의 무한반복에다가 바닥에 코가 닿을 정도로 가팔랐다. 뒷사람 머리가 내 뒤꿈치에 닿았다. 애매하게 남아 있는 눈엔 발이 푹푹 빠졌다. 눈에 섞인 시커먼 진흙은 그대로 바지와 등산화를 더럽혔다. 뭐 이런 길이 있나 싶은지 한순간도 긴장을 놓을 수 없었다.

오후 3시 반쯤 적당한 야영지가 나타났다. 우리는 되는 대로 걷다가 적당한 시간에 만나는 야영지에서 멈췄다. 핀조는 나무를 가져다 선반을 만들더

야영지에서 망가니 나물을 다듬는 쿡

니 주방 기구를 정리했다. 일머리가 좋은 친구다. 망가니 나물은 그냥 먹어도 좋을 만큼 순했다. 한국에서 챙겨온 된장, 고추장, 참기름을 섞어 쌈장을 만들었더니 포터들도 맛있다며 잘 먹었다.

일찍 저녁을 먹고 자리에 누웠다. 내일은 본격적으로 마칼루 트랙에 붙는 날이다. 그만큼 갈 길이 멀겠지만 점점 마칼루 베이스캠프와 가까워지고 있다는 사실에 위안이 됐다.

눈은 어제보다 더 쌓여 있었고 응달은 미끄러웠다. 어제만큼 험한 길도 없다고 생각했는데 오늘은 또 다르다. 길은 수직에 가까웠다. 올라갈 땐 몸을 앞으로 잔뜩 숙여서 미끄러지지 않도록 했다. 포터들도 어디서 지팡이 하나씩 구해왔다. 이 길에는 평지가 거의 없었고 힘들게 올라서면 바로 다시 내려가야 했다. 푸리는 바룬 강이 몰룬 포카리 쪽보다 더 힘들다고 했다. 눈사태가 난 곳엔 길이 없었고 아래는 까마득한 낭떠러지였다. 엉성한 사다리를 오를 때는 심장이 쪼그라들었다. 이 길을 만든 사람들이 얼마나 많은 곳을 살피다가 길을 내게 됐을지 존경스러웠다.

눈이 녹고 있는 곳은 눈이 쌓인 곳보다 위험했다. 더군다나 여긴 눈사태 흔적이 많아 발을 딛기가 애매했다. 맨 뒤에 오던 깔레가 미끄러져서 몸이 뒤집어졌다. 핀조가 얼른 달려가서 짐을 받아줬으니 망정이지 큰일 날 뻔했다. 깔레가 넘어진 곳 아래는 낭떠러지였다. 그는 무안했는지 민망한 웃음만 지었다.

이렇게 험한 곳인지 몰랐다. 지독한 오르내림은 다리가 아플 정도였고 위험, 난이도, 체력 소모는 지금까지 최고였다. "아이고"라는 소리가 절로 나왔다. 얼마나 마음을 졸이며 걸었던지 피곤이 몰려왔다. 푸리는 GHT 투맨은 여기로 오지 않았을 거라고 했다. 그도 그럴 것이 우리 앞엔 누군가 지나간 발자국이 없었다. 이런 곳은 두 사람만 오기엔 위험했다. 한 사람만 잘못돼도 방법이 없었다. 전화가 안 되니 헬기를 부를 수도 없고 부른다 해도 찾을 수 없다.

바룬 강을 만나면서 위험 지역도 벗어났다. 하지만 여기도 계곡 옆으로 사태가

진행 중이라 위험하긴 마찬가지였다. 언제라도 무너질 준비를 하고 있는 것처럼 낙석이 수시로 일어났다. 언제까지 걸어야 될지 모를 막막함 속을 걷다가 룽따를 만났다. 드디어 마칼루 베이스캠프 트랙을 만나게 된 거다. 돌아보니 바룬 강이 무심하게 흘러가고 있었다. 고생했지만 무사히 지나왔으니 좋은 경험이 됐다.

아직 2시간이나 더 가야 했다. 좀비처럼 걷고 있는데 저쪽에서 쿡이 밀크티를 가지고 마중 나왔다.

"액덤 터까이 라교, 데레이 버끄 라교." (굉장히 피곤해요. 많이 배고파요.)

말이 떨어지기가 무섭게 그가 큰 컵 가득 밀크티를 따라줬다. 과자는 잘 먹지 않지만 배고프니 비스킷도 꿀맛이다. 쿡은 남은 밀크티를 들고 아래로 내려갔다. 점심도 제대로 못 먹은 포터들은 더 힘들었을 터다.

우린 이날 약 17km를 10시간에 걸쳐서 걸었다. 비를 맞으며 밤에 도착할 때도 이번처럼 힘든 적은 없었다.

쌀쌀해서 옷을 껴입으면 땀이 났고 그게 식으면 추워졌다. 바룬 강을 시작할 땐 그리 덥더니 이젠 가을처럼 쌀쌀했다. 양레 카르카(Yangle kharka 3,557m)는 멀지 않았고 길도 완만했다. 이곳은 물건을 헬기로 실어 와서 비싸긴 해도 없는 게 없었다. 한국인이 먹는 쌀(중국쌀)도 있었고 채소나 과일도 있었다. 앞으로 필요한 식량을 여기서 보충했다.

숲이 시작되자 룽따가 펄럭였다. 그리고 곧 거대한 벽이 드러났다. 파상은 봉우리를 가리키며 배가 부르다는 시늉을 했다. 지도엔 '피크 7'이라고 되어 있지만 이곳 사람들은 '아마푸줌(Amapuzum)'이라 부르는 곳이다. '아마(Ama)'는 어머니, '푸줌(Puzum)'은 태아라는 뜻으로 임산부라는 의미다.

리푹 카르카(Riphuk Kharka 3,930m)에서 점심을 기다리는데 몸이 덜덜 떨렸다. 춥다고 하자 푸리가 따뜻한 창을 내줬다. 그에게 술은 만병통치약이었다. 차도 마시고 창도 마셨지만 몸이 떨리긴 마찬가지였다. 피로가 누적되어 다리도 무거웠다. 밖에는 눈까지 내리고 있었다. 깔레에게 부탁해서 카고백을 열었다. 내복을 껴입고 방수바지를 입었다. 덜덜 떨리던 몸이 금방 안정을 찾았다. 역시 히말라야는 날씨에 따라 기온 차이가 컸다.

눈이 쏟아져서 쉬지 않고 걸었다. 2시간 만에 랑말레 카르카(Langmale kharka 4,410m)에 도착했다. 랑말레의 '랑(Lang)'은 야크를 뜻하고 '말레(Male)'는 흰 소를 뜻한다. 야크와 흰 소가 있던 곳이라는 뜻일까. 난롯가 주변은 캐나다인들과 그들 스텝이 차지하고 있었지만 금방 자리를 내줬다. 캐나다인들은 시끄러웠고 네팔 사

양레 카르카

아마푸줌

람들은 합죽이가 되었다. 난로 앞에 앉아 심혈을 기울여 빨래를 말리는 동안 파상이 '타토 창(따뜻한 창)'을 가져다줬다. 고도는 4,400m 지만 한 달 넘게 적응하며 왔기 때문에 괜찮았다. 저녁으로 나온 김치찌개는 맛있었지만 안타까울 정도로 빨갰다.

간밤에 내린 눈으로 설국이 되었다. 아무도 일어나지 않은 고요한 새벽, 뽀드득 눈을 밟으며 가장 깨끗한 아침을 만끽했다. 신성하여 아무도 오를 수 없다는 투체(Tutse 6,524m)와 꽤 멀리 떨어진 참랑(Chamlang 7,321m)이 황금빛으로 빛났다. 궂은 날씨 뒤엔 반드시 멋진 날이 찾아왔다. 눈이 내린다고 투덜거렸더니 이렇게 아름다운 풍경을 보여주려고 그랬나 보다.

푸리는 우리가 행운아라면서 이곳에 눈이 쌓이면 힘들다고 했다. 언덕에 올라서자 히말라야 산신령들이 굽어보셨다. 곧 마칼루도 보였다. 우리가 알고 있는 마칼루 베이스캠프(Makalu Base Camp 4,870m)는 사실 '탕마르(Tangmar) BC'다. 실제 마칼루 원정대가 머무는 베이스캠프는 더 위로 올라가야 한다. 시즌이 시작됐는지 텐트가 제법 많이 보였다. 헬기도 분주하게 다녀가며 한 짐씩 놓고 갔다. 양레 카르카와 마찬가지로 여기도 모든 물자를 헬기로 수송한다. 우린 이곳에서 하루 휴식하며 다음을 준비하기로 했다.

낮 동안 보이지 않던 깔레와 수닐이 사람들에게 뭔가를 얘기하기 시작했다. 그들은 어디선가 럭시를 잔뜩 마시고 와서 흥분된 상태였다. 나는 네팔어를 알아들을 수 없었지만 눈치를 보니 이런 얘기였다. 아마도 그들은 이곳에 상주하고 있던 포터들에게 많은 이야기를 들은 듯했다. 예를 들어 이스트 콜이 위험하다는 것과 성공보

랑말레 카르카의 아침

수는 어떻게 되는지, 보험은 들었지만 누군가 죽으면 위성전화도 없는데 어떻게 연락할 것인지, 만약 자신들이 가지 않으면 어떻게 되는지도 물은 것 같다. 밥을 먹을 때 따망들만 따로 먹는 것에 대한 불만도 쌓인 듯했다. 깔레가 얘기하는 동안 다른 포터들은 내 눈치를 슬금슬금 봤다. 듣고 있던 푸리와 파상이 깔레를 데리고 나갔지만 목소리만 높아졌다.

따망들이 돌아가겠다고 하자, 말 떨어지기 무섭게 파상이 인건비를 계산했다. 따망들은 침낭, 다운재킷, 등산화, 바지, 모자, 장갑, 선글라스, 스패츠 등 지급받은 장비 모두를 반납했다. 파상은 그들이 반납한 장비를 일일이 체크했다. 따망들은 털을 밀어버린 새끼 고양이처럼 청바지에 얇은 셔츠, 운동화가 전부였다. 푸리는 그 자리에 있던 포터 중에서 바로 3명을 고용했고, 그들은 금방 따망들이 벗어놓은 옷을 입고 나타났다. 일이 일사천리로 진행되자 깔레도 당황한 듯했다. 하지만 이미 엎질러진 물이다.

마칼루 베이스캠프

"디디."

깔레가 문밖에서 불렀지만 고개를 돌리지 않았다. 인사를 받기 싫다는 뜻으로 고개만 저었다.

"디디."

다시 수닐이 불렀을 때 그제야 고개를 돌려 손을 흔들어주었다. 마음이 몹시 안 좋았다. 말썽도 많고 말도 안 들었지만 나쁜 아이들은 아니었다. 이 트레킹이 얼마나 중요한지 알고 있으면서 가겠다고 큰소리친 게 괘씸하기도, 안타깝기도 했다. 그 아이들의 고향인 랑탕까지 가면 팁을 넉넉하게 챙겨주고 싶었는데 이렇게 가버리겠다니…… 따망들은 그렇게 마칼루 베이스캠프를 떠났다.

마치 아무 일도 없었다는 듯 화창한 하루가 시작됐다. 따망들은 원래 없었던 것처럼 아무도 그들 이야기를 꺼내지 않았다. 마칼루 베이스캠프에는 무심한 평화가 흘렀다. 따망들은 잘 내려가고 있을까. 어차피 포터들은 필요에 의해서 왔다가 필요에 의해서 떠나는 사람들이다. 그들을 붙잡아두는 방법은 인간적인 방법과 금전적인 방법일 텐데, 전자는 많은 공을 들여야 하고 후자는 내 능력이 안 됐다.

새로 고용된 포터 3명은 내일 우리가 야영할 곳까지 쌀, 텐트, 클라이밍 장비 등을 가져다놓았다. 이제 며칠 뒤면 뭐든 결판이 날 터였다. 오후에 하강 연습을 했지만 눈이 내려 얼마 못했다. 몇 년 전 아주 잠깐 암벽을 탔기에 낯설진 않았다. 연습을 마치고 한동안 방에 누워 있었다. 바람이 불 때마다 문틈으로 먼지가 따라 들어왔다.

저녁을 먹는 동안 푸리가 많이 취했다. 그는 내게 아무 걱정하지 말라고 했다. 자신은 경험이 많고, 많은 클라이밍 친구들이 있고, 에베레스트에 올라갔기 때문에 6천 급은 '베이비'라고 했다. 산 앞에서 겸손하지 않은 자는 그 대가

하강 연습

바룬 빙하

를 치르기 마련이다. 푸리의 그 말이 결국 신의 심기를 건드리게 됐으니 말이다. 그는 곧잘 레드 라이선스(8,000m 이상 등반한 가이드에게 나오는 자격증)를 들먹였다. 자신은 매우 비싼 사람이며 그런 사람과 다니는 나는 운이 좋은 거라고.

바로 앞에 있는 마칼루는 기괴한 느낌이 들었다. 검은 귀신이라는 뜻 때문인지 한쪽 어깨를 쳐들고 위협적으로 바라보는 것 같았다. 완만한 곳을 벗어나자 너덜지대로 바뀌었다. 날카로운 돌 틈을 비집고 발을 딛는 게 쉽지 않았다. 이 황량한 곳에선 어디로 가야 할지 가늠되지 않았다.

처음 계획은 스위스 베이스캠프였지만 물 때문에 재패니즈 베이스캠프에서 멈췄다. 푸리가 아이스 클라이밍 트레이닝이 필요하다고 해서 장비를 챙겼다. 파상은 마치 이런 날을 기다리고 있었다는 듯 어깨에 힘이 잔뜩 들어갔다. 그의 몸짓에선 자부심이 넘쳤지만 약간 어설펐다. 태어나서 처음으로 크램폰을 했다. 파상은 크램폰은 앞꿈치로 찍어야 하고, 두 발 사이에 간격이 있어야 넘어지지 않는다고 했다.

재패니즈 베이스캠프

실제로 연습하는 동안 크램폰이 엉켜서 여러 번 넘어졌다.

한밤중엔 파상이 내 텐트로 찾아왔다. 암무릿이 토했다면서 다이아목스(고산병 약)가 있는지 물었다. 칸첸중가 사람인 암무릿이 고산병 때문에 고생하다니 의외였다.

이른 아침 텐트 밖을 내다보니 푸리가 뭔가 심각하게 얘기하고 있었다. 순간 무슨 일이 생겼구나 싶어 가슴이 철렁했다. 어젯밤 토했던 암무릿은 증상이 심해져서 상태가 좋지 않았다. 포터들은 아파도 내색을 하지 않아서 모르는 경우가 많았다. 그나마 암무릿은 토해서 다행이었고 안 그랬으면 그 상태로 참고 있었을 거다. 그는 내려가기로 했다. 올랑춘 골라까지 워낙 먼 길이라 같은 동네에서 온 무게쓰도 보내기로 했다. 파상은 그들의 인건비를 챙겨줬다. 두 사람 모두 성실했기 때문에 나도

세르파니 콜 베이스캠프 가는 길

팁을 줬다. 암무릿의 인간적인 면이 좋았는데 돌아가는 모습을 보니 마음이 아팠다. 이 친구들과 이어질 인연은 여기까지였던 모양이다. 나마스테 암무릿, 무게쓰.

며칠 전 마칼루 베이스캠프에서 포터 3명을 보내고 다시 2명을 보냈다. 오랫동 안 함께한 포터 다섯을 며칠 사이에 잃고 말았다. 새로운 포터를 구해야 하는 상황 이라 몇 명이 내려가서 사람을 구하기로 했다. 큰일을 앞두고 자꾸 일이 꼬여서 찝 찝했다. 당연할 거라고 생각했던 것들이 당연하지 않은 일이 되고 있었다.

하늘은 더없이 파랬고 길은 어제보다 더 너덜거렸다. 밭을 갈아놓은 것 같은 바 룬 빙하와 지나온 길조차 보이지 않는 너덜길, 그래도 눈이 없어서 다행이다. 얼음 장벽처럼 보이는 바위산은 금방이라도 무너질 것처럼 위태로웠다. 그 아래 드문드 문 드러난 얼음은 피부 아래 상처처럼 아파 보였다.

세르파니 콜 베이스캠프(Sherpani Col BC 5,688m)에 텐트를 치는 동안 프랑스

얼음 장벽처럼 보이는 바위산

인 2명이 올라왔다. 그들은 스텝 5명만 데려왔다. 전투식량에 작은 버너가 전부였기 때문에 쿡이 필요 없었다. 먹는 걸 포기하면 인건비를 줄일 수 있다. 다시 이런 트레킹을 하게 된다면 쿡이나 주방 장비 빼고 단출하게 다니고 싶다.

구름이 몰려와서 불길하더니 눈이 내리기 시작했다. 고정로프를 설치하러 갔던 스텝들도 날씨가 좋지 않아서 그냥 내려왔다. 파상은 크레바스(빙하가 갈라져서 생긴 좁고 깊은 틈)와 눈 때문에 위험하다고 했다.

간밤에 파상이 내 텐트에 쌓인 눈을 털어주었다. 눈 내리는 소리가 이렇게 컸나 싶을 정도로 요란하게 들렸다. 밖을 내다보니 날씨가 안 좋았다. 파상이 커피를 들고 오더니 상황이 좋지 않다고 했다.

"눈이 너무 많이 와서 이스트 콜을 넘을 수 없어요. 하산도 힘들어요. 프랑스 팀 위성전화로 연락하면 헬기가 올 거예요. 우린 이 헬기를 타고 추쿵으로 가서 나머지

나는 계속 걷기로 했다

루트를 연결하면 돼요. 짐이 많아서 헬기는 두 대가 필요해요. 마칼루 베이스캠프에서 고용한 포터들은 내려갈 거예요. 나머지 스텝은 보험으로 처리할 수 있지만 누나는 현금으로 3,000달러가 필요해요."

"프랑스팀은 어떻게 한대요?"

"그들은 아마 하산해서 컬처루트로 갈 것 같아요."

계약할 때 하이루트를 넘지 못하게 되면 컬처루트로 잇기로 했다. 나는 이스트 콜을 넘을 수 없으면 컬처루트로 돌아서 가겠다고 했다. 무엇보다 헬기로 넘으면 찝찝할 것 같았다. 헬기에 들어갈 돈이면 컬처루트로 돌아간다 해도 충분했다.

다시 이스트 콜을 확인하러 갔던 푸리는 오후 1시쯤 돌아왔다. 그는 내 텐트 눈을 털어주며 날씨가 나쁘다는 말만 하고 돌아갔다. 여기서 추쿵까지 4일이면 되는데 과연 뜻대로 할 수 있을지 처음으로 의심이 들었다. 지도를 보니 돌아가기엔 너무나 멀었고 시간도 제법 걸릴 것 같았다.

저녁이 돼서야 눈이 그쳤다. 푸리는 내일 날씨가 좋으면 프랑스 팀과 같이 출발할 거라고 했다. 오늘 갔던 이스트 콜은 모든 게 화이트라 아무것도 보이지 않았고, 바람도 심했고, 깊은 크레바스는 눈에 덮여 있어 위험하다고 했다. 내일 날씨가 안 좋으면 어떻게 되느냐고 했더니 그는 자기도 모른다고 했다.

다시 이스트 콜을 확인하러 가는 푸리 일행

신의 불호령

새벽 5시, 가이드가 쿡을 깨우자 그제야 버너 켜는 소리가 들렸다. 밤부터 바람이 심했다. 이러다 텐트 부러지는 거 아닌가 싶을 정도로 사정없이 흔들어댔다. 하늘은 깨끗했지만 마칼루 정상엔 흰 머리칼이 휘날렸다. 눈이 저만큼 날리기 위해선 얼마나 큰 바람이 불어야 하는지 이때는 몰랐다. 바람이 심해서 괜찮을까 싶었지만 다들 아무렇지 않게 준비했다.

6시 출발이라더니 2시간이나 늦었다. 우린 안자일렌(Anseilen, 서로 로프를 연결하여 묶고 오르는 방법)을 하고 걸었다. 내 뒤로 프랑스인 두 명이 연결됐다. 몇 사람이 안자일렌을 하고 걷는 건 몹시 번거로웠다. 서로 속도를 맞춰야 했고 크램폰이 로프를 밟지 않도록 조심해야 했다.

얼음벽을 올라서자 넓고 평평한 곳이 나타났다. 계속 급경사라고 생각했는데 의외로 길이 편했다. 6,000m가 가까웠지만 약간 숨이 찰 뿐 머리도 아프지 않고 심장 역시 펄떡이지 않았다. 아직은 모든 게 평화로웠다. 바람은 위에서만 불었고 아래는 따뜻하기까지 했다. 뒤돌아서 마칼루를 볼 때마다 감격스러웠다. 이 설원을 걷게 될 줄이야. 기쁨과 안도감이 교차했다. 이스트 콜(East Col 6,180m)이 가까워지고 있었다. 포터들도 잘 가고 있었고 이제 몇 시간 후면 이 얼음 장벽을 넘을 터였다. 이스트 콜 위로 희미하게 룽따가 보였다. 저기를 넘으면 무엇을 볼 수 있을지, 궁금함에 가슴이 떨렸다.

가까워지는 이스트 콜

먼저 출발한 포터들

너무나 순조롭던 순간 눈바람이 몰아치기 시작했다. 바람을 등지고 그 자리에 섰다. 걸음을 옮길수록 바람이 심해졌다. 그때마다 걸음을 멈추고 바람이 지나가길 기다렸다. 눈가루가 쓸고 간 얼굴이 칼날에 스친 것처럼 아프고 쓰라렸다. 몇 번이나 걸음을 멈추다가 이스트 콜 아래까지 간신히 왔다. 10시가 넘어가자 마칼루의 흰 머리칼은 더 혼란스럽게 휘날렸다.

본격적으로 이스트 콜에 오르고 있던 파상과 까르마는 거의 다 올라간 상태였다. 여기서 저기까지 100m쯤 될까. 눈앞에 룽따가 펄럭이고 있었지만 푸리는 그들에게 내려오라고 손짓했다. 칼날 같은 눈바람에 다들 몸을 숙였다. 작은 바위 하나를 두고 20여 명이나 되는 사람이 뭉쳐 있었지만 역부족이었다. 하늘은 이토록 새파란데 바람은 살인적이다. 극에 달한 바람을 온몸으로 맞서고 있으니 두툼한 장갑도 소용없었다. 발의 감각도 없어졌다. 이래서 이중화가 필요하다는 걸 뼈저리게 느꼈다. 이제 나도 내 발에 자신이 없었다. 이대로 있다간 누구 하나 죽을 수도 있겠다는 생각이 들었다. 파상은 내가 너무 추워하자 자신의 장갑으로 바꿔줬다. 내 장갑도 충분히 좋았지만 기꺼이 그의 장갑을 받았다. 그런데 파상이 잠깐 장갑을 놓은 사이 휙 날아가버렸다. 오늘 처음 꺼낸 장갑인데, 이번을 위해 준비했는데, 제대로 써보지도 못하고 이스트 콜에 바

칼날 같은 눈바람(위). 작은 바위 뒤에서 바람을 피하며

나는 계속 걷기로 했다

치고 말았다.

　그렇게 우왕좌왕 10분쯤 있었을까. 결국 여기서 내려가기로 했다. 그 외는 달리 방법이 없었다. 이런 바람에는 텐트를 쳐도 폴대가 부러질 게 뻔했고 인간의 힘으로는 버틸 수 없었다. 로프 한 줄에 20여 명이 의지한 채 무조건 뛰었다. 바람은 인간들이 가소롭다는 듯, 한 번씩 크게 후려치며 지나갔다. 그때마다 우리는 멈추고 또다시 뛰기를 반복했다. 눈에 보이지 않는 크레바스도 우리를 위협하는 것 중 하나였다. 너무 서둘다 보니 크램폰에 걸려 넘어지기도 몇 번, 그러나 살기 위해선 빨리 내려가는 게 최선이었다. 그런 와중에 포터 하나는 미처 짐을 메지 못하고 끌고 오고 있었다. 파상이 짐을 챙기려 하자 프랑스인 중 한 명이 버리고 가라며 소리를 질렀다.

　순식간에 다시 세르파니 콜 베이스캠프로 내려왔다. 여전히 바람이 불었지만 저 위만큼 위협적이지는 않았다. 다시 결정을 해야 했다. 여기서 야영을 하며 날씨

다시 도착한 세르파니 콜 베이스캠프

가 좋아질 때까지 대기할 것인지, 마칼루 베이스캠프까지 내려갈 것인지. 하지만 포터가 놓고 온 짐이 버너 연료라를 것을 알았을 때 선택의 여지가 없게 됐다. 세 번이나 올라갔던 파상은 절대 짐을 가지러 가지 않겠다고 했고 쿡도 갈 수 없다고 했다. 포터들 역시 더 이상 이스트 콜에 가지 않겠다고 했다. 우린 내려갈 수밖에 없었다. 새벽에 출발했다면 넘을 수 있었을까. 아마 그랬다면 우린 더 높은 곳에서 더 큰 위험에 노출됐을지도 모른다.

　6,000m가 넘는 고개를 넘겠다고 그 많은 돈과 시간을 들였다. 무거운 클라이밍 장비를 여기까지 가져오느라 많은 사람을 고용했다. 마칼루를 등반하는 사람들에게 6,000m는 베이스캠프에 불과하다. 8,000m 넘는 곳을 바라보는 사람에게 6,000m는 시작이지만 내겐 끝이 되는 높이다. 네팔 GHT 하이루트 구간에서 최고 높은 곳. 어쩌면 거기에 너무 많은 의미를 부여하고 있었는지도 모르겠다. 이곳에선

나는 계속 걷기로 했다

높은 곳도 낮은 곳도 모두 히말라야인데 높은 곳만 히말라야라고 생각하고 있었던 건 아닌지.

　많은 일이 있었고 힘들게 여기까지 왔지만 신은 끝내 허락해주지 않았다. 어쩌면 가지 말라고 여러 번 힌트를 줬는데 눈치 채지 못했는지도 모른다. 시절인연이라는 말처럼 아직 때가 되지 않았거나 인연이 없었을 거다.

　"히말라야는 친절하지 않다. 멀리서 바라보는 경관은 깊숙이 들어올수록 장관을 내버리고 온갖 위험으로 치장하고 복종을 요구하며 때로는 조롱하기도 한다. 좁은 길을 내주면 조심스럽게 가야 하고, 폭우를 퍼부으면 가지 말아야 하고, 눈사태로 길이 끊어지면 멀리 며칠이고 돌아갈 수밖에 없으니, 복종하지 않으면 이 산에서 살아갈 수 없다."(『히말라야 있거나 혹은 없거나』중에서, 임현담)

　오후로 접어들수록 마칼루의 머리칼은 더욱 헝클어졌고 바룬 빙하에는 엄청난 모래바람이 일었다. 내려오길 잘했구나 싶어 가슴을 쓸어내렸다. 푸리는 지금까지

엄청난 모래 바람이 이는 바룬 빙하

다니면서 이런 바람은 처음이라고 했다. 이날 불었던 바람은 며칠 동안 이곳을 점령했고 마칼루 원정 팀도 큰 피해를 보았다. 그들의 텐트는 찢겨 날아갔고, 폴대는 부러졌으며, 등정은 실패했다. 때로는 과감히 포기하는 용기도 필요하며 상황에 따라 더 어려운 용기이기도 하다. 이번 트레킹을 하면서 히말라야 앞에선 좋은 날씨를 만나는 게 가장 중요하며 큰 행운이라는 것을 알았다.

네팔 히말라야 횡단 트레킹은 80~90%가 물길을 따라간다. 우리나라 백두대간이 산과 산을 잇는 고개를 지난다면, 네팔 GHT는 물길을 따라가다 고개를 넘어 또 다른 물길을 만난다. 어찌 보면 네팔 GHT는 히말라야 둘레길이라 할 수 있다. 그 길이 높은 길(하이루트)이냐 낮은 길(컬처루트)냐의 차이가 있을 뿐, 결국 히말라야 능선이 아닌 둘레를 따라가기 때문이다.

명확한 원칙이 있는 백두대간은 마루금을 벗어날 여지가 전혀 없다. 하지만 네팔 히말라야 횡단은 표준 루트가 있을 뿐 원칙이라 할 수 없다. 그렇게 생각하면 네팔 GHT는 얼마든지 변형 가능했다. 외국 트레커들은 저마다 루트가 있었다. 반드시 서쪽 끝까지 가겠다고 애쓰지 않았다. 그것은 달성해야 할 목표나 숙제가 아니라 그 자체가 즐거움이었다.

나는 다시 시도하지 않기로 했다. 겁을 먹어 가지 않으려고 하는 포터들에게 강요할 수도 없었다. 컬처루트로 가면 더 낮고 더 먼 길을 돌아가야겠지만 그곳도 히말라야다. 프랑스인들이 나에게 어떻게 할 거냐고 물었다. 내가 컬처루트인 '살파라(Salpa La) 트랙'으로 간다고 했더니 그 길에 대해 전혀 몰랐다. 손가락으로 가리키자 너무 멀다며 고개를 저었다.

끝나지 않은 시련

밤새도록 바람이 불었다. 비닐로 덮은 지붕이 펄럭거렸고 틈이 벌어진 벽에선 끊임없이 모래가 들어왔다. 모래가루는 침낭에 뽀얗게 앉은 것은 물론 얼굴까지 덮었다. 사포처럼 까끌까끌한 얼굴을 털어내고 떠날 준비를 했다. '안녕 검은 귀신님, 우린 이제 내려갑니다.'

마치 아무 일 없었다는 듯 기념사진을 찍었다. 내려가는 동안 여길 다시 올 수 있을까 싶었다. 전혀 아쉽지 않다면 거짓말이다. 내려온 건 잘한 일이지만 미련은 남았다. 어쩌면 신은 한 번에 성공하기 어렵다는 것을 알려주기 위해 그렇게 등 떠밀었는지도 모른다. 더 먼 길을 걸으며 겸손부터 배우라고, 그 후에 다시 찾아오라고 일부러 시련을 주신지도 모른다.

마칼루 베이스캠프에서 고용한 쳄주는 2시간이나 늦게 양레 카르카에 도착했다. 술이 떡이 돼서 몸을 제대로 가누지도 못했고 눈

마칼루 앞에서(위). 멈추지 않는 바람

도 완전히 풀렸다. 잠시 소란스러워지더니 그가 스텝들 매트리스와 침낭을 베이스 캠프에 놓고 왔다고 했다. 어이가 없었다.

새벽 3시 화장실을 가려고 일어났다. 스텝들이 아직까지 돌아다니고 있었다. 어디선가 노랫소리도 들렸다. 술에 취한 까르마는 소리 지르며 파상을 쫓아다녔다. 도망 다니던 파상이 나를 보자 까르마가 때리려 한다며 숨을 헐떡거렸다. 아무리 내 스텝들이지만 하는 꼬락서니를 보니 헛웃음만 나왔다. 아무 말도 하지 않고 무심하게 처다보다가 방으로 돌아갔다.

새벽 3시 반, 그제야 푸리와 파상이 방으로 들어가는 소리가 들렸다. 그들은 방음도 되지 않는 방에서 큰 소리로 얘기했다. 벽을 두들기며 조용히 하라고 했지만 그때뿐이었다. 옆방 외국인들도 벽을 두드렸지만 마찬가지였다. 부끄럽고 화가 났다. 그들 방으로 가서 지금 몇 시냐고 소리를 질렀다. 푸리는 취해서 횡설수설, 파상은 내일 카트만두로 돌아가겠다고 또 횡설수설. 이 미친놈들이 술 처먹고 지금 뭐하는 건지. 가이드까지 이 모양인 걸 보니 아무래도 신이 나를 저버린 모양이다. 이 트레킹을 그만하라는 뜻일까. 왜 이렇게 자꾸만 꼬이는지 답답하기만 했다.

아침 7시. 옆방 가이드들이 들을 수 있게 일부러 큰 소리를 내며 짐을 꾸렸다. 짐을 다 꾸리고 몇 번 노크도 했지만 대답이 없었다. 방문을 열어젖히고 될 대로 되라며 스틱으로 바닥을 쾅쾅쾅 내리쳤다. 푸리가 깜짝 놀라서 벌떡 일어났다. 나는 몇 시인지 알려주고 계단을 내려갔다. 어제 실컷 떠들다가 새벽 4시쯤 잤으니 꽤나 피곤했을 거다. 하지만 그건 내가 알 바 아니다.

쿡은 제시간에 밥을 줬지만 어제저녁에 나온 짜장밥을 그대로 줘서 먹지 않았다. 내가 짜장에 손대지 않자 그는 몹시 미안해했다. 40일이 넘어가자 다들 약속이라도 한 듯 해이해졌다. 유일하게 한결같은 사람은 핀조뿐이다. 사람들이 최선을 다해 정성을 들일 수 있는 시간은 딱 30일 정도였다. 그 시간이 지나가면 흐트러지기 시작했다.

외국인 하나가 파상에게 새벽 2시를 기억하냐고, 너희들 때문에 잠을 못 잤다며 화를 냈다. 하지만 파상은 사과는커녕 오히려 욕을 했다. 그 외국인뿐만 아니라 이곳에서 잤던 모든 사람들이 잠을 못 잤다. 그는 불같이 화를 내며 네팔 사람들 모두 동물이라며 손가락 욕을 하고 나갔다. 파상은 내게 미안하다며 사과했지만 나는 아무 말도 하지 않았다.

포터 두 명이 마칼루 베이스캠프에 놓고 온 매트리스와 침낭을 가지러 갔다. 파상은 그들이 올 때까지 여기서 기다려야 한다고 했다. 그 말은 포터들이 올 때까지 자신들은 잠을 자겠다는 말과 같았다. 나는 이곳에 쿡 한 명만 남기고 다음 목적지로 이동하라고 했다. 그리고 출발 전 푸리를 불렀다.

"푸리 다이, 나는 당신이 매일 많은 술을 마셔서 몹시 실망했어요. 걸을 때마다 술 냄새가 나요. 나는 그 냄새가 싫어요. 당신은 따망들이나 겜주와 똑같아요(푸리가 이들을 몹시 싫어했다). 나는 당신을 믿었지만 지금까지 많은 문제가 생겼고 잘 해결되지 않았어요. 나는 지금 화가 많이 났어요. 절대 잊지 말아요. 당신은 가이드예요."

진지하게 듣고 있던 푸리는 몇 번이나 미안하다고 했다. 그러면서 오늘은 술을 마시지 않을 것이고 앞으로도 조금만 마시겠다고 했다. 나는 다음 날이 쉬는 날이면 상관없지만 트레킹할 땐 자제하라고 했다. 지키지 못할 약속을 강요하기보다 현실적인 약속을 하고 싶었다.

도바테(Dobate 3,540m) 로지는 도미토리 형식이라 여럿이 같이 자야 했다. 먼저 도착한 외국 남자 셋뿐이었지만 나는 혼자 여자라는 이유로 다이닝 룸에 있는 자리를 받았다. 모든 사람이 지나다니는 곳이라 불편했지만 안전한 곳이기도 했다. 점심엔 까르마가 스파게티를 해줬다. 맛있다며 "미토 처" 했더니 살짝 웃었다. 어느 순간 까르마가 나를 대하는 행동이 조금씩 달라졌다. 늦은 감이 있지만 이제 '디디'로 부르기 시작했고, 마칼루 베이스캠프에선 배낭도 받아줬다.

저녁에 비에 흠뻑 젖은 쿡과 겜주가 도착했다. 마칼루 베이스캠프에 짐을 찾으러 갔던 포터 두 명은 결국 오지 않았다. 푸리는 그들에게 돈을 다 줬다며 인상을 썼

비가 내리는 도바테

고 나는 일이 또 꼬였음을 직감했다.

지난 밤 잠을 못 자서 피곤했다. 푸리는 기운이 넘치는지 사우지와 끊임 없이 얘기했다. 그동안 있었던 일을 다 얘기하려면 밤을 새워도 모자라겠지만 그 소리가 듣기 싫었다. 목소리만 들어도 짜증이 밀려왔다. 그래서 네팔어도 영어도 필요 없이 한국말로 말했다.

"좀, 조용히 하세요! 어제오늘 계속 떠들고 있잖아요!"

순간 정적이 흘렀고 다들 조심스럽게 움직였다. 무언가를 혼자 하려면 참 많은 것을 감수해야 했다. 특히 정신적으로 독립되어야 했고 마음 근육도 튼튼해야 했다.

아침 일찍 포터 셋이 짐을 찾으러 양레 카르카로 떠났다. 침낭을 찾으러 갔던 포터가 돌아오지 않았기 때문에 그들 짐이 아직 남아 있었다.

점심때 포터 하나가 겜주가 놓고 왔던 매트리스와 침낭을 들고 왔다. 푸리가 마

나는 계속 걷기로 했다

칼루 베이스캠프로 가는 포터들에게 말을 전했고, 그곳에 있던 친구들이 매트리스
와 침낭을 찾아서 보내줬던 거다. 프랑스인들 포터들도 모두 하산 중이었다. 프랑스
인들은 가이드 두 명과 마칼루 베이스캠프에서 대기 중이라고 했다. 파상은 그들이
너무 어려서 이해하지 못했기 때문이라고 했지만 과연 그럴까. 두 달 후 그 프랑스
인들을 서쪽에서 만났을 때 그들은 이스트 콜을 넘었다고 했다.

　　점심 먹고 도바테를 떠났다. 푸리는 포터들을 더 기다렸다가 출발하기로 했다.
여전히 날씨가 좋지 않았다. 바람이 멈추면 구름이 몰려왔고 구름이 없으면 바람이
불었다. 케케 라(Keke La 4,170m) 아래 칼로 포카리(Kalo Phokari 4,022m)는 회색 막
이 씌워진 짐승의 눈처럼 보였다. 날이 맑을 때 이곳 풍경이 그리 좋다는데 구름 때
문에 아무것도 보이지 않았다. 마칼루 베이스캠프 적기는 랄리구라스가 피는 5월이
다. 칸첸중가 지역도 그랬지만 여기 역시 랄리구라스가 지천이다. 아쉽게도 아직은
꽃 필 시기가 아니다. 그리고 보니 마칼루 지역은 아쉬운 게 한둘이 아니다. 함께했

던 포터들이 떠났고, 넘고자 하는 곳은 넘지 못했고, 날씨도 좋지 않았다.

기다렸다는 듯 큰 비가 쏟아졌다. 콩마(Khongma 3,500m)에 짐을 풀고 뒤에 올 푸리 일행을 기다렸다.

엊그제는 술 때문에 난리도 아니었지만 이런 날 한 잔 안 할 수 없었다. 안주로 감자튀김을 주문해서 맥주와 같이 먹었다. 파상이 권해서 '쿠꾸리'라는 네팔 럼주도 마셨는데 생각보다 괜찮았다. 이 술은 42도짜리지만 따뜻한 물을 타서 마시면 순하게 잘 넘어갔다. 쿡은 마칼루 지역은 모두 자기 가족이라며 주방에서 직접 요리를 했다. 저녁에 나온 마카로니는 얼마나 많이 퍼줬는지 양이 상당했다.

파상은 포터 겜주가 스텝들 매트리스와 침낭을 술과 바꿔 먹었다고 했다. 짐을 찾으러 갔던 포터 두 명은 겜주가 침낭을 팔아버렸기 때문에 내려오지 못했던 거였

콩마(위)에 아침 일찍 짐을 가지고 도착한 포터들

다. 되찾은 침낭은 다른 포터가 도바테까지 가져왔고, 짐 찾으러 갔던 포터 둘은 양레 카르카에 둔 짐을 찾아서 오는 중이라 했다.

밤 8시가 되어 푸리, 까르마, 핀조가 흠뻑 젖은 채 도착했다. 다 같이 맥주를 마셨다. 늘 수줍기만 하던 까르마가 웬일로 한국말로 '건배'를 했다. 양철지붕 두들기는 빗소리가 제법 기분 좋게 들렸다.

이른 아침 나머지 포터들이 도착했다. 침낭을 팔아먹은 겜주도 와 있었다. 푸리와 파상은 모든 장비를 펼쳐놓고 일일이 체크했

나는 계속 걷기로 했다

마칼루 지역 트레킹이 끝난 후 같이 축하하며

다. 포터들은 지급받은 장비를 모두 반납하고 침울한 표정으로 서 있었다. 그들 때문에 일정도 늦어지고 스트레스도 많이 받았지만 해결됐으니 됐다.

세두와(Seduwa 1,500m)에서 모처럼 샤워를 하고 맥주 열 캔을 샀다. 칸첸중가 지역도 끝나고 이제 말 많던 마칼루 지역도 끝났으니 나름 축하를 하고 싶었다. 솔직히 같이 축하하고 싶은 포터들은 아니었지만 어쨌든 무사했으니까. 다같이 건배를 하고 혼자 맥주 한 캔을 더 마셨다. 트레킹을 시작한 지도 벌써 한 달 반이나 됐다. 누군가와 긴긴 얘기를 하고 싶었지만 연락할 사람이 아무도 없었다.

새벽 1시, 화장실 간다고 깼는데 파상과 푸리가 아직도 술을 마시고 있었다. 내가 그들 앞에 나타나자 푸리는 포터 때문에 머리가 너무 아프다며 우울하게 말했다. 그러면서 자신은 약속을 잊지 않았고 술도 조금 마셨다고 했다. 그는 포터 겜주가 클라이밍 장비 일부를 훔쳐서 경찰이 다녀갔다고 했다. 포터들에게 인건비를 주는 과정에서도 마찰이 생긴 듯했다. 게다가 시나몬과 야차굼바(동충하초) 철이 돌아오기 때문에 새로운 포터를 구하기도 쉽지 않았다.

푸리는 앞으로 가져갈 것과 카트만두로 보낼 것들을 나눴다. 마칼루 베이스캠프에서 고용한 포터들은 모두 돌려보냈다. 필요한 포터는 쉬는 동안 다시 구하기로 했다. 쿡과 까르마는 카트만두로 떠났다. 쿡의 불편한 한식보단 현지 음식을 먹기로 했다.

당분간 낮은 고도에서 걸을 거라 겨울옷까지 모두 빨았다. 한 번씩 이렇게 대대적으로 정비해주면 다시 시작하는 기분이 났다. 남은 스텝들도 빨래하느라 분주했다.

저녁엔 푸리 친구들과 조촐한 파티가 있다고 했지만 참석하지 않았다. 쉬고 싶은 마음이 컸다. 파상은 내 방으로 직접 요리한 닭고기와 창을 가져다줬다. 요란한 천둥번개와 함께 많은 비가 내렸다. 이제 지긋지긋 했던 마칼루 지역도 끝났다. 머리 아프게 했던 일들, 속상했던 일들 모두 안녕이다. 새로운 지역에선 새로운 사람들과 새로운 이야기가 시작될 거다. "틱 처, 틱 처." (괜찮아, 괜찮아.)

로지 마당에 널어놓은 빨래

나는 계속 걷기로 했다

7장

솔루 쿰부 지역
Solu Khumbu Area

세계 최고봉인 에베레스트(Everest 8,848m)가 있는 지역을 '쿰부'라 한다. 에베레스트는 1865년까지 현지 이름이 알려지지 않았다. 그러다 영국 식민지 시대에 측량 국장 에버리스트의 공적을 기려 '마운트 에베레스트'라고 명명했다. 티베트에서는 초모룽마(Chomolungma)라고 부르며 이는 '세계의 어머니, 성스러운 어머니'라는 뜻이다. 네팔에서는 산스크리스트어로 '하늘의 여신, '세계의 정상'이란 뜻을 가진 사가르마타(Sagarmatha)로 부른다. 현재는 네팔에서 대표적인 국립공원 이름이다.

* 네팔 GHT 하이루트 쿰부 지역은 초 라(Chol La 5,420m)와 렌조 라(Lenjo La 5,360)를 넘어야 하지만 필자는 이 구간을 2015년에 지났기 때문에 컬처루트인 살파 라 트랙으로 이었다.
* 이 지역 일부는 마칼루 지역에 포함되지만 이야기 흐름 상 솔루 쿰부 지역에 넣었다.

· 진행 경로 ·
· 세두와 – 아룬 강 – 도바네 – 살파 라 – 나르쿵 라 – 팡곰 – 수르케 라 – 루클라

129.4킬로미터 219,160걸음

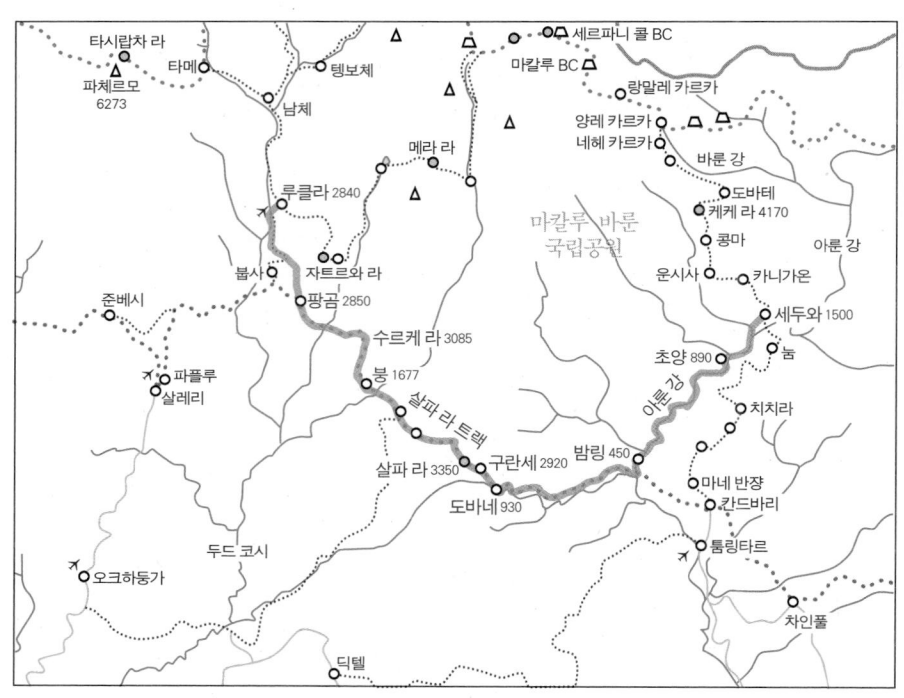

타시랍차 라
타메
파체르모
6273
텡보체
남체
메라 라
루클라 2840
뷥사
자트르와 라
준베시
팡곰 2850
수르케 라 3085
파플루
살레리
붕 1677
살파 라 트렉
살파 라 3350
구란세 2920
도바네 930
오크하둥가
두드 코시
딕텔

세르파니 콜 BC
마칼루 BC
랑말레 카르카
양레 카르카
네헤 카르카
바룬 강
도바테
케케 라 4170
콩마
아룬 강
운시사
카니가온
세두와 1500
초양 890
눔
치치라
밤링 450
마네 반장
칸드바리
툼링타르
차인풀

마칼루 바룬
국립공원

아룬 강

새롭게 출발하는 날이지만 아직도 뭔가 어수선했다. 포터 두 명 중 한 명만 도착한 상태였고 다른 한 명은 기다려야 했다. 푸리는 어젯밤 파티 때 포터를 새로 구했지만 그들이 술과 담배를 많이 해서 바꿨다고 했다. 내가 술, 담배 하는 포터들은 냄새나고 지저분하다고 했더니 바꿔버린 거다.

아침부터 무척 더웠다. 잠깐 사이에 땀이 줄줄 흘렀다. 6,100m에 있었던 게 얼마 전이었는데 며칠 만에 800m까지 내려왔으니 그럴 만도 했다. 고도차가 5,300m니까 설악산 대청봉을 세 개쯤 내려온 셈이다.

살파 라(Salpa La) 트랙은 나, 푸리, 파상, 핀조, 새로운 포터 둘과 함께 걸었다. 이렇게까지 많은 인원이 필요하지 않지만 조만간 롤왈링 지역 타시랍차 라(Tashi Labtsa La 5,755m)를 넘어야 해서 짐이 많았다. 우린 세두와부터 아룬 강(Arun River)을 따라 걸었다. 이 길은 소수의 트레커만 다니는 곳으로 상당히 외졌으며 만나는 사람도 거의 없었다. 산속 조용한 마을을 지나며 현지인들에게 부탁해서 밥을 먹거나 하룻밤 신세를 졌다. 그들은 기꺼이 자신들이 자는 방을 내주고 음식을 해줬다. 컬처루트의 묘미라 하겠다. 사방이 흰 산으로 가득한 곳도 좋지만 이런 재미도 괜찮았다. 참고로 홈스테이도 먹고 자는 대가를 모두 치른다.

초양(Chhoyang 890m)에서 출발하는데 비가 주룩주룩 내렸다. 이제 여름이다. 걷는 동안 주카(Jukha)를 자주 만났다. 주카는 네팔 우기 때 나타나는 거머리다. 주로 풀밭이나 바위 등에 붙어 있다가 짐승이나 사람이 지나가면 달라붙는다. 보통 3,000m 이하에 있으며 비가 오는 날 특히 많다. 녀석들은 실처럼 가늘게 몸을 늘릴

주카(거머리)

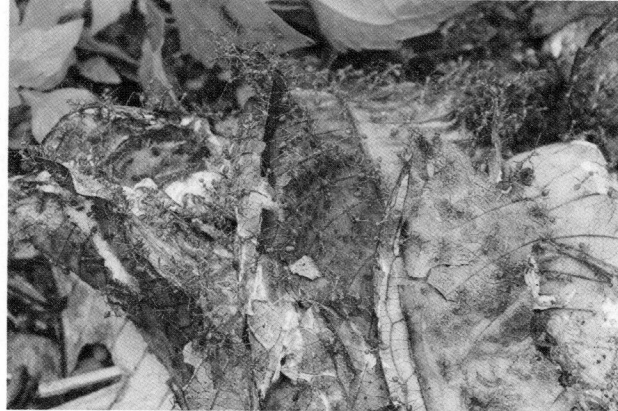

불개미

닿기만 해도 아픈 시스노

수 있어서 등산화의 작은 틈으로도 파고든다. 주카뿐만 아니라 불개미도 아가리를 쩍쩍 벌리며 언제든 물어버릴 기세라 조심해야 했다. '시스노'라는 풀도 만만치 않았다. 이 풀은 스치기만 해도 쓰라리고 아픈 게 한참 동안 남았다. 피부에 아무런 흔적도 남기지 않으면서 묘한 아픔을 줬다. 얇은 바지나 티를 입고 스치기만 해도 마찬가지라 닿지 않는 게 상책이다.

점심을 먹기 위해 스패츠를 풀다가 깜짝 놀라서 집어던졌다. 세상에 그 안에 거머리가 10마리나 붙어 있었다. 거머리는 내게 너무나 징그러운 존재였기 때문에 손도 대기 싫었다. 어찌어찌 털어냈지만 아직도 어딘가 남아 있는 것 같아 찜찜했다. 후에 옷을 갈아입을 때도 거머리는 배낭이나 옷 어딘가에 붙어 있었다. 여름은 점점 다가오고 있는데 이 거머리를 어찌해야 할지 난감했다.

하루 종일 비가 내려 습하고 더웠다. 아룬 강을 따라 내려가는 길도 오르막길 연속이라 온몸이 땀으로 범벅되었다. 20km쯤 걷고 나서야 하루가 끝났다. 우린 밤링(Bamling 450m)에서 멈췄다. 이곳은 아룬 강에서 가까운 곳이지만 강물은 아무 쓸모없었다. 산에서 내려오는 물을 받아서 마시고 빨래도 하는데 그나마도 낮에는 물이 끊겼다가 저녁부터 나왔다. 미리 받아놓은 물로 어찌어찌 땀에 전 빨래를 하긴 했지만 이런 날에도 샤워는 할 수 없었다.

비가 내리는 초양

배 속을 물로 가득 채워도 시원찮을 만큼 더웠다. 숲은 하루가 다르게 변해갔다. 우린 어느새 아룬 강을 벗어나 살파 라 트랙을 따라가고 있었다. 계속해서 마을을 지났고 올라갔다 내려가는 길이 반복됐다. 고산에서 온 포터들은 이런 길을 힘들어했다. 푸리 역시 상의가 다 젖고 얼굴에선 비가 내렸다. 바람 한 점 없어 그늘도 소용없었다. 시뻘게진 얼굴에 손부채를 했지만 한증막에 있는 것처럼 땀이 뿜어 나왔다. 어디를 지나는지도 모르고 무작정 걷기만 했다. 그저 오늘 할당된 양만 채우면 된다는 생각에 어서 하루가 저물길 바랐다. 앞으로 더 더워질 텐데 어떻게 버텨야 할지 막막했다. 여름이 가까워오는 계절에 낮은 고도를 걷는 게 이렇게 고된 일인지 미처 몰랐다.

12시가 다 되어 현지인의 집에 점심을 부탁했다. 밥하는 시간은 보통 2시간이라 하루 중 이때가 가장 느긋했다. 기다리는 동안 파상이 버터로 만든 창을 권했다. 비릴 줄 알았는데 새콤한 요구르트 맛이라 의외로 괜찮았다.

점심으로 나온 달밧

점심 달밧에 호박볶음과 남은 김치가 나왔다. 달밧(Dal Bhat)은 네팔 주식으로 우리네 백반과 비슷하다. 집집마다 맛이 다르며 리필

나는 계속 걷기로 했다

이 가능한 유일한 음식이라 양껏 먹을 수 있었다. 스텝들은 달밧을 손으로 먹었다. 남의 입에 들어갔던 숟가락으로 먹는 것보다 자신의 손으로 먹는 게 더 청결하다는데 일리 있는 말이다.

어느 순간부터 점심 메뉴가 가장 큰 관심사가 됐다. 맛없어서 절대 먹지 말아야지 했던 달밧은 걷는 동안 제일 맛있는 음식이 되었다. 무언가를 꼭 해야지, 절대 하지 말아야지 하는 것은 모두 부질없는 일이다. 하게 되면 하는 거고 상황이 여의치 않으면 하지 않으면 된다.

차가 다니는 길은 더 지루했다. 이런 날이면 어김없이 머릿속이 복잡해졌다. 잊었다고 생각했던 일들이 기어나와 머릿속을 어지럽혔다. 하지만 이 또한 여행의 과정이라는 걸 알고 있다. 계곡에서 물놀이를 하는 아이들이 부러웠다. 매일 땀으로 범벅이 되고 있지만 어디에도 씻을 만한 공간이 없었다. 그저 머리 감고 발 닦는 정도만 가능할 뿐 샤워는 엄두도 못 냈다.

도바네(Dhobhane 930m)는 숙식이 가능했다. 맥주가 간절하던 때라 한 컵 가득 따라서 벌컥벌컥 마셨다. 한 컵은 딱 좋았지만 그만큼 아쉬움도 남았다. 여행 중에 뭔가를 간절히 먹고 싶은데 그걸 참는 건 바보 같은 일이다. 당장 맥주 한 병을 더 주문했다. 이제 맥주의 계절이 돌아왔다.

살파 페디(Salpa Padhi 1,685m)까지 올라가자 제법 시원했다. 이제 살 것 같았다. 파상이 점심으로 라면 어떠냐고 해서 취향대로 몇 가지 주문을 넣었다. 김치 넣어서, 면은 반만 익히고, 달걀은 국물에 풀어서, 덜 짜게 해달라고 했다. 그는 재미있는 미션을 받은 아이처럼 신나게 라면을 끓여왔다.

점심 먹고 800m를 올라야 했다. 단단히 마음먹고 밥도 든든히 먹었더니 걷는 게 편했다. 역시 배부르고 볼 일이다. 자우 바리(Jau Bari 2,300m)에는 나름 번듯한 로지가 있었다. 이만큼 짓기 위해서 저 아래부터 자재를 모두 지고 왔을 텐데, 그 수고가 고스란히 느껴졌다. 하지만 번듯한 건물이라도 안에는 번듯하지 않은 경우가 많았다. 깨진 창문으로 바깥이 훤히 보이고 바람이 불 때마다 천장에서 먼지가 떨어

자우 바리 로지의 소박한 부엌

진수성찬 라면과 찬 밥

졌다.

창 마시러 오라는 소리에 부엌으로 갔다. 아궁이 하나에 탁자 몇 개가 전부지만 소박한 이곳이 마음에 들었다. 여기 창은 특이하게도 달걀로 만들었는데 비싼 거라고 했다. 하기야 네팔 산간에서 달걀은 그냥 사 먹으려고 해도 무척 비쌌다. 맛은 일반 창 맛에 달걀 비린내가 섞인 거라 내 취향은 아니었다. 그동안 다니면서 쌀, 보리, 옥수수, 버터, 달걀로 만든 것까지 마셔봤지만 그중에 제일은 역시 꼬도 창이었다.

새벽 4시부터 뻐꾸기가 울었다. 5시쯤에는 수탉이 목청을 높였고 개는 뭘 보고 그러는지 한참을 짖었다. 출발 시간을 정하진 않았지만 보통 6시쯤 일어나서 40분쯤 아침을 먹고 출발했다. 3월에 비해 해가 길어져서 자동으로 움직이는 시간도 빨라졌다.

마칼루 세두와에서 구한 포터 한 명은 새벽에 집으로 돌아갔다. 잠깐 목소리를 듣긴 했지만 얼굴은 못 봤다. 포터가 자주 바뀌다 보니 그들에게 굳이 말을 걸거나 관심을 두지 않았다. 다시 구한 포터는 자우 바리 로지 아들로 인상이 참했다. 그 아인 포터 일을 하는데 새 신발에 가장 좋은 옷을 입고 나왔다. 한껏 차려입고 나온 소남을 보니 안타까운 마음이 들었다. 얼마 안 돼서 저 신발이 떨어져나갈 게 뻔했고 옷도 마찬가지다.

산이 왜 분홍색인가 했더니 모두 랄리구라스라고 했다. 꽃 피는 시기가 약간 지났지만 이런 엄청난 군락지는 처음 보았다. 이곳은 랄리구라스가 많아서 마을 이름도 '구란세(Guranse 2,920m)'다. 네팔 국화인 랄리구라스는 색이 다양해서 군락을 이루고 있으면 아주 화려하다. 힘든 길만 걷다가 모처럼 꽃길을 만나니 좋다. 문득 네팔 구석구석 다니면서 잘 알려지지 않은 곳을 소개해보면 어떨까 하는 생각이 들었다.

살파 라(Salpa La 3,350m) 정상엔 빈집 몇 채와 웅장한 초르텐이 있었다. 이곳에서 새참으로 창 한잔씩 마시고 내려갔다. 셰르파족이 모여 있는 샤레(Shyare 2,520m)는 작은 마을이지만 곰파 규모가 컸다. 마을 한가운데 있는 초르텐도 화려했다.

릴리구라스 숲

푸리와 샤레 푼초촐링 곰파(Share Phunchoccholing Gompa) 행사에 참석했다. 큰 행사라서 여러 곳에서 모인 라마가 무려 30여 명이나 됐다. 그들은 새벽부터 밤까지 경전을 읽었다. 이런 의식은 며칠에 걸쳐 치러진다고 했다. 라마를 비롯해 이곳에 들어온 사람들은 모두 따뜻한 주스를 마셨다. 이 기간엔 누구도 술을 마실 수 없었다.

곰파 부엌에 갔더니 잔칫날처럼 북적였다. 사람들은 보릿가루로 삼각 김밥 같은 덩어리를 만들고 있었다. 우리가 잔칫날 떡을 하는 것처럼 이곳에선 짬빠 덩어리를 만들었다. 푸리는 팔을 걷어붙이고 동참했지만 나는 피곤해서 방으로 돌아갔다. 그들과 어울릴 수 있는 좋은 기회였지만 트레킹 50일째가 되니 조용히 쉬고 싶었다.

곰파 행사와 짬빠 덩어리

푸리의 약점

마을을 내려가면서 푸리는 여기서 몇 시간만 가면 어머니가 계신 고향이라고 했다. 그는 종종 어머니 이야기를 하곤 했다. 어머니는 자신이 담배 피우는 걸 모르고 계시지만 만약 알게 되면 죽는다며 목을 긋는 시늉을 했다. 아내도 모르고 있어서 카트만두에서는 담배를 피우지 않는다고 했다. 네팔 남자들도 엄마와 아내에게 꼼짝 못하는 걸까 싶어 웃음이 났다. 지역이 솔루 쿰부로 바뀌면서 집이 좋아졌다. 네팔에서 이곳은 꽤 유명한 지역이다. 에베레스트가 있고 고산 등반으로 유명한 셰르파족이 살고 있기 때문이다.

오늘은 2,500m에서 1,300m까지 떨어졌다가 다시 2,500m까지 올라가야 했다. 하이루트보다 이런 컬처루트가 훨씬 힘들었다. 하루에도 몇 번씩 오르내려서 그동안 안 빠지던 살이 슬슬 빠지기 시작했다. 붕(Bung 1,677m)은 마치 산 전체가 하나의 아파트처럼 보였다. 말끔하게 나무를 잘라내고 오밀조밀한 주름 같은 밭을 만들어냈다.

푸리는 또 자랑을 했다. 클라이밍 레드 라이선스가 있다는 것과 자기가 비싼 사람이라는 것을 특히 강조했다. 누군가 어떤 부분을 유난히 자랑한다면 그에 버금가는 열등감을 가지고 있는 경우가 많다. 과거의 경험이나 영광을

아파트처럼 보이는 붕

키라울레

키라울레 로지 부엌에서

이야기하는 사람은 현재가 만족스럽지 않다는 뜻이다. 이건 순전히 내가 겪은 사람들 이야기라 일반화하긴 어렵지만 대체적으로 그랬다. 푸리는 잠시 망설이더니 조심스럽게 입을 열었다. 자신은 다 잘하고 완벽하지만 한 가지 큰 문제가 있다고 했다. 가난해서 교육을 받지 못했기 때문에 글을 읽고 쓸 줄 모른다며 그게 유일한 문제라고 했다. 나는 그의 이야기를 들으며 말없이 고개만 끄덕였다. 이제야 여러 상황이 이해됐다. 그가 굳이 이런 곳까지 파상을 데리고 다니는 이유를 알았다. 포터들 인건비 계산과 어려운 서류 처리는 모두 파상 몫이었다. 푸리는 글을 읽고 쓰고 계산해야 하는 문제를 파상에게 맡길 수밖에 없었던 거다. 그렇다고 푸리가 다르게 보이지는 않았다. 네팔에서 푸리 나이 대에 제대로 교육받은 사람은 거의 없을 거다. 그래도 그는 스스로 영어와 클라이밍을 배우면서 지금은 번듯한 가이드가 됐다. 다만 너무 큰 약점이라 안타깝기는 했다.

푸리가 나에게 "버히니(여동생)" 하고 부르자 키라울레(Khiraule 2,475m) 로지 할머니가 놀래서 쳐다보셨다. 내가 남자인 줄 알았다며 '꼬리안 라마(한국 승려)'라고 생각하셨단다. 그러면서 어찌나 뚫어지게 쳐다보시던지. 괜히 민망했다. 짧은 머리 때문에 네팔에 와서도 남자로 오해받는 일이 종종 생겼다.

2년 전 쿰부 트레킹을 할 때만 하더라도 루클라에 다시 오게 될 줄 몰랐다. 오래전 혼자 백두대간을 하겠다며 5개월 반 동안 매주 야영하며 산행을 했다. 처음 가보는 길이 많았지만 그때는 혼자 걷고 혼자 야영하는 게 무섭지 않았다. 그저 다음엔 어디를 가게 될까, 이 길을 넘으면 어디쯤이 나올까, 그런 것들이 궁금했다. 집으로 돌아오는 길엔 지도만 뚫어지게 볼 정도로 혼자 걷는 길에 흠뻑 빠졌다. 지금은 다시 그렇게 하래도 못할 것 같다. 네팔 GHT를 하고 몇 년이 지나면 백두대간과 비슷한 생각을 하지 않을까 싶다. 나이가 들수록 용기라는 게 옅어진다. 그러니 용기가 남아 있을 때 부지런히 다녀야 한다. 반 미쳤을 때 다니지 않으면 영영 못 갈 수 있을 테니까.

우린 파상 처형이 운영하는 로지로 갔다. 이 로지는 건물이 3개나 될 정도로 규

루클라 가는 길에

모가 컸다. 파상 덕분에 좋은 방으로 배정받고 오랜만에 뜨거운 물로 샤워도 했다.

빨래를 미리 해둔 덕분에 모처럼 한가한 시간을 보냈다. 로지 지붕은 포터들이 널어놓은 빨래로 가득했다. 점심때 돌아온 그들은 모두 깨끗하게 이발을 해서 젊은 군인 같았다. 파상도 한결 밝아 보였고 푸리는 까맣게 염색해서 젊어 보였다.

아직 포터를 구하지 못해서 하루 더 대기하기로 했다. 원정 시즌이라 포터 구하기가 어려워서 푸리와 파상이 찾으러 다닐 거라고 했다. 이번 트레킹을 시작할 때 사람을 구하지 못해서 고생했던 이유가 그 때문이었다. 더군다나 올해는 네팔 대지진 때 2년 유예되었던 퍼밋이 만료되는 해라 원정 팀이 많이 몰렸다. 하필이면 가장 복잡할 때 멋도 모르고 왔던 거다.

카트만두로 돌아갔던 까르마는 배추김치와 깍두기, 다시다, 간장, 참기름 등을 챙겨왔다. 그런데 된장 대신 쌈장을 두 통이나 가져와서 마음이 아팠다. 여행사에서 한식 쿡을 구하지 못했다는 말에 쿡은 깔끔하게 포기했다. 대신 까르마가 그 역할을 하기로 했다. 까르마는 나를 보자마자 무척 반가워했다. 잘 지냈냐며 나보고 작아진 것 같다며 혼자 웃기도 했다. 왜 저러나 했더니 이 녀석 취해 있었다. 힘주고 다니던 눈도 풀리고 실실 웃는 게 원래 이 아이 모습일 수도 있겠구나 싶었다.

하루 종일 보이지 않던 푸리와 파상은 포터를 구해왔다. 이제 모든 준비가 끝났으니 출발하는 일만 남았다.

8장

롤왈링 지역
Rolwaling Area

'히말라야의 속살'이란 별명이 가지고 있는 롤왈링 지역 최고봉은 티베트에 있는 멜룽체(Melungtse 7,181m)이다. 네팔령에서는 가우리산카르(Gaurisankar 7,134m)가 가장 높으며, 힌두교 여신인 가우리(Gauri)와 배우자인 산카르(Sankar)에서 유래됐다. '가우리'는 빛나는 여신으로 가우리산카르는 '빛나는 길조'라는 뜻이다. 티베트어로는 조모 체링마(Jomo Tseringma)로 부른다.

네팔 GHT 하이루트에서 어려운 곳 중 하나인 타시랍차 라(Tashi Labtsa La 5,755m)는 전문 장비가 필요하고 야영이 필수다. 보통 쿰부 지역과 연계하여 진행하며 네팔 최대 빙하 호수인 초 롤파(Tsho Rolpa) 호수를 지난다.

> * 루클라에서 타메는 솔루 쿰부 지역에 속하지만 이야기 흐름상 롤왈링 지역에 포함했다.

· 진행 경로 ·
· 루클라 – 타메 – 타시랍차 라 – 시미 – 공가르 – 오랑단다 – 비구 곰파 – 라스트 리조트

189.4킬로미터 300,168걸음

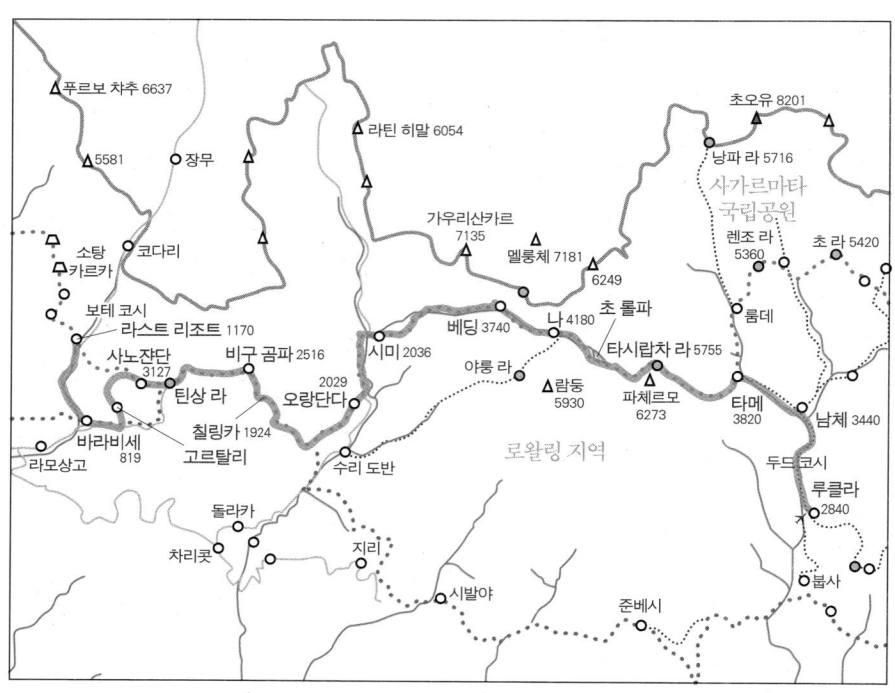

푸르보 차추 6637

△5581 장무

라틴 히말 6054

가우리산카르
7135

초오유 8201

낭파 라 5716

사가르마타
국립공원

렌조 라
5360

초 라 5420

멜룽체 7181

6249

소탕
카르카 코다리

보테 코시
라스트 리조트 1170

나 4180

초 롤파

룸데

사노잔단
3127

비구 곰파 2516

베딩 3740

타시랍차 라 5755

틴상 라

시미 2036

파체르모
6273

타메
3820

남체 3440

오랑단다

2029

야룽 라

람둥
5930

칠링카 1924

바라비세
819

고르탈리

로왈링 지역

두드코시

라모상고

수리 도반

루클라
2840

돌라카

지리

차리콧

시발야

준베시

뷥사

새로운 포터 2명이 와서 이제 스텝은 8명으로 늘었다. 타시랍차 라를 넘으려면 로프와 안전장비가 필요해서 여전히 짐이 많았다. 어느덧 5월이 되었고 길을 떠난 지는 두 달 정도 됐다. 점점 이 길에 대한 감동이 줄어들었다. 걷는 게 마냥 좋을 수만은 없었고 저녁마다 며칠이나 남았는지 계산하는 일도 잦았다. 마음 한구석에선 얼른 이 트레킹이 끝났으면 하는 것도 있었다. 아닌 줄 알았지만 내 안에 어떤 외로움과 스트레스가 차곡차곡 쌓이고 있었다.

조르살레를 지나 남체까지 여유 있게 진행했다. 마음먹으면 타메까지 갈 수 있었지만 큰 고개를 넘기 전에 충분히 쉬는 것도 필요했다. 푸리가 남체 구경을 가자고 했지만 귀찮아서 가지 않았다. 스텝들은 모두 놀러나갔는지 아무도 보이지 않았다. 나중에 보니 녀석들 옷이며 신발이 다 바뀌었다. 이곳 마트엔 한국 라면, 과자, 사탕 등이 많았다. 하지만 비싸서 그중 어느 하나도 집지 못하고 그냥 나왔다.

저녁엔 근사한 야크 스테이크에 가장 비싼 셰르파 맥주를 시켰다. 내일이 생일이라 이쯤에서 혼자 기분이라도 내고 싶었다. 스텝들은 모르고 있겠지만 굳이 말하고 싶지 않았다. 생일은 나한테나 중요할 뿐, 어차피 매일이 누군가의 생일이다. 난롯가에 앉아 미리 즐기는 생일은 충분히 좋았다. 나이 마흔이 되어 네팔에서 맞이하는 생일이라니, 나쁘지 않았다.

생일날 아침은 근사했다. 남체는 활기가 넘쳐 보였다. 삼데(Samde) 가는 길에

남체의 아침

타메 가는 길

만난 일주문에선 그림 작업이 한창이었다. 연필로 밑그림을 그려놓고 그 위에 색을 칠하고 있었다. 그들은 우리가 말하는 소리에도 흔들림 없이 집중했다. 왠지 수도승처럼 보였다. 불화를 볼 때 생각 없이 봤는데 과정을 직접 보니 다르게 보였다. 이런 귀한 걸 봤는데 그냥 가는 건 예의가 아니라서 얼마간 기부를 했다. 내 생일이기도 해서 뭔가 보시를 하고 싶었다.

보테 코시 강(Bhothe Koshi Nadi) 철다리 옆 구루 린포체(Guru Rinpoche) 벽화는 2년 전보다 선명해졌다. 구루 린포체는 파드마 삼바바(Padma Sambhava, 연꽃에서 태어난 자)로 더 알려져 있으며, 티베트 불교의 아버지이자 제2의 부처로 추앙받는 인물이다. 푸리는 벽화 앞을 지나면서 두 손을 모아 합장했다.

타메(Thame 3,820m)는 단정하고 아름다운 세르파족 마을이다. 큰 산이 병풍처럼 둘러싸인 이곳은 아늑한 느낌이 들고, 타메 콜라(Thame Khola)를 끼고 있어 물도 풍부하다. 우리가 찾아간 곳은 에베레스트를 21번이나 오른 '아파 셰르파(Apa Sherpa)'의 로지였다. 로지 벽마다 기네스북을 비롯한 각종 증명서와 사진이 가득했다. 푸리와 파상이 깍듯하게 인사하더라니 이유가 있었다. 몇 번을 가도 실패하는 사람이 있고 한 번만 가도 죽는 사람이 있는데 그는 신이 지켜주신 모양이다. 아파 셰르파도 처음엔 포터에 불과했을 텐데 지금은 세계적으로 유명한 사람이 되었다. 역시 인생은 모르는 일이다.

불화 채색 작업(위). 아파 셰르파의 각종 증명서들

나는 계속 걷기로 했다

화이트 아웃, 타시랍차 라

타메 곰파(Thame Gompa)의 어린 라마는 경전을 외면서도 슬쩍슬쩍 고개를 돌려 낯선 외국인을 의식했다. 동자승 하나는 안으로 들어오라며 손짓까지 했지만 나는 손사래를 치며 웃기만 했다.

턍보(Thyangbo 4,230m)는 타시랍차 라 가기 전 마지막 티숍이다. 사우니가 점심으로 감자를 삶는 동안 푸리는 피리로 레쌈삐리리를 들려줬다. 문득 내가 이 사람들의 먼 과거까지도 함께하고 있다는 생각이 들었다.

수업 중인 어린 라마와 피리 부는 푸리

파르체무체 초 캠프(Parchemu-che Tso Camp 4,780m) 무인대피소는 비교적 깨끗했다. 우린 이곳을 독일 팀과 같이 썼다. 그들은 트레커 한 명에 스텝이 다섯이지만 타시랍차 라를 금방 넘을 생각에 마땅한 장비도 없이 왔다. 음식은 건조식품에 쿠키, 빵 등이 전부였다. 독일인은 보통 사람이 3일에 걸쳐 갈 곳을 하루 만에 30~40km씩 간다고 했다. 그는 굉장히 짧은 기간

타시랍차 라 가는 길

파르체무체 초 무인대피소(위).
대피소 안에서 혼자 저녁을 먹으며

안에 네팔 GHT를 끝내는 게 목표인 듯했다.

까르마는 눈썰미가 좋아서 된장국 끓이는 법을 금방 배웠다. 지난번 쿡보다 솜씨가 좋았다. 밥과 국에 반찬까지 제대로 준비해서 내줬다.

나는 유일한 여자라 이곳에서도 독립된 공간을 가졌다. 그래봤자 이너텐트였지만. 내일은 새벽 4시 반에 출발하기로 하고 장비를 점검했다. 하네스(안전벨트)를 비롯해서 필요한 장비를 미리 배낭에 넣어뒀다.

누군가 새벽 2시 반부터 물을 끓이기 시작했다. 지금까지 이렇게 부지런한 사람은 없었다. 알고 보니 루클라에서 고용한 포터 텐지였고 라마 출신이라고 했다. 그는 싹싹하기까지 해서 아침마다 "굿모닝 디디" 하며 반갑게 인사도 해줬다.

양 팀의 클라이밍 가이드는 우리보다 먼저 출발했다. 독일 팀 가이드는 이쪽 길이 처음인지 자주 헤맸고 그때마다 푸리가 길을 알려줬다. 독일인은 그게 못마땅했는지 푸리에게 화를 내며 당신이 앞에 가라고 했다. 푸리는 입을 꾹 다물었고 독일 팀 가이드는 민망했는지 묵묵히 앞서갔다. 독일인 스틱이 바위틈에 꼈다. 그가 안간힘을 쓰며 빼냈지만 스틱이 부러지고 말았다. 독일인은 몹시 화를 내며 스틱을 내동댕이쳤다. 올라가던 그의 가이드가 다시 내려와서 그에게 자기 스틱을 건네고 부러진 스틱은 멀리 던져버렸다.

이곳 산은 모두 거대한 암벽이다. 고산 트레킹을 하다 보면 보이는 풍경이 비슷한 것 같으면서도 가까이에서 보면 또 다르다. 산은 멀리서 보는 것도 좋고 이렇게 바로 앞에서 보는 것도 좋다. 정상엔 관심 없지만 높은 곳에는 가보고 싶다. 그곳에서 뭐가 보이는지 그게 제일 궁금하다.

인간의 발걸음이 가소로울 만큼 엄청난 급경사를 만났다. 몸을 잔뜩 숙여야 한 걸음을 뗄 수 있을 정도로 미끄럽고 급했다. 먼저 출발한 클라이밍 가이드들이 올라갈 길을 살폈다. 소남은 오늘따라 너무 늦었다. 녀석의 운동화를 보니 바닥이 다 닳아서 슬리퍼만도 못했다. 혹시나 싶어서 준비한 아이젠과 여분의 선글라스를 그 아이에게 건넸다. 빌려주는 거라고 확실하게 말하고 내려가서 돌려달라고 했다. 그렇지 않으면 주는 것으로 착각하기 때문이다.

클라이밍 가이드 셋은 얼음을 타고 올라가는 게 힘들다며 되돌아왔다. 우리는 푸리의 안내로 오른쪽으로 향했다. 가까운 길을 놔두고 먼 길을 돌아가는 형국이지만 이쪽도 경사가 만만치 않았다. 길은 수직에 가까웠다. 고정 로프가 설치되었지만 눈이 많아서 차라리 스틱에 의지하는 게 나았다. 올라가다가 내려다 본 풍경은 우리가 얼마나 높은 곳에 있는지 알려주었다. 푸리와 까르마가 길을 뚫는 동안 정작 길을 뚫어야 할 파상은 보이지 않았다. 푸리는 종종 파상이 클라이밍 가이드 역할을 제대로 하지 않는다고 했다. 한창 긴장하며 걷는데 눈사태 굉음이 들렸다. 맞은편 산에서 눈이 와르르 무너져내리는 모습을 보니 간담이 서늘해졌다. 5,000m가 넘는 고개를 지난다는 것은 그만큼 감수할 일이 많다는 뜻이기도 했다.

고개 정상이 가까워지자 안자일렌을 했다. 지금까지 우리 팀이 러셀하며 길을 냈기 때문에 이번에는 독일 팀이 앞장섰다. 러셀이 꽤나 힘든지 독일 팀은 천천히 갔다. 답답했던 파상이 치고 나가려고 했지만 그도 못 가는 건 마찬가지였다. 드디어 타시랍차 라(Tashi Labtsa La 5,755m)가 보였다. 목적지를 눈앞에 두고 있을 때의 기쁨과 안도감은 최고의 선물이다. 타시랍차 라는 롤왈링 히말의 꽃이라 할 수 있는 고개다. 1951년 힐러리가 눈표범 발자국을 따라 이곳을 넘어갔다고 한다.

그 맑던 하늘이 순식간에 변하더니 눈이 쏟아지기 시작했다. 타시랍차 라에 도착했지만 기쁨을 만끽할 틈도 없이 서둘러 내려갈 준비를 했다. 손이 얼어서 크램폰이 잘 신겨지지 않았다. 포터들은 짐도 내려놓지 못한 채 덜덜 떨었다. 다시 로프를 묶고 내려가는데 어쩐 일인지 선두가 주춤했다. 그들은 뭔가를 상의하는 듯, 혹은 길을 찾고 있는 것처럼 한동안 움직이지 않았다. 우리는 추위를 견디며 무기력하게 기다렸다. 독일인은 얇은 바지와 재킷이 전부였고 장갑도 부실했다. 바람이 숭숭 들어오는 트레킹화는 눈으로 덮였고 그의 얼굴엔 콧물이 허옇게 얼어붙었다. 독일인은 아무 말도 못하고 좀비 같은 표정으로 떨기만 했다. 독일 팀 스텝 중 몇 명은 이런 날씨에 장갑조차 없었다. 눈 속을 지나야 하는데 아이젠도 없었다. 그들은 복장이나

타시랍차 라 가는 길

대기하며 머문 야영지

장비가 너무 부실했고 이대로 있다간 사고가 날 것 같았다.

　푸리는 화이트 아웃으로 아무것도 보이지 않아 길을 찾을 수 없다고 했다. 우리는 이스트 콜 넘을 때 그랬던 것처럼 왔던 길을 다시 되돌아가는 수밖에 없었다. 두 번이나 이렇게 되고 보니 정말 뭔가 작정하고 방해하고 있는 것 같았다. 독일 팀은 남체까지 되돌아간 후 컬처루트로 나머지 구간을 잇겠다고 했다. 그들에겐 텐트나 여유 식량이 없어서 선택의 여지가 없었다.

　우린 타시랍차 라 캠프(Tashi Labtsa La Camp 5,665m)에서 대기하기로 했다. 절벽 위는 좁았지만 눈을 피할 수 있었고 텐트 두 동 정도는 가능했다. 파상은 자신의 역할이 부족했다는 것을 아는지 풀이 죽어 있었다. 텐트 칠 때도 손 놓고 있어 푸리와 까르마가 다 했다. 부지런한 포터 텐지는 눈을 퍼다가 물부터 끓였다. 그동안 여러 스텝을 경험해보니 그래도 나이가 있는 사람이 일을 잘했다. 그들은 눈치와 경험이 있어서 알아서 했다. 그러나 어린 친구들은 힘만 좋지 일하는 요령이 없었다.

　오후가 되자 날이 개기 시작했다. 우리가 내려온 길도 선명하게 보였고 타시랍차 라도 손에 닿을 듯 가까웠다.

철수하는 독일 팀(왼쪽)과 우리 팀.
타시랍차 라로 가는 포터들(아래)

눈부신 아침이다. 파르차모(Parchamo 6,273m)의 거대한 얼음덩어리도 모습을 드러냈다.

안자일렌이 몹시 귀찮았지만 안전을 위해선 어쩔 수 없었다. 사진을 찍으려고 멈출 때마다 푸리와 연결된 로프가 팽팽해져서 불편했다. 푸리는 타시랍차 라에 도착하자마자 하산을 서둘렀다. 그는 이곳을 빨리 통과해야 어제처럼 눈을 만나지 않는다고 했다. 사진 찍기 불편해서 잠깐 안자일렌을 풀었다가 작은 크레바스에 빠졌다. 푸리는 그것 보라며 다시 로프를 걸어줬다.

본격적으로 타시랍차 라를 내려가기 시작했다. 우리는 두 팀으로 나눠서 푸리와 나는 선두에 서고 까르마와 몇몇 포터는 후미에 섰다. 올려다본 파르차모의 선이 고왔다. 오로지 하얀 산과 파란 하늘만 있어 깨끗하고 매혹적이었다. 하늘만 바라보고 있으면 깊은 바닷속 같았다. 내려가는 길 오른쪽으로 크레바스가 깊었다. 앞장 선 파상은 길을 찾지 못했고 어느 쪽으로 가야 할지 망설이는 일이 잦았다. 결국 푸리가 선두에 섰다. 경험이 풍부한 푸리는 확실히 달랐다. 그는 판단이 빨랐고 눈 덮인 산을 내려가는 데 과감하면서도 정확했다.

타시랍차 라를 내려가는 스텝들

선이 고은 파르차모

타시랍차 라를 내려와서

트라카르딩 빙하

    드로람바우 빙하(Drolambau Glacier)에 내려와서 보니 어제와 오늘 이 주변에서 보낸 시간이 꿈만 같았다. 아주 어려울 것이라 생각했던 무엇이 금방 끝나버린 느낌이다. 곧이어 트라카르딩 빙하(Trakarding Glacier)도 보였다. 빙하를 따라 내려가는 건 무척 까다로웠다. 이런 곳은 얼음이 녹거나 눈이 내리면서 해마다 길이 바뀌었다.

    빙하 캠프에서 원정 팀을 만났다. 어느 나라 사람들일까 궁금했는데 놀랍게도 우리나라였다. 트레킹 시작하면서 한국 사람을 만난 게 처음이라 무척 반가웠다. 원정 팀은 타시랍차 라 근처에 있는 피크를 등반하러 왔다고 했다. 우리가 내려오다가 만난 발자국은 이분들이 베이스캠프로 장비를 옮겨놓기 위해 다녀간 흔적이었고, 길잡이가 되었던 케른도 마찬가지였다. 한창 얘기를 나누고 있는데 뒤에서 내 이름을 부르는 소리가 들렸다. 세상에, 종국 오빠다. 스무 살 때 처음으로 가입한 산악회에서 우리 조장이었던 사람. 그게 인연이 되어 벌써 20년이나 흘렀다. 원정 소식을 들었지만 이 넓은 히말라야에서 보게 될 줄은 몰랐다.

나는 계속 걷기로 했다

트라카르딩 빙하 캠프에서 만난 한국 원정팀

원정 팀에서 황도를 내주셨다. 고맙게도 우리 스텝들에게도 나눠주셨다. 원정 팀 대장님은 한국라면, 간식, 홍삼환 등을 한 보따리 챙겨주셨다. 한국 사람 만난 것도 반가웠는데 이런 것까지 챙겨주다니 감동받았다. 원정 팀에게 작별 인사를 하고 다시 길을 떠났다. 푸리는 한국 팀이 올라가려는 피크는 아주 어려운 거라고 했다.

빙하 양옆으로는 사태가 진행되고 있어서 수시로 돌 떨어지는 소리가 들렸다. 한 번은 그대로 서서 돌이 내려오는 걸 구경하고 있다가 파상이 소리치는 바람에 냅다 뛰었다. 헉헉대며 올라가서 돌아보니 내가 서 있던 자리 뒤로 돌이 와르르 쏟아졌다. 쉬는 동안 까르마가 네팔 라면을 꺼내서 하나씩 나눠줬다. 대책 없는 이 팀의 점심은 생라면이 전부였다. 빙하가 끝났지만 여전히 길은 험했고 오르내림도 심했다. 이런 길을 배고픔을 참아가며 걷는 포터들을 보면서 착하다고 해야 할지 잠시 헷갈렸다.

트라카르딩 빙하 하단부에 있는 초 롤파 호수(Tsho Rolpa)는 네팔 최대 빙하 호수로 깊이가 131m나 된다. 지구온난화로 빙하가 빠르게 녹고 있어 매년 호수가 불어나고 있다. 이 속도라면 몇 년 후에는 히말라야 곳곳에서 홍수가 날 수 있다고 한

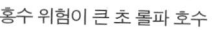

홍수 위험이 큰 초 롤파 호수

다. 초 롤파 호수 끝에 배수관문을 만들어 수시로 물을 빼내고 있지만 언제 터질지
모른다. 푸리는 이 호수가 터지면 아랫마을뿐 아니라 네팔 전체가 위험하다고 했다.

　내려가는 동안 포터 밍마의 운동화 사이로 손수건이 삐져나온 게 보였다. 양말
도 없어 발을 손수건으로 감싼 후 운동화를 신었던 거다. 잘 가던 아이가 갑자기 너
무 늦는다 했더니 이유가 있었다. 이때만 하더라도 발이 아프겠구나 싶었지 심각한
문제가 발생할 줄은 몰랐다.

　빙하도 끝나고 무지막지한 돌길도 끝났다. 야영할 곳이 많았지만 푸리는 계속
걷기만 했다. 그는 우리에게 남은 식량이 없기 때문에 오늘은 나(Na 4,180)까지 가야
한다고 했다. 지도를 보니 타시랍차 라에서도 한참이나 내려가는 곳이었고 무려 이
틀 치 반이나 되는 거리였다.

　멀리 마을이 보이자 포터들이 빠른 속도로 내려갔다. 하지만 밍마는 절뚝거리
며 점점 느려졌다. 걱정돼서 푸리에게 밍마가 양말을 신지 않았다는 걸 알려줬다.

　마을에 도착하자 푸리는 간자라 패스(Ganja La 5,130m)가 너무 위험하니 헬람

나(Na) 마을 가는 길

부로 가는 게 어떠냐고 물었다. 틸만 패스(Timan's Pass 5,308m)가 위험해서 간자라 패스로 바꿨던 건데 이번엔 헬람부(Helambu)로 바꾸자고? 지난번에는 간자라 패스가 멋지다며 좋은 말만 하더니 이제 와서 헬람부라니. 그가 무슨 생각으로 그런 말을 했는지는 모르겠지만 딱 잘라 거절했다. 하지만 얼마 안 있어 푸리가 그런 제안을 한 이유를 알게 됐다.

아침에 푸리가 내 방으로 밍마를 데리고 왔다. 그는 심각한 얼굴로 큰 문제가 생겼다며 밍마의 발을 보여줬다. 밍마는 맨발이었고 양쪽 발가락이 큰 수포로 덮여 있었다. 지나가던 파상이 발을 보더니 잘라야 할지도 모른다고 했다. 내내 표정이 없던 밍마는 그 얘기를 듣자 눈물을 뚝뚝 흘렸다. 그제야 그가 동상에 걸렸다는 걸 알았다. 가슴에 돌덩이 몇 개를 쌓아올린 것처럼 답답해졌다.

밍마는 자기가 가져온 작은 배낭과 스틱에 의지한 채 내려갈 준비를 했다. 여기선 전화가 되지 않기 때문에 베딩까지 가야 했다. 천천히 가도 2시간이다. 푸리는 어제부터 밍마 상태를 알고 있었던 것 같았다. 나는 그게 푸리가 느닷없이 헬람부 트랙을 제안한 이유라고 생각했다.

밍마는 발가락이 바닥에 닿지 않게 하려고 뒤꿈치로만 걸었다. 아프면 아프다고 해야 하는데 그 아인 말을 거의 하지 않았다. 웃지도 찡그리지도 않은 무심한 표정으로 가끔씩 슬리퍼만 고쳐 신었다. 푸리와 나는 그 아이를 앞서지 않고 뒤에서 천천히 따라갔다. 밍마는 어차피 돌아가야 했다. 새파랗게 젊은 아인데 발가락을 잘라야 한다면 그 아이 인생은 어떻게 되는 걸까. 마음이 아팠다. 큰 고개를 넘을 때마다 사고가 났고 이번에는 사람이 다쳤다. 앞으로 남은 큰 고개를 넘어야 할지 고민이 됐다.

베딩(Beding 3,740m)에 도착하자 푸리는 헬기를 불렀다. 밍마는 카트만두 병원으로 데려갈 거라고 했다. 아무래도 이쯤에서 계획을 바꾸는 게 좋을 듯했다. 모두 접고 푸리 말대로 하기로 했다. 자꾸 뭔가가 방해하는 걸 보니 일찍 끝내라는 뜻 같았다. 어쩌면 내가 틸만 패스나 간자라 패스를 넘게 되면 위험하니까 돌아가라고 경고해주

베딩 마을

는 건지도 몰랐다. 푸리를 불러 코스를 바꿀 테니 불필요한 짐은 모두 카트만두로 보내라고 했다. 그는 금방 얼굴이 환해지더니 포터들을 불러 재빨리 짐을 나누기 시작했다. 포터들이 짐을 넣고 다니던 바구니와 연료 등 필요 없는 것들은 현지인들에게 나눠줬다. 장비는 모두 헬기에 실어 보내기로 하고 김치만 조금 챙겼다. 이렇게 결정하고 다 털어버리고 나니 홀가분했다. 이번에 못 가본 길은 나중에 다시 오면 된다.

밍마는 발이 욱신거리는지 가끔 만져봤다. 그 아이 발은 상태가 점점 안 좋아졌고 시간이 지날수록 수포도 커졌다. 나는 2만 루피를 꺼내서 봉투에 담아 밍마에게 줬다. 이건 순전히 앞으로 그 아이가 겪게 될 고통에 대한 위로금 같은 거였다. 정말로 그 아이가 발가락을 잘라야 한다면 나중에 더 챙겨주더라도 지금은 이렇게라도 하고 싶었다. 밍마는 마치 돈이라는 걸 처음 보는 사람처럼 두 손으로 받더니 작은 소리로 "땡큐" 하며 인사를 했다.

2시에 뜬다던 헬기는 오후에 비가 내리면서 취소됐다. 어쩔 수 없이 우린 베딩에 머물기로 했다. 보험 처리 등으로 복잡할 듯하여 푸리가 카트만두로 가기로 하고 나는 당분간 파상과 다니기로 했다. 푸리는 밍마의 발은 보험으로 치료받으면 되지만 그의 삶은 어떻게 되냐며 긴 한숨을 쉬었다. 밍마는 여전히 아픈 내색도 하지 않고 멍하게 천장만 바라보았다.

아침 일찍부터 헬기장으로 짐을 옮겼지만 헬기는 오지 않았다. 날씨가 좋지 않아서 되돌아갔다는데 계속 비가 내려서 언제 다시 올지 몰랐다.

로지 사우지는 고산을 여러 번 등반한 클라이밍 가이드 출신이다. 그는 밍마의 발을 보더니 자르지 않아도 된다고 했다. 동상이 심하면 발이 검게 변하면서 썩어 들어가는데 밍마는 발가락을 조금씩 움직일 수 있었다. 남은 항생제와 영양제를 밍마에게 줬다. 그게 직접적인 도움을 주진 않겠지만 혹시 도움이 될까 싶었다. 양말도 못 신고 맨발로 지내는 게 안타까워서 핫팩도 꺼내다 줬다. 비는 끝내 멈추지 않았고 헬기도 뜨지 않았다.

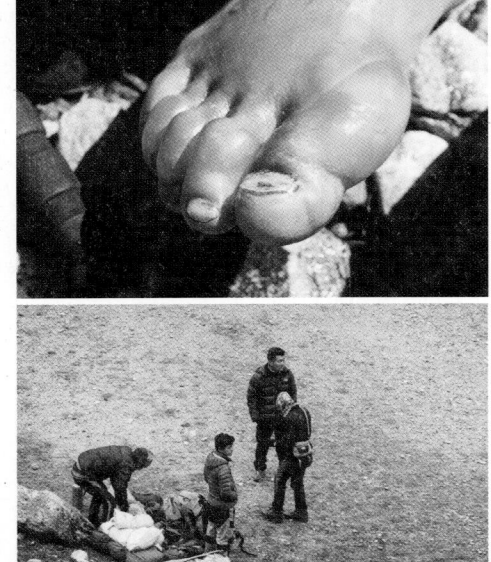

밍마의 발가락(위).
헬기를 기다리며 짐을 정리하는 스텝들

나는 계속 걷기로 했다

가슴 위 돌덩이

　　비는 아침까지 이어졌다. 매일같이 내리는 비를 보면서 몬순이 시작됐다는 걸 깨달았다. 3일째 헬기가 뜨지 않았고 다들 말수를 잃어갔다. 더는 기다릴 수 없어 푸리, 밍마, 텐지만 남겨놓고 출발하기로 했다. 부랴부랴 짐을 꾸리고 밍마를 찾아가서 악수를 했다. 부디 그 아이의 인생이 여기서 슬퍼지지 않기를 바랐다.

　　도캉(Dokhang 2,791m)까지 2시간 반이 걸렸다. 딱히 먹고 싶은 게 없어서 점심으로 네팔 라면을 주문했다. 우리 포터들은 20대 초반으로 다들 잘생겼다. 어린 사우니는 갑자기 오빠 다섯이 들이닥치자 매우 수줍어했다. 오빠들이 나서서 음식을 만들 때도 옆에서 거들기만 했다. 요리라면 누구보다 자신 있는 까르마가 현란한 칼솜씨를 보여줬다. 핀조와 소남은 감자를 깎았다. 겔지는 앞치마를 두르고 수다를 떨며 라면을 끓였다. 여자는 오빠들 틈에서 조용조용 말하고 가만가만 움직였다.

　　시미(Simi 2,036m)까지 20km 넘게 걸었다. 젊은 애들과 다니느라 늙은 누나가 힘들었다. 로지에 도착하자마자 오랜만에 찬물로 샤워하고 빨래도 했다. 시설은 열악해도 씻을 수 있으니 얼마나 다행인가. 포터들까지 씻는 게 끝나자 로지 마당은 넓어놓은 빨래로 가득했다.

　　오늘 저녁은 '쿠꾸라 마수(닭고기)'라며 소남이 닭을 잡으러 갔다. 저 어린 친구가 닭도 잡을 줄 알다니 못하는 게 없다. 겔지가 닭을 정리했는지 금방 생닭을

요리하는 겔지

가져왔다. 저녁은 닭고기 달밧이 나왔다. 반주도 빠질 수 없어 창 한 잔 곁들였다. 내일이면 공가르에서 까르마와 소남이 돌아간다. 남은 구간은 파상, 핀조, 겔지 세 명만 같이 가기로 했다. 변수가 없었다면 끝까지 같이 갈 수 있었을 텐데 이들과의 인연은 여기까지인 모양이다. 그들과의 마지막 식사였지만 여느 때와 다름없이 조용히 보냈다.

2,000m 대로 내려오자 아침인데도 몹시 더웠다. 이제부터 덥다는 말을 입에 달고 살아야 했다. 시미에서 내려가는 길은 얼마나 가파른지 몸이 쏟아지는 것 같았다. 소남은 슬리퍼만 신고도 잘 내려갔다. 그의 새 운동화는 타시랍차 라를 넘으면서 밑창이 완전히 떨어져나갔다. 공가르(Gongar 1,440m)는 골재 채취장이 있는 곳이라 시끄럽고 위험해 보였다. 까르마와 소남에게 콜라를 사주며 악수를 했다. 만나고 헤어지는 일이 이 팀에서는 흔한 일이 되어버렸다.

타데(Thade 1,900m)는 선거운동 기간이라 정신이 없었다. 잔치라도 하는 것처럼 동네 사람들이 다 모였다. 다락방에서 점심을 먹는데 어디선가 헬기 소리가 들렸다. 다들 밥 먹다 말고 창문에 붙어서 부지런히 살폈다. 헬기는 보이지 않았지만 베딩으로 향하는 게 분명했다. 덕분에 가슴에 올려놓은 묵직한 돌덩이 하나를 내려놓을 수 있었다.

산중 마을은 다 비슷하게 보여서 지나온 길이 잘 가늠되지 않았다. 고개를 넘어도 똑같이 반복되는 풍경에 지루하기도 했다. 스텝들 역시 이 길이 처음이라 마을 사람들에게 물으면서 갔다. 오랑단다(Orangdanda 2,029m)가 가까워지고 있을 즈음 헬기 소리가 다시 들렸다. 시간을 보니 베딩에서 사람을 싣고 카트만두로 돌아가는 듯했다.

오랑(Orang 1,875m)에서는 홈스테이만 가능했다. 그들이 엄마와 딸들이 쓰는 방에서 침대 하나를 내줬다. 시트를 갈아주고 새 이불을 내주려는 걸 괜찮다고 했다. 이 집 아이들은 내가 뭘 하든 옆에 서서 구경했다. 옷을 갈아입겠다는 시늉을 하

오랑단다 가는 길

자 그제야 문을 닫고 나갔다.

　　마당에 자리를 깔고 꼬도 창을 주문하자 맥주잔으로 한가득 따라왔다. 감자튀김을 주문하며 케첩 없냐고 했더니 핀조가 한국어로 "없어요" 하고 대답했다. 순간 너무 웃겼다. 핀조는 예전에 알려줬던 숫자를 아직도 외고 있었다. 가끔 한국말로 "일, 이, 삼, 사, 오…… 십" 하는 소리가 들리기도 했다.

　　카트만두에서 연락이 왔다. 밍마는 병원에 입원했고 발가락은 자르지 않아도 된다고 했다. 다행이다. 이제 가슴 위 돌덩이를 모두 내려놓을 수 있게 됐다. 누군가가 다치면서까지 위험한 길로 GHT를 이을 필요는 없다. 그때그때 주어진 상황에 맞게 움직이면 된다. 상황이 안 된다면 받아들이고 복종할 일, 우린 신이 허락한 곳까지만 갈 수 있을 뿐이다.

새벽 4시 반, 발전기 돌아가는 소리와 달그락거리는 그릇 소리에 깼다. 여름이 되면서 아침도 일찍 밝았다. 간단히 아침을 먹고 출발하려는데 주인 여자가 목에 흰 천을 걸어주었다. 홈스테이하면서 이런 경험은 처음이라 고마웠다. 파상은 카타의 의미가 '존중'이라며 1시간은 걸고 다니는 게 좋다고 했다. 그래서 더운데도 오전 내내 목도리처럼 걸고 다녔다.

마을을 만날 때마다 네팔 사람들이 가난하다는 게 보였다. 사람이 사는 곳엔 심각할 정도로 파리가 많았다. 그들에겐 늘 물이 부족했고 그나마도 상태가 좋지 않았다. 이름도 모르는 마을을 지나 계속 걸었다. 많은 마을을 지났는데도 계속해서 마을이 나타났다. 산악 마을은 죄다 비슷해서 마치 이 근처 어딘가를 계속해서 헤매고 있는 것 같았다. 이쯤 되면 생각 없이 걷게 된다. 누군가 그랬다. 걸으면 걸을수록 운이 좋아지고 걱정이 없어진다고. 오랫동안 걷다 보니 고민이라고 생각했던 게 별일 아닌 게 됐다. 대신 당장에 닥친 배고픔이나 육체적인 괴로움만 남았다. 그런 괴로움은 하루도 못 가서 잊혔고 생활은 점점 단순해졌다.

네팔 트레킹을 하면서 더러운 방에서 자고, 더러운 그릇에 음식을 먹고, 더러운 컵에 맥주를 마시는 게 자연스러워졌다. 그로 인해 어떤 깨달음이나 풍부한 경험을 얻는다고 생각하진 않는다. 그저 내게 주어진 상황을 묵묵하게 받아들이면서 한 걸음씩 이어가는 것, 그뿐이다. 그렇다고 주어진 상황을 반드시 즐겨야 한다는 강박도 없다. 시작은 여행이였지만 과정은 생활이 됐다. 생활을 꼭 즐겨야 할 필요는 없다. 지금 내가 여기 있음, 그거면 충분하다.

엄청난 산악 마을

칠링카(Chilingkha 1,924m)에 도착하자 빗방울이 떨어졌다. 양철지붕을 두들기는 빗소리를 들으니 맥주를 안 마실 수 없었다. 하지만 선거운동 기간엔 술을 마실 수 없다고 해서 방에서 혼자 마셨다. 와이와이(네팔 라면)를 안주 삼아 맥주 두 병을 해치우고 오랜만에 음악도 들었다. 문득 참 어렵게 산다는 생각이 들었다. 좋아서 한다지만 즐거움보단 고행이던 순간이 많았다. 이 길을 무사히 마칠 수 있을까 의구심이 들 때도 있지만 완주했을 때를 생각하면 즐겁다. 창밖을 보니 반딧불이가 별처럼 빛났다. 좋은 밤이다.

알람푸(Alampu)도 선거운동 때문에 복잡했다. 자동차 경적은 왜 그렇게 울려대는지 정신을 쏙 빼놨다. 한참 라면을 맛있게 먹고 있는데 파리가 두 마리나 빠졌다. 아직 갈 길이 멀었고 충분히 배고팠기에 건져내고 마저 먹었다. 원효 스님은 해골물을 마시고 깨달음을 얻으셨지만, 나는 파리가 빠졌던 라면을 먹고 더욱 강력한 비위를 갖게 됐다.

지난 지진에 무너진 비구 곰파(Bigu Gompa 2,516m)는 공사가 한창이라 어수선했다. 이 곰파는 비구니 사찰로 이 지역에서 가장 큰 절이다. 네팔어로 비구니는 '아니'라고 하며 여기서 수련 중인 아니는 약 300명쯤 된다고 한다. 이곳은 외부인을 위한 숙소가 마련되어 네팔리와 외국인 구분 없이 먹고 자는 데 1,000루피다. 숙소는 넓고 깔끔하며 샤워할 곳도 있다.

늦은 오후에 독일인이 도착했다. 그는 얼마나 고생을 했는지 얼굴이 반쪽이 됐고 입술은 터져서 심하게 부르텄다. 독일 팀 스텝에 따르면 그들이 타시랍차 라에서 내려가던 날 가이드 하나가 사고를 당했단다. 그래서 가이드는 헬기로 카트만두로 보내고 나머지만 여기까지 왔단다. 그들은 하루에 30km씩 걸었다고 했다. 엄청난 길을 돌아서 왔는데도 우리와 같은 날 비구 곰파에 도착했으니 말 다했다. 독일인은 이 구간이 끝나면 카트만두로 돌아간다고 했다. 그는 단기간에 일정 구간까지 끝내는 게 목적이었지만 뜻대로 되지 않은 듯했다.

곰파 음식은 깨끗하고 맛있었다. 밥도 많이 줘서 배부르게 먹었다. 비구니들은

비구 곰파

자기 밥그릇에 밥, 국, 반찬을 한 번에 담아서 가져갔다. 프랑스에서 온 영어교사는 저녁 먹은 그릇을 직접 설거지했다. 어린 비구니들은 그와 곧잘 영어로 대화를 나눴지만 나이 많은 비구니들은 대꾸하지 않았다. 나는 비구 곰파가 마음에 들었다. 네팔 홈스테이는 비위가 약한 사람에겐 힘들 수 있지만 곰파라면 괜찮을 것 같다. 우리 돈 1만 원이면 이곳에서 하루 동안 먹고 자는 게 해결된다. 곰파까지 걷기 힘들다면 차로 가는 것도 가능하다.

귀찮을 정도로 땀이 났다. 아침 8시밖에 안 됐는데도 덥고 지쳤다. 지방 선거일이라 마을 사람들이 잔뜩 차려입고 삼삼오오 짝을 지어 내려갔다.

쿱탕 카르카(Kupthang Kharkam) 아이는 틴상 라((Tinsang La)까지 50분이면 된다고 했다. 주변에 다른 길이 없어서 우린 계속 찻길을 따라 걸었다. 얼마쯤 걷자 고개라고 생각되는 곳이 나왔지만 누군가 나무더미로 막아놓았다. 안개가 짙어 위치를 확인할 수 없었다. 가지고 있는 지도마다 틴상 라 높이가 달라서 헷갈렸다. 어떤 곳은 3,319m, 어떤 곳은 3,778m로 표시됐다. 지도를 보니 틴상 라에서 고르탈리로 내려가는 곳에 찻길이 있었다. 우리는 여자아이 말대로 50분 올라왔고, 고도시계는 3,300m로 표시됐다. 지도에는 바라비세에서 비구 곰파까지 하나의 찻길로 이어져 있었다. 우리는 지금까지 찻길을 따라왔고 거기서도 가장 높은 곳에 있었다. 어쩌면 여기가 틴상 라인지도 모른다.

파상이 갈림길에서 민가를 발견하고 길을 물으러 갔다. 다행히 우리가 가는 길이 맞았다. 그는 길을 찾아야 한다는 책임감 때문인지 열심히 앞서갔다. 오래된 랄리구라스 숲을 지나자 탁 트인 곳이 나왔다. 이곳이 툴로 쟌단(Thulo Jyandan)이라고 했다. 여기 할머니는 길 따라 쭉 가면 된다고 했다. 지루하다 싶을 때쯤 다시 트인 곳이 나타났다. 룽따가 있는 걸 보니 뭔가 중요한 지점인 듯했다. 사람들은 이곳이 사노 쟌단(Sano Jyandan 3,127m)이라고 했다.

집에 혼자 있는 아이에게 만드레(Mandre)를 물어보니 손가락으로 방향을 가리

안개 때문에 길 찾기 어려운 틴상 라 주변

사노 잔단

어딘지도 모르는 곳에서 잃어버린 길

켰다. 파상은 아이가 가리키는 방향으로 돌진하듯 내려갔다. 그런데 아무리 봐도 내려가는 길이 이상했다. 사람이 다니는 길은 아닌 듯했다. 경사가 지나치게 급했는데도 그는 내려가기 급급해서 정신이 없었다. 결국 어딘지도 모르는 곳에서 길을 잃고 말았다. 너무 많이 내려와서 올라갈 엄두도 내지 못했다. 위치도 파악하지 못한 채 우린 파상의 감만 믿고 무작정 내려가기만 했다. 지리산 빨치산 산행을 하는 것처럼 길도 없는 곳을 걸었다. 스텝들이 흩어져서 길을 찾기도 몇 번, 그러나 마땅하다고 생각되는 곳은 나타나지 않았다. 이미 오후 4시가 넘었다. 이대로 가다간 언제 마을에 도착할지 알 수 없었다. 비까지 부슬부슬 내렸다. 다행히 나무 틈 사이로 마을이 보였다. 만드레일지도 모른다는 생각에 잠시 희망이 생겼다.

간신히 마을에 도착했더니 포카레(Pokhare)라고 했다. 지도로 살펴보니 엉뚱한 곳이었다. 가야 할 방향에서 거꾸로 왔던 거다. 마을 사람들은 30분 더 가야 숙소가 있는 고르탈리(Ghorthali)라고 했다. 가는 날이 장날이라고 선거일이라 고르탈리에는 방이 없었다. 그나마 조금 떨어진 곳에 방이 있을 거라고 해서 거기까지 또 걸었다. 무지막지한 길을 내려왔더니 다리가 뻐근했다.

옷을 갈아입는데 거머리 몇 마리가 떨어졌다. 발목에도 뭔가에 물렸는지 상처가 났다. 힘들게 걸었는데 엉뚱한 곳으로 내려왔다는 생각에 힘이 빠졌다. 게다가 온몸이 너무 가려워서 잠을 잘 수 없었다. 가장 힘든 날이었는데도 이상하게 잠이 오지 않아서 뜬눈으로 밤을 보냈다.

오늘은 고르탈리에서 바라비세까지 찻길을 따라 간 다음 거기서 다시 라스트

바라비세에서 버스를 타는 포터들

리조트까지 가야 했다. 도로를 따라가는 것만큼 힘들고 지루한 것도 없는데 20km나 걷게 됐다. 고르탈리에서 출발한 지 2시간 만에 바라비세(Bara-bise 819m)에 도착했다. 롤왈링 지역 하이루트는 라스트 리조트에서 끝나지만 컬처루트는 이곳 바라비세에서 끝난다.

파상이 라스트 리조트에서 나머지 구간을 잇는 게 좋다고 해서 거기까지 가기로 했다. 핀조와 겔지는 버스 태워서 보내고 나와 파상은 걸어서 갔다. 파상은 몇 번이나 내 배낭을 들어준다고 했지만 모두 거절했다. 배낭이 무겁긴 했지만 나와 보조를 맞추지 않는 그를 신뢰하지 않았다. 빈 몸인 파상은 빠른 속도로 걸었지만 굳이 따라가지 않았다. 더 이상 그가 보이지 않아도 조급해 하지 않고 쉬고 싶을 때 쉬었다. 3시간 만에 라스트 리조트가 있는 나야불(Nayabul, Last Resort 1,170m)에 도착했다. 라스트 리조트는 티베트 국경에 가기 전 마지막 리조트라는 뜻이다. 이곳은 번지점프로 유명해서 외국인들이 많이 찾는다.

스텝들과 맥주를 마시면서 겔지에게 충격적인 애길 들었다. 그는 아버지가 한국인이라고 했다. 엄마가 임신했을 때 아버지가 에베레스트에서 돌아가셔서 이름도 모르고 엄마하고만 살았단다. 파상도 정말 그렇다며 거들었다. 어쩐지 한국인과 닮은 것 같다고 생각했는데 그런 사연이 있는 줄 몰랐다. 세상엔 참 별일이 다 있다.

트레킹 69일째, 두 달이 넘어 세 달째가 되었다. 이제 롤왈링 지역이 끝났고 동쪽에서 남은 건 헬람부와 랑탕 지역이다. 그곳도 일주일이면 끝날 테니 정말 얼마 안 남았다. 우여곡절이 많았지만 무사히 여기까지 왔고 나는 건강했다.

나는 계속 걷기로 했다

9장

헬람부/랑탕 지역
Helambu/Lantang Area

랑탕은 국립공원으로 티베트 국경과 가깝다. '랑(Lang)'은 티베트어로 야크, '텡(Teng)'은 따라가다라는 뜻이다. 전설에 따르면 어떤 스님이 도망가는 야크를 따라가다 발견했다고 해서 랑탕이라 부른다. 이곳에는 시바신이 헌신한 신성한 호수 고사인쿤드(Gosainkund)가 있으며 헬람부와 가네시 히말, 주갈 히말과 연결하는 트레킹이 가능하다. 라우레비나(Laurebina 3,910m)에서는 랑탕 리룽(Langtang Lirung 7,227m)과 북서쪽의 가네시 히말을 볼 수 있다. 이곳은 4~5월 네팔 국화인 랄리구라스로 유명하고 카트만두와 가까워서 가볍게 다녀오기 좋다.

> *네팔 GHT 하이루트는 틸만 패스(Tilman's Pass 5,308m)를 지나야 하지만 낙석이 심해서 찾는 이가 드물다. 필자는 이 지역을 틸만 패스 대신 라우레비나 패스(Laurebina Pass 4,610m)로 이었다.

· 진행 경로 ·
· 라스트 리조트 – 차우타라 – 세르마탕 – 타데파티 패스 – 라우레비나 패스 – 둔체

189.4킬로미터 300,168걸음

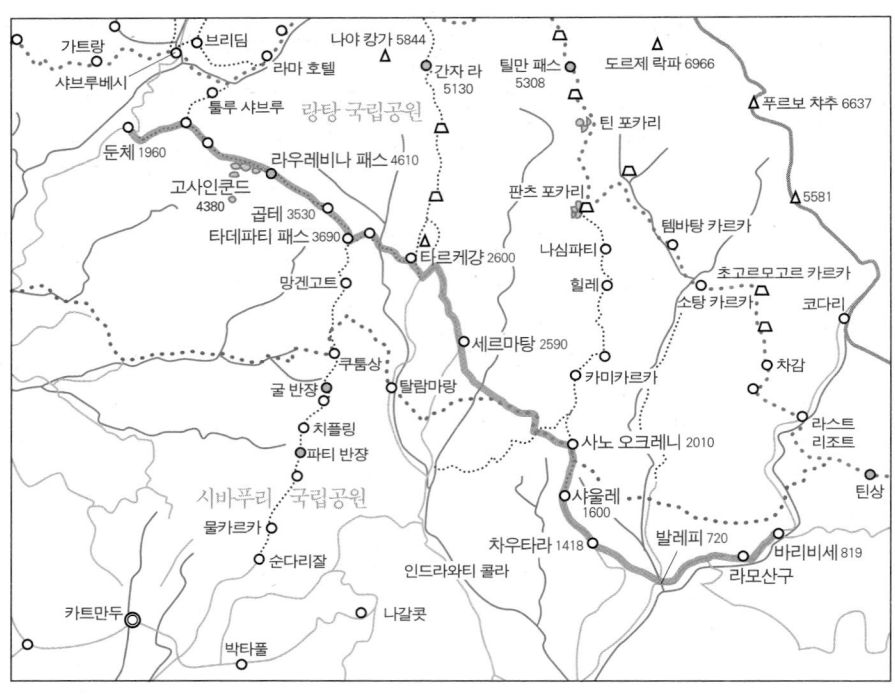

가트랑
브리딤
나야 캉가 5844
틸만 패스 5308
도르제 락파 6966
샤브루베시
라마 호텔
간자 라 5130
푸르보 챠추 6637
툴루 샤브루
랑탕 국립공원
틴 포카리
둔체 1960
라우레비나 패스 4610
판츠 포카리
5581
고사인쿤드 4380
곱테 3530
템바탕 카르카
타데파티 패스 3690
타르케걍 2600
나심파티
초고르모고르 카르카
망겐고트
힐레
소탕 카르카
코다리
세르마탕 2590
차감
쿠툼상
굴 반장
탈람마랑
카미카르카
라스트 리조트
치플링
파티 반장
사노 오크레니 2010
틴상
시바푸리 국립공원
샤울레 1600
물카르카
발레피 720
순다리잘
차우타라 1418
바리비세 819
인드라와티 콜라
라모산구
카트만두
나갈콧
박타풀

무더운 길

바라비세에 도착하자 푸리가 먼저 와서 기다리고 있었다. 일주일이 조금 지났을 뿐인데도 다시 만나니 반가웠다. 푸리가 왔으니 파상은 카트만두로 돌아가야 했다. 카트만두에서 보자며 그와 악수를 했지만 다른 친구들처럼 팁을 챙겨주진 않았다. 이번 트레킹에선 팁을 팁답게 줬다(의무가 없었지만). 파상에겐 섭섭한 게 많아서 팁을 줬다간 후회할 것 같았다.

도로가 지글지글 끓었다. 불가마에 들어간 것처럼 얼굴이 화끈거렸다. 차가 지날 때마다 한바탕 먼지를 일으켰다. 푸리가 강 옆 흙더미에 갇힌 집을 가리켰다. 3년 전 산사태로 강이 막혀 물난리가 난 흔적이라고 했다. 그때 나는 티베트 카일라스를 돌고 국경인 장무(Zhangmu)에서 네팔로 넘어왔다. 그 당시 산사태로 지프가 갈 수 없다고 했지만 우린 무너진 길을 따라 아슬아슬하게 카트만두까지 갔다. 그때는 차를 차로 지났던 길을 지금은 걷고 있으니 그럴 인연이었나 보다.

다리가 쑤실 때쯤 발레피(Balephi 720m)에 도착했다. 간신히 방 하나 얻어서 짐을 풀었다. 땀을 많이 흘려도 씻는 건 여전히 사치에 속했다. 가게 냉장고에서 맥주를 꺼내 한 컵 가득히 따랐다. 푸리를 불러서 그에게도 한 잔 따라줬다. 나는 그에게 카트만두 돌아

지난 산사태로 묻혔던 집

선거에서 이긴 사람들이 모인 도로

가면 숙소를 바꿀 거라고 미리 양해를 구했다. 쉬는 동안 잘 먹어야 해서 한식이 나오는 곳으로 바꾸고 싶었다. 창밖을 내다보니 선거에서 이긴 사람들이 축하를 한다고 소란스러웠다. 과격한 잔칫날 같았다.

간밤엔 모기 때문에 잠을 이루지 못했다. 생각 없이 창문을 열어놓았더니 그사이 모기가 잔뜩 들어왔다. 새벽에 불 켜고 다 때려잡긴 했지만 이미 모기한테 헌혈을 잔뜩 하고 난 뒤였다. 네팔 소도시 숙소는 뭔가 께름칙했다. 내 침낭을 써도 자고 일어나면 온몸이 가려워서 얼른 빠져나가고 싶었다.

5월 중순 아침은 너무 뜨거워서 귀찮을 정도로 땀이 흘렀다. 푸리는 하루라도 빨리 끝내고 싶은지 다른 때보다 속도를 냈다. 덕분에 이런 찌는 날씨에도 하루에 20km 이상씩 걸었다. 이젠 비상식도 떨어져서 배고플 땐 산딸기나 블루베리 닮은 열매를 따 먹었다.

끊임없이 마을이 나타났고 찻길과 산길을 번갈아가며 걸었다. 4시간 만에 산중턱에 있는 소도시 차우타라(Chautara 1,418m)에 도착했다. 우린 이곳에서 허름한 현지 식당에 들어갔다. 화장실 가려고 부엌을 지나다가 우연히 물통을 보았다. 이끼가 잔뜩 낀, 갈색에 가까운 물로 설거지를 하고 있었다. 차라리 안 보는 게 좋았을 걸 그랬다. 이곳은 다른 곳에서 물을 끌어다 쓰는데 그나마도 하루 종일 공급되지 않았다. 네팔은 대부분 수력 발전에 의지하지만 정작 실생활에서 쓸 수 있는 물은 부족했다.

푸리는 그곳이 어디든 오후 3시쯤이면 가던 길을 멈췄다. 사노 오크레니(Sano Okhreni 2,010m)에는 집이 몇 채 없었다. 푸리가 사정해서 머물 자리를 얻긴 했지만

나는 계속 걷기로 했다

아주머니는 우리에게 관심이 없었다. 부엌에 있는 침대를 내줘서 이 정도면 훌륭하다고 생각했는데 주변을 둘러보는 순간 기겁했다. 그릇마다 촘촘히 박혀 있는 파리, 점점이 찍혀 있는 파리 똥자국, 매달린 채 죽어 있는 파리. 짐을 꺼내놓을 때마다 파리가 덕지덕지 붙었다. 이곳에 있는 모든 것을 파리가 점령하고 있었다. 나는 파리지옥에서 덤벼대는 파리를 쫓기에 바빴다. 침대 끝에 있는 창문을 열었더니 화장실 앞이라 파리가 더 극성을 부렸다. 푸리에게 파리 떼를 보여주었더니 그도 심각하게 바라보았다. 결국 아주머니에게 말해

현지 식당(위)과 현지인의 부엌

서 방을 바꿔줬다. 아주머니와 딸은 다른 집에서 자면 된다고 했지만 방을 뺏는 것 같아 미안했다. 나는 방을 같이 써도 상관없다며 침대를 사양하고 바닥에 침낭을 폈다. 파리는 없었지만 혹시라도 쥐나 벌레가 지나가지는 않을까 불안했다. 나름 열악한 상황을 잘 견디며 왔다고 생각했는데 이 집은 견디기가 힘들었다. 이상하게 뭔가 불편했다. 게다가 온몸이 가려워서 또 잠을 못 잤다.

잠을 못 자서 그런지 몸이 부었다. 7시도 채 되지 않아 출발했지만 여전히 더웠다. 머리에서 흘러내린 땀이 등을 타고 내려가 종아리까지 적셨다. 한국에서 산행할 때도 이 정도는 아니었는데 여기선 땀이 빗물처럼 흘렀다. 오르내림의 무한반복도

장례식

사람을 지치게 했다.

보테 남랑(Bhote Namlang)에서 장례 치르는 걸 보았다. 며칠 전 정글에서 혼자 다니던 사람이 돈 뺏기고 칼에 찔려 죽었다고 했다. 네팔에서 강도를 만나는 건 흔한 일이 아니지만 인적 드문 길은 위험했다. 혼자 다니다가 사고가 나면 그곳에서 어떤 일이 있었는지 아무도 알 수 없다.

길가 작은 가게에 들러 점심으로 감자를 주문했다. 이 집 남자 사미르 구룽은 한국어 공부 중이라 짧은 대화가 가능했다. 요새 네팔 젊은 사람들에게 한국은 인기가 높은 나라다. 한국에서 일하면 한 달에 최소 15만 루피를 벌 수 있고, 이 돈은 네팔에서 음식점 서빙으로 1년 동안 받는 돈보다 많다. 한국에 취직하려면 외국인고용관리시스템(EPS, Employment Permit System)에 따라 한국어 시험에 통과해야 하는데 수준이 꽤 높다. 지원하는 사람이 많아 고득점을 받는 순서대로 취업 확률이 높아진다. 그가 독학했다면서 보여 준 EPS 책은 고용과 관련된 용어가 많아 생각보다 어려웠다. 일반적인 한국어 시험이 아니라서 공부하는 게 만만치 않을 듯했다. 나는 사미르 구릉에게 합격해서 한국에 오면 연락하라며 핸드폰 번호를 알려줬다. 혹시 문제가 생겼을 때 도움이 될 수도 있을 거라 생각했다. 그는 나를 누나라고 부르며 한국에서 볼 수 있기를 바란다고 했다.

푸리는 창 없이는 못 살지 싶다. 오늘도 어김없이 아무 집이나 들어가서 "창처?"를 외쳤고 신기하게도 창이 없는 집은 별로 없었다. 바가지만 한 그릇에 창이 나왔다. 더워서 벌컥벌컥 들이켰더니 배 속이 출렁거렸다. 얼굴도 벌겋게 달아올랐다.

자탄(Jatan 1,600m)에서 제일 좋은 집은 현대식으로 지어서 밝고 환했다. 그들이 부부 침실을 내줬지만 부담스러워서 주방으로 바꿨다. 낮에는 물이 한 방울도 나오지 않더니 저녁부터 콸콸 쏟아져서 머리도 감고 빨래도 했다. 길에서는 일상의 작은 기쁨만으로도 행복했다. 밥 맛있게 먹고, 똥 잘 싸고, 머리 감을 수 있고, 빨래할 수 있고, 적당히 깨끗한 곳에 잘 수 있다면 그걸로 족했다.

달밧은 가정집에서 해주는 게 최고다. 소박한 밥상이지만 눈물 나게 맛있었다. 저녁을 먹는데 핀조가 창을 가져왔다. 이제는 묻지도 않고 챙겨줬다. 푸리는 힘들게 구했다며 맥주 한 병을 가져왔다. 이 산중에서 맥주를 구해오다니 고마웠다. 하지만 맥주는 그에게 다시 돌려줬다. 고마운 것으로 충분했기에 마시지 않아도 괜찮았다. 그날 밤 푸리는 주인 남자와 그 맥주를 마셨다.

현지인 집의 주방에서

5시 반에 일어났다. 더운 날의 연속이라 출발 시간이 점점 빨라졌다. 한참 걷고 있는데 갑자기 핀조가 짐을 내려놓고 나무 위로 올라갔다. 그 아인 열매가 잔뜩 달린 나뭇가지 꺾어서 내려줬다. '까펄'이라는 열매로 맛은 보리수와 비슷했지만 더 딱딱했다. 겔지도 핀조에 질세라 까펄을 땄다.

"디디."

핀조가 부르는 소리에 뒤돌아봤더니 까펄이 잔뜩 매달린 나뭇가지를 건네고 홀쩍 가버렸다. 지금까지 핀조는 내게 먼저 말을 걸거나 뭔가를 준 적이 없었다.

2시간 동안 땀을 빼며 젤사(Jelsa 2,300m)에 닿았다. 이 주변은 히말라야 딸기가 지천이라 그냥 지나칠 수 없었다. 뱀딸기처럼 보여도 맛과 향은 일반 딸기보다 좋았다. 나는 딸기밭에 앉아서 몇 번이나 입 안에 털어넣었다. 얼마쯤 가니 스텝들도 부지런히 딸기를 따고 있었다. 웬일로 핀조가 딸기를 가득 따서 가져왔다. 오늘따라 녀석이 왜 이러나 싶어 웃음이 났다. 그러고 보니 핀조와 다닌 지 벌써 70일 가까이 됐다. 그 긴 시간 동안 열 마디도 나누지 않았으니 나도 참 무뚝뚝한 인간이다.

겔지는 라마 출신이라 티베트 글자를 쓸 줄 알았다. 배우기 어려워서 그렇지 그림처럼 신기한 글자다. 겔지가 메뉴판에 적힌 영어를 따라 적는 걸 보니 기본적으로 글씨를 잘 쓰는 친구였다. 옆에서 보고 있던 핀조도 따라 썼는데 자연스럽고 단정했다. 핀조는 일도 잘하고 누구보다 잘 걸었다. 야영할 땐 그 아이가 정리정돈을 도맡아서 했다. 글씨도 잘 쓰고 착한 데다가 잘생기기까지 했다. 이런 아이는 포터로 쓰기 아깝다. 좀 더 공부하고 경험을 쌓으면 훌륭한 가이드가 될 것 같다. 부디 좋은 사람 만

열매를 따는 핀조

핀조가 나에게 주고 간 열매

히말라야 딸기

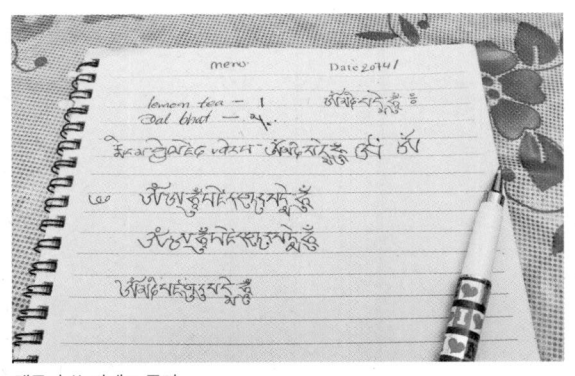
겔루가 쓴 티베트 글자

나서 제대로 배웠으면 좋겠다.

푸리는 이 지역에 사는 사람들 모두 불자라고 했다. 그도 그럴 것이 초르텐과 룽따가 끊임없이 나타났다. 내가 가지고 다니던 카타를 초르텐 주변에 매달자 핀조도 그동안 받은 카타를 모두 꺼내서 매달았다. 이제 동쪽 구간 트레킹도 며칠 안 남았다. 막막했던 첫날이 엊그제 같더니 벌써 끝을 눈앞에 두고 있어 찰나라는 말이 실감났다.

타르케걍(Tarkeghyang 2,600m)에서 저녁을 기다리며 다같이 창을 마셨다. 푸리에게 겔지 아버지가 한국인인데 에베레스트에서 돌아가셨다고 하자 정말이냐며 혀를 찼다. 그러자 겔지 얼굴이 빨개지면서 농담한 거라고 했다. 그러니까 이 녀석들이 그날 둘이 짜고 장난을 쳤던 거다. 실제로 겔지는 한국인이라고 해도 믿을 정도로 외모가 비슷했다.

"디디 굿나잇."

핀조가 처음으로 인사를 했다. 트레킹 시작 때부터 지금까지 한 번도 인사한 적이 없던 아이다. 오늘따라 참 별일이다. 그 아이 딴에도 벼르고 별러서 용기를 냈을 텐데 그렇게 되기까지 두 달 넘게 걸렸다. 내가 먼저 인사했으면 더 좋았을 텐데 끝날 때가 되니 아쉬웠다.

잠을 잘 잔 것 같은데도 이상하게 계속 졸음이 쏟아졌다. 땡볕이라 너무 더웠고 몸 여기저기서 피곤함이 뚝뚝 떨어졌다. 멜람치(Melamchi 2,530m)에 도착하자 약간 모자란 사람이 횡설수설했다. 영어, 중국어, 일본어를 섞어서 말하는데 그중에 "안뇨세요"라는 말도 있었다. 점심 먹으러 들어간 로지 사우니는 활달함을 넘어 약간

나는 계속 걷기로 했다

카티를 매달고 있는 핀조

이상했다. 한 번 웃을 때마다 숨이 넘어갈 정도로 자지러지게 웃었다. 푸리는 멜람치에 미친 사람들이 많다며 얼굴을 찌푸렸다.

이제부터는 랑탕 국립공원이다. 근처에 랄리구라스가 많다더니 정말 그랬다. 숲이 근사했다. 오래된 숲에는 분홍색 꽃이 나무 이곳저곳에 앉아 있었다. 하늘하늘한 꽃잎이 요정의 날개 같았다.

"디디 람므러 처?" (누나 좋아요?)

"어, 데레이 람므러 처." (어, 아주 좋아.)

한참 꽃을 들여다보며 사진을 찍는데 핀조가 활짝 웃으며 말을 걸었다. 진즉에 핀조와 안 되는 네팔어라도 섞어볼 걸 그랬다.

2시간 40분 동안 한 번도 쉬지 않고 올라갔다. 아무래도 나는 점심형 인간인지 점심만 먹고 나면 힘이 솟았다. 푸리와 포터들이 쉴 때도 혼자 먼저 갔다. 타데파티 (Thadepati 3,690m) 로지에 들어서자 이 집 아이가 무심하게 쳐다봤다. 이제 열 살이나 됐을까. 손님이 우리뿐인 로지 안은 썰렁했다.

오늘도 우리의 일용할 음료인 타토 창을 마셨다. 술 좋아하는 가이드와 다니다 보니 이런 건 확실하게 챙겨줬다. 나는 한국 원정 팀이 줬던 홍삼환을 스텝들과 나눠먹었다. 푸리는 자기가 없는 7일 동안 파상이 800달러나 썼다며 속상해했다. 그는 네팔 노동자 열 달치 월급을 7일 만에 써버린 거다.

며칠 동안 피곤이 누적됐는지 더 걷고 싶은 마음이 생기지 않았다. 휴식이 필요했다. 눈앞에 보이는 높은 고개를 보니 오늘 안에 넘을 자신이 없었다. 처음으로 그만하고 싶다는 생각을 했다. 매일 아침 꼬박꼬박 먹었던 비타민과 피로회복제도 이제는 소용없었다. 안개가 깔리기 시작했다. 이런 날은 제대로 볼 것도 없을 텐데 굳이 고개를 넘어야 할까. 체력의 한계가 오는지 별별 생각이 다 들었다. 어젯밤엔 무릎 아래쪽이 가려워서 한참 긁다가 잤다. 두드러기가 올라오는 걸 보니 면역력이 떨어진 모양이다.

오래된 숲

요정의 날개 같은 꽃

무슨 생각인지 핀조가 돌탑을 쌓았다. 한껏 미소를 머금은 채, 하나씩 하나씩 돌을 올렸다. 그 아이가 돌탑을 완성하는 걸 보진 못했지만 다시 가도 찾을 수 있을 것 같다. 언젠가 그럴 수 있길 바란다.

페디(Phedi 3,630m) 로지는 허름했지만 방이 많았다. 우리는 여기서 점심을 먹고 라우레비나 패스를 넘을 생각이었다. 지도를 보니 꽤 올려야 했고 거기서도 좀 더 가야 고사인쿤드였다. 아무래도 오늘은 여기서 쉬는 게 좋을 듯했다. 고사인쿤드까지 갔다가 되돌아와서 순다리잘로 내려가기로 했지만 그것도 접었다. 다 욕심이다. 일단 쉬고 둔체에서 마무리하기로 했다. 내가 바꾼 계획을 얘기하자 모두 기뻐했다.

오후가 되자 비가 쏟아졌다. 빗소리를 들으며 달게 낮잠을 잤다. 자고 일어났더니 옆방에서 스텝들도 쥐 죽은 듯이 자고 있었다. 나만 피곤하고 힘든 줄 알았더니 그들도 마찬가지였다.

돌탑을 쌓는 핀조

나는 계속 걷기로 했다

동쪽 마지막 날이라고 달라지는 건 없었다. 우리는 걷던 대로 걷다가 숨이 차면 걸음을 멈췄다. 푸리는 무슨 일인지 오늘따라 먼저 앞서가서 까만 점으로만 보였다. 누구나 가지고 있는 감정을 그들이 스텝이라는 이유만으로 종종 잊게 된다. 푸리가 저만치 앞서 걷고 싶은 이유가 있을 거라고 생각했다. 나도 오랜만에 오롯이 혼자 걸을 수 있어서 좋았다.

파랑새가 내 앞에서 쫑쫑쫑 걷다가 후루룩 날아갔다. 이윽고 오늘 가야 할 가장 높은 곳이 보였다. 라우레비나 패스(Laurebina Pass 4,610m)다. 먼저 도착한 푸리가 주섬주섬 뭔가를 꺼내더니 카타를 걸었다. 그가 걸어놓은 흰 천이 바람에 날렸다. 많은 이의 소망과 감사가 담긴 룽따 사이에 내 카타도 같이 묶었다. 바람에 휘날리다 언젠가는 먼지가 되어 이곳 히말라야에 뿌려질 거다. 아무런 소원도 빌지 않았다. 다치지 않고 여기까지 왔으니 그러면 됐다. 숱하게 겪은 마음고생과 고민도 여기서 모두 날려버리기로 했다. 그 많은 시간 동안 무슨 일이 있었던 건지 여러 감정이 교차했다. 긴 길은 인생의 축소판이다. 고생이 많을수록 마음 근육은 더 단단해진다.

처음으로 핀조, 겔지와 함께 사진을 찍었다. 이쯤에선 이 아이들과 사진을 찍는 게 필요했다. 핀

파랑새

파랑새 날개처럼 짙은 수랴쿤드

라우레비나 패스에서 핀조, 겔루와 함께

조는 자기 핸드폰을 건네면서 나와 둘이 찍어달라고 했다. 그 아이 인생에서 내가 첫 트레커인지도 몰랐다. 70일 넘게 같이 다니다가 이제 막 친해질 참인데 헤어질 때가 됐다. 사진 찍는 건 여전히 어색했지만 이날만큼은 어색한 사진이라도 많이 찍기로 했다.

라우레비나 패스 아래 수랴쿤드(Suryakund 4,610m) 물빛이 환상이다. 파랑새 날개처럼 짙다. 푸리는 맑은 날 이 호수를 볼 수 있는 건 큰 행운이라고 했다. 이 근처엔 호수가 108개나 몰려 있는데 그중 가장 유명한 게 고사인쿤드(Gosinekund 4,380m)다. 이곳은 힌두교와 불교에서 신성한 호수로 여기는 곳이다. 8월에 개최되는 만월 축제 기간에는 2만 5,000명에 달하는 힌두교와 불교 순례자들이 이곳을 방문한다. 그들은 약 일주일 동안 호수를 순례하며, 네팔 각지에서 모인 무당들은 밤새 노래하고 몽환 상태에서 춤을 춘다.

힌두 신화에 의하면, 어느 신이 한 성자의 선물을 부주의하게 다루면서 저주를 받는다. 그로 인해 신들에게도 늙음과 죽음이 찾아오게 된다. 불사약을 만들려면 메루산을 뽑아 바다를 휘저어야 하는데 신들은 힘이 부족했다. 결국 그들은 악마 아수라와 협력한다. 메루산으로 바다를 휘젓자 수많은 생명이 죽고, 산은 불길에 휩싸여 모든 짐승을 태워버린다. 이때 바다에서 죽음의 독약인 깔라꾸타가 솟구친다. 신들이 기겁하여 도망갈 때 시바신만이 그 독을 입에 머금는다. 놀란 시바신의 아내 파르바티는 독약이 남편을 죽이지 못하도록 목을 붙잡는다. 비슈누신은 독이 세상을 파괴하지 못하도록 시바신의 입을 틀어막는다. 뜨거운 독을 참지 못한 시바신은 자신의 삼치창을 들고 히말라야 한 곳을 내리찍는다. 그러자 3개의 샘이 솟아나며 호수가 만들어진다. 시바신은 그중에서 가장 큰 호수로 들어가 불타는 목을 식힌다. 그곳이 고사인쿤드다.

랑탕 산군이 모습을 드러냈다. 랑탕이 이렇게 멋졌었나. 북서쪽으로 가네시 히말도 보였다. 이곳이 처음도 아니면서 흰 산의 아름다움이 새삼스러웠다. 하지만 히말라야에서 아름다운 것은 그만큼 무섭기도 했다.

랑탕 히말

북서쪽으로 보이는 가네시 히말

다시 둔체에 왔다. 이곳에서 지진을 겪은 지 2년이 넘었다. 다시 오지 않을 곳이라 생각했는데 또 왔다. 그때 우린 마을 꼭대기 운동장으로 피신했고 자갈더미에 앉아 밤을 보냈다. 언제든 도망갈 준비를 하겠다며 등산화를 신은 채 고단한 밤을 새웠다. 자연은 혹독했지만 놀라울 만큼 금방 평정심을 되찾았다. 지진에 흔들렸던 땅은 이제 아무렇지 않은 듯 파란 하늘에 구름 한 점 띄울 뿐이다.

동쪽 트레킹이 끝났지만 내일도 어딘가를 걸을 사람처럼 무덤덤하게 맥주를 마시고 밥을 먹었다. 78일간의 트레킹은 이제 과거가 되었다.

3부

네팔
서부

———

2017년 5~7월

10장 · 돌포 지역
11장 · 무구 지역
12장 · 훔라 지역

10장

돌포 지역
Dolpo Area

돌포의 세이 폭순도(Shey Phoksundo)는 네팔에서 가장 큰 국립공원으로 1984년에 제정됐다. 1989년까지 외국인은 출입할 수 없었지만 이후 단체 트레킹에 한해서 일부 지역이 개방됐다. 현재는 개인 트레킹도 가능하다. 폭순도 호수는 해발 3,600m에 수심 650m로 네팔에서 가장 깊은 호수다. 근처에는 500년 된 타순초링 곰파가 있다. 이 곰파는 승려들이 사냥꾼들의 무자비한 살생을 막기 위해 세웠다고 한다.

돌포 지역은 해마다 5~6월이면 야차굼바(동충하초)를 채취하는 사람들로 인구가 5~6배까지 늘어난다. 이 시기에는 관공서와 곰파는 물론 학교까지 일정기간 문을 닫으며 마을 대부분이 텅 빈다.

· 진행 경로 ·
· 주팔 – 폭순도 호수 – 나그달로 라 – 세이 곰파 – 비제르

138.1킬로미터 207,898걸음

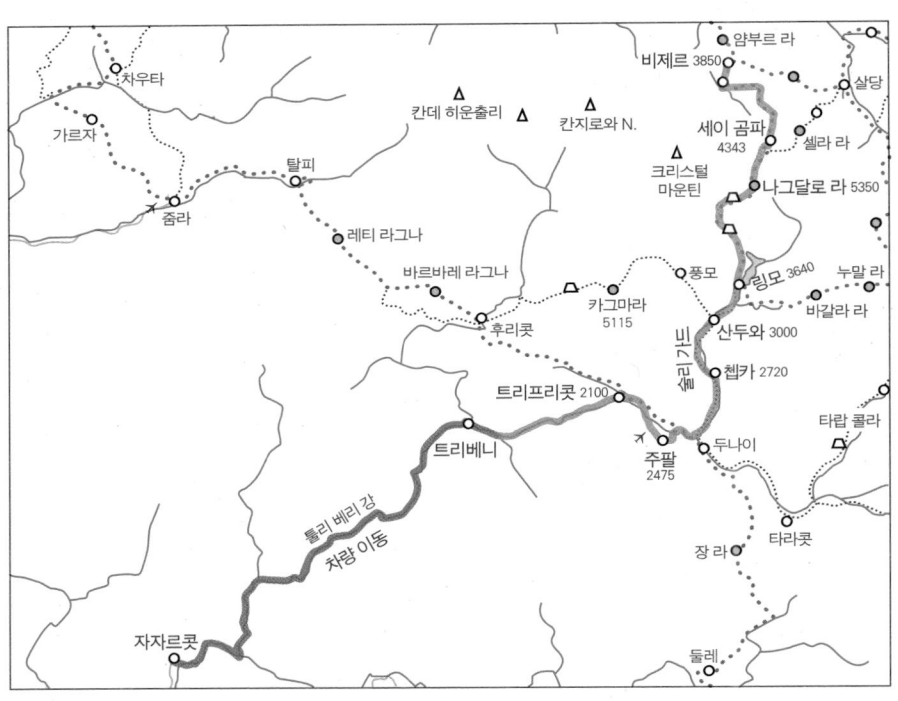

차우타

가르자

탈피

줌라

레티 라그나

칸데 히운출리   칸지로와 N.

바르바레 라그나

후리콧

카그마라
5115

트리프리콧 2100

트리베니

톨리 베리 강

차량 이동

자자르콧

얌부르 라

비제르 3850

살당

세이 곰파
4343   셀라 라

크리스털
마운틴   나그달로 라 5350

풍모   링모 3640   누말 라

산두와 3000   바갈라 라

첸카 2720

타랍 콜라

주팔   두나이
2475

장 라   타라콧

둘레

우리가 트레킹하는 동안 B여행사에도 문제가 많았다. 푸리가 보조 가이드와 쿡을 바꾸는 바람에 처음 가기로 했던 그들이 경찰에 신고했다. 이 문제로 B씨는 보름 동안 경찰서를 들락거렸다. 마칼루 베이스캠프에서 돌아간 따망들은 푸리에게 받지 못한 일부 인건비를 B씨에게 받아갔다. 세두와에서 돌아간 쿡은 푸리가 약속한 일당을 다 주지 않자 B씨에게 받으러 왔다. 하지만 그건 푸리와 해결할 문제였다.

오후에 푸리가 왔다. 이제부터 서쪽 구간을 준비해야 해서 할 일이 많았다. 한국 분들은 내게 가이드에게 나머지 1만 달러를 전부 주지 말라고 했다. 나는 B씨를 통해 내 의중을 전했다.

"서쪽 구간은 처음 5,000달러 주고, 나머지는 끝나고 줄게요."

푸리는 정색하며 1만 달러를 전부 달라고 했다.

"그럼 6,000달러 먼저 주고 나머지는 내가 가지고 다니다가 필요할 때 줄게요."

그래도 푸리는 자기한테 7,000달러는 있어야 한다며 물러서지 않았다. 경비 대부분은 인건비와 교통비였기 때문에 큰돈을 한꺼번에 달라는 게 이해되지 않았다. 그간 씀씀이를 봤을 때 미덥지 않은 부분도 있었다. 게다가 계약할 때 가이드가 마음에 들지 않으면 교체할 수 있다는 구두 합의가 있었다.

"6 대 4 조건을 수용하지 않으면 가이드를 바꾸고 싶어요."

B씨의 통역이 끝나자 푸리가 화를 냈다. 자기는 서쪽에 가지 않을 테니까 동쪽에서 쓴 2만 2,000달러를 달라고 했다. 나는 그동안 정리한 내역을 보여줬다. 실제 동쪽에서 쓴 건 2만 달러 정도였다. B씨도 2만 달러면 적당하다고 했다. 푸리와 파

상은 다시 오겠다며 돌아갔다.

　몇 시간 후 그들이 적어온 내역서는 기가 막혔다. 노트 네 쪽을 빽빽하게 채운 금액은 2만 9,000달러나 됐다. 본인 입으로 2만 2,000달러라고 하더니 뻔뻔했다. 서쪽에 안 갔으면 안 갔지, 이 미친 것들에게 그만큼 줄 생각은 눈곱만큼도 없었다. 내역을 펴놓고 하나하나 따지기 시작했다. 그들은 아무에게도 주지 않은 팁을 청구했고, 쿡과 포터의 인건비를 부풀렸다. 구입하지도 않은 장비 값도 무지막지하게 넣었다. 이미 계산된 것도 포함시켰다. 구입했다는 장비를 가져와보라고 했더니 빌린 거라며 금방 말을 바꿨다. 내가 마신 음료, 술, 밥값도 몇 배나 부풀렸다. 하나하나 계산했더니 처음 계산했던 금액과 비슷했다. 다시 계산한 내역을 보여주자, 푸리는 그걸 주머니에 넣더니 경찰에 신고하겠다며 가버렸다.

　울고 난 사람처럼 눈이 퍽퍽했다. 어쩜 이렇게 순조롭지 않은 여행일 수 있는지 다시 엉망이 됐다. 푸리는 5,000달러를 더 요구했다. 나는 3,000달러 이상 줄 수 없었다. 그 정도는 수고의 대가로 줄 수 있었다. 그 이상을 줘야 한다면 한국으로 돌아가는 게 나았다. 돌아갔다가 가을에 다시 오는 것도 나쁘지 않았다. 하지만 이대로 가버리면 푸리가 B씨를 괴롭힐 게 뻔했다.

　푸리는 다시 말을 바꾸더니 자기가 서쪽에 가고 싶다고 했다. 이번에는 술도 마시지 않고 조심하겠다며. 내가 협박에 굴하지 않고 다른 여행사와 진행하는 걸 보고 급했던 모양이다. 하지만 이미 감정적으로 나빠진 사람과 40일간 같이 다닐 자신이 없었다. 또한 말을 쉽게 바꾸는 사람을 믿을 수 없었다. 네팔 사람들 말을 어디까지 믿어야 하는지도 헷갈렸다.

　B씨가 푸리에게 얼마나 괴롭힘을 당했는지 포카라에 있던 그가 되돌아왔다. 나는 그에게 한국 분께 맡겨놓은 3,000달러를 찾아가라고 했다. 이건 순전히 B씨를 위한 거였다. 적어도 그가 다시 경찰서에 가는 일만은 막고 싶었다. 하지만 B여행사의 부실한 진행 때문에 내가 상처받고 손해본 건 사실이다. 푸리에 대해선 안타까운 마음이 컸다. 그와 서쪽까지 같이 하고 싶었고 다음 트레킹 때도 연락할 생각이었

다. 돈에 대해 욕심을 덜 부렸더라면, 나를 협박해서 겁을 주려고 하지 않았더라면, 말이 안 통해도 같이 갔을 텐데 아쉬웠다. 이젠 푸리도 B씨도 다시 보고 싶지 않았다. 그리고 도와주신 한국 분들이 없었다면 나는 여기서 포기하고 한국으로 돌아갔을 거다. 정신적으로 정말 큰 위로가 됐다.

누군가 내게 네팔에서 10년 동안 겪을 일을 다 겪은 거라고 했다. 그만큼 나는 그들에게 실망했다. 좋아하는 네팔에서 인간에 대한 배신감을 느꼈다. 다른 사람이라면 내가 겪은 그 모든 일에 대해 어떻게 대처했을까. 나는 아무것도 모르고 혼자 가서 깨지고 다쳤다. 여행도 인생처럼 마냥 핑크빛이기만 할 수는 없다. 누군가의 말대로 모든 여행이 성공이고, 깨달음이고, 무지개라면 그건 자기 계발서나 다름없을 거다. 고생이 꼭 깨달음일 필요는 없다. 그럼에도 긍정적이어야 할 필요도 없다. 나는 내가 부족한 만큼 여행을 하고 그런 과정을 통해 조금씩 다듬어지고 있을 뿐이다.

고단한 출발

예산이 초과한 덕분에 서쪽은 가이드 겔루, 포터 낭깅과 다와까지 3명뿐이다. 요리사를 데려갈 형편이 되지 않았다. 우리는 카트만두에서 네팔간지(Nepalganj)까지 비행기로 간 후 나머진 육로로 이동했다. 4일 동안 지프 다섯 번, 이틀을 걸어서 주팔(Juphal 2,500m)에 도착했다. 비행기로 오면 40분이면 되지만 이게 속 편했다. 출발 전부터 험한 일을 겪은 터라 마냥 앉아서 기다릴 수만은 없었다.

주팔에서 쉬는 동안 포터 1명을 더 구했다. 그는 지난 5월에 미국인 2명과 돌포에 갔다가 눈이 많아서 되돌아왔다. 그때 눈이 허리까지 있었다는데 그 정도면 지금도 눈이 있을 확률이 크다. 야차굼바(Yachagumba) 시즌이라 현지인도 구하기 힘들다고 했다. 우리가 갈 곳은 일주일 사이에 5천 급 고개 4개를 넘어야 하는 곳이다. 민가가 없어서 음식을 구할 곳도 길을 물어볼 사람도 없다. 그래서 일단 계획대로 하되 눈이 많으면 내려와서 다른 길로 가기로 했다.

로지에서 꽤 많은 식량을 샀지만 내가 외국인이라는 이유만으로 2배나 부풀려진 계산서를 줬다. 터무니없이 비싸서 다른 곳에서 구입하겠다고 하니 버너 연료인 석유를 팔지 않겠단다. 유일하

주팔에서 구입한 식량

나는 계속 걷기로 했다

게 이 가게만 있는 거라 어쩔 수 없이 다 사고 말았다.

저녁에 다시 온 포터는 자꾸 뜸을 들였다. 혼자는 싫다며 친구를 붙여달라고 했다. 추가된 포터는 라라 호수까지만 필요한데 거기서 홀로 돌아오는 게 무섭단다. 내려갈 때 사람을 붙여주겠다고 하자 믿을 수 없단다. 그는 혼자 돌아와야 한다는 사실에 무척 겁을 냈다. 시미콧까지 가서 비행기로 보내주겠다고 했더니 그제야 오케이했다. 그러자 이번엔 옆에서 듣고 있는 사람들이 훈수를 두었다. 아예 끝까지 같이 가서 헬기를 태워서 보내주란다. 요구를 들어줄수록 더 뻔뻔하게 요구했기 때문에 이쯤에서 거절했다.

야차굼바 시즌에 대한 소문이 좋지 않았다. 몇 년 전 어떤 남자가 야차굼바를 사려고 40만 루피를 가져왔단다. 그런데 같이 술을 마셨던 사람들이 다음 날 돈을 빼앗고 죽였다고 한다. 어느 팀에선 사람들이 야차굼바를 훔친 남자를 때려서 강물에 던져버렸다고도 했다. 야차굼바를 캐다가 먹을 게 떨어지면 빈 마을을 통째로 털어가기도 한단다. 혼자 다니면 야차굼바나 돈을 빼앗기기 때문에 이 시기엔 혼자 다니는 걸 꺼려했다. 자꾸 그런 이야기를 듣다 보니 우리가 무사할 수 있을까 우려됐다.

새로 구한 포터 고팔은 뭐가 불만인지 짐을 들었다 놨다 하며 움직일 생각을 하지 않았다. 여전히 혼자 돌아올 것에 대한 두려움을 떨치지 못했다. 자꾸만 한 명 더 붙여달라고 했다. 야차굼바 시즌이 그렇게 위험한 걸까. 하지만 구하고 싶어도 사람이 없었다. 고팔은 짐을 들어보며 이번엔 무겁다며 툴툴댔다. 대부분 식량이라 가면서 줄어들 거라고 했지만 입만 삐죽거렸다. 관두라는 말이 목구멍까지 올라왔지만 겔루와 낭킹이 열심히 설득하는 중이라 가만히 있었다. 이럴 줄 알았으면 카트만두에서 한 명 더 데려오는 건데 이곳 상황을 너무 몰랐다. 간신히 포터를 설득하고 밥까지 먹여서 8시 넘어 출발했다. 녀석이 간을 보는 바람에 예정 시간보다 1시간이나 늦었다. 주팔 포터는 그렇게 투정 부리더니 잘만 걸었다. 이때만 하더라도 뭔가 꽤 순조롭게 흘러간다고 생각했다.

날이 더워 샹타(Shyangta 2,520m)에서 멈췄다. 도착하자마자 시원한 창부터 마

샹타에서 야영

셨다. 포터 다와는 독실한 불교도라 늘 커다란 108염주를 목에 걸고 다녔다. 그의 원래 직업은 곰파에서 채색하는 거라고 했다. 술을 좋아하고 불심이 깊은 건 푸리와 비슷했다. 하지만 불심과 인성이 반드시 비례하는 건 아니었다.

주팔 포터는 배가 아프다면서 잔뜩 인상을 썼다. 그러더니 내려가겠다며 하루만 일해놓고도 이틀 치 일당을 요구했다. 겔루는 그가 아픈 게 아니라 가기 싫어서 그런 거라고 했다. 그 포터는 처음부터 그럴 심산으로 우리를 따라나섰던 거다. 나는 하루 치 일당만 주고 그를 보냈다. 그리고 이제 주팔에서 물건을 사고 사람을 구하는 일은 없을 것 같다.

나는 계속 걷기로 했다

겔루가 내려가는 사람마다 부탁했지만 포터를 하겠다고 나서는 사람은 없었다. 어쩔 수 없이 겔루가 짐을 졌다. 서쪽에서는 제대로 가나 싶더니 또 이런 일이 생기고 말았다.

45분 만에 첩카(Chhepka 2,720m)에 도착했다. 그놈이 그렇게 가버릴 줄 알았으면 어제 여기까지 올 걸 그랬다. 쉬는 동안 낯익은 사람이 보였다. 가까이 가서 보니 작년에 돌포에서 함께 했던 마부 '던'이다. 놀랍고 반가웠다. 악수를 하며 당나귀는 왜 네 마리냐고 했더니 한 마리는 아프다고 했다. 작년에 같이 다닐 땐 다섯 마리 이름을 외우기도 했는데 이곳에서 만나다니 별일이다. 줄 게 없어서 가지고 다니던 복숭아와 사탕 한 움큼을 줬다. 만날 줄 알았으면 양말이나 장갑이라도 챙겨왔을 건데 아쉬웠다. 겔루도 던을 알고 있었다. 지난번 작은아버지가 쿡으로 왔을 때 이 친구를 마부로 썼단다.

제일 무거운 다와 짐에서 3kg을 빼내어 내 배낭에 옮겼다. 미안한 마음에 조금이라도 부담을 덜어주고 싶었다. 겔루가 계속해서 사람을 구했지만 쉽지 않았다. 야차굼바를 캐서 내려가는 사람이라면 다시 올라갈 마음이 없는 게 당연하다. 돈이 있거나 야차굼바가

다시 만난 마부 '던'

있을 텐데 나 같아도 포터 일은 안 할 것 같다. 한편으로는 카트만두에서 일이 터졌을 때 집으로 돌아갈 걸 그랬나 하는 생각도 들었다. 이까짓 게 뭐라고 이렇게 고생하는지.

삼두와(Samduwa 3,000m)에 도착했을 때는 이미 날이 저물었다. 사우지는 마을 대부분이 비어서 지금은 말조차 구할 수 없다고 했다. 사정이 이렇게까지 심각한 줄 몰랐다.

폭순도 호수 가는 길에 내려오는 사람들을 만났다. 겔루에게 어디서 오는지 물어보라고 했다. 백인 두 명은 네팔리 스텝 둘과 함께 있었다. 그들이 나보고 코리안 스타일 어쩌고 해서 한국인을 잘 아는 줄 알았다. 그런데 가만 보니 이스트 콜 갈 때 만났던 프랑스인들이었던 거다. 반가운 마음에 "어!" 했더니, 그제야 자신들을 기억하냐며 수염 때문에 못 알아본 것 같다고 했다. 네팔 동쪽에서 만난 사람들을 서쪽에서 만날 확률이 얼마나 될지 이런 일도 다 있다.

프랑스인들은 이스트 콜에서 우리와 같이 철수한 뒤 마칼루 베이스캠프에서 대기했다. 이틀 후 그들은 다시 시도했고 무사히 추쿵까지 넘어갔다. 거기서 쿰부 3 패스, 타시랍차 라, 시미가온까지 간 후 카트만두로 갔다. 그다음 마나슬루에서 무스탕으로 넘어간 후 돌포까지 온 거다. 우리와 만났을 때는 폭순도 호수에서 하돌포로 내려가는 중이었다. 그들은 GHT 하이루트를 따라 걸었지만 일부 코스는 가지 않거나 자신들이 원하는 길로 돌아서 갔다. 특히 안나푸르나 대신 무스탕으로 돌아서 간 게 새로웠다.

"틱처, 디디?" (괜찮아요, 누나?)

폭순도 호수에 도착하자 던이 안부를 물었다. 작년에는 한 번도

다시 만난 프랑스 팀

나는 계속 걷기로 했다

디디라고 부르지 않았는데 스텝들이 부르는 걸 보고 따라한 것 같다. 아무튼 디디라고 불러주니 좋다. 던은 우리 사정을 듣자 주팔 사람들은 아프다는 핑계로 자주 그런다고 했다. 그래서 사람을 구할 땐 정식 여행사가 있는 두나이에서 구한다고 하는데 전혀 몰랐다. 그가 아는 포터 두 명을 불러주겠다고 했지만 이틀이나 걸린대서 포기했다.

지난번 숙소에서 물린 쥐벼룩 때문에 밤마다 피가 나도록 긁고 있었다. 처음엔 다리만 가렵더니 이제는 허리, 등, 목, 팔까지 온몸이 가려웠다. 약을 바르면 잠깐 시원할 뿐 밤만 되면 가려움이 도졌다. 그런데 나만 그런 게 아니었다. 겔루는 손등을 얼마나 긁었는지 불로 지진 것처럼 피딱지가 앉았다.

쉬는 날이라 호수로 내려가서 머리도 감고 빨래도 했다. 작년에 왔을 때보다 물이 차서 고무장갑을 꼈다.

폭순도 호수

　　텐트 안에서 호수를 바라보니 이보다 좋을 순 없었다. 시간이 많지 않은 사람들은 폭순도 호수만 다녀가도 좋겠다. 시끌벅적해서 내다봤더니 우리나라 방송국 팀이다. 그중 한 명을 어디서 많이 봤다 했는데 네팔 사람 수잔이다. TV에서 보던 것과 똑같았다. 알은 체를 하자 그도 반갑게 인사를 했다. 수잔은 우리말을 얼마나 잘하는지 목소리만 들으면 한국인으로 착각할 정도였다.

　　끝내 포터를 구하지 못했다. 하는 수 없이 비싸게 주고 샀던 식량을 되팔기로 했다. 밀가루, 쌀, 설탕, 밀크파우더, 달밧 재료, 고추장, 된장, 국수, 라면 16개 등 12kg을 덜었다. 겔루는 이것들을 마을에 가져다 팔고 2,000루피를 받아왔다. 이번에도 돈은 돈대로 쓰고 고생은 고생대로 하고 있었다. 된장과 고추장을 놓고 가는 건 아무리 생각해도 아까웠지만 방법이 없었다. 최소한의 것만 가지고 움직여야 했기 때문에 챙겨가자는 말도 못했다.

　　　　　　　　　　　　　　　　　　　　　　　　나는 계속 걷기로 했다

돌포는 폭순도 호수를 경계로 남쪽의 하돌포와 북쪽의 상돌포로 나뉜다. 돌포에 대한 관심이 커진 건 프랑스 에릭 발리 감독의 〈히말라야(Himalayas)〉(1999)라는 영화 때문이다. 폭순도 호수 절벽 길을 걷는 야크 카라반이 인상적인 영화로 돌포 지역에서 살고 있는 현지인들의 삶을 다뤘다. 호수 옆으로 500년 된 타순초링 곰파가 있지만 이번에도 가보지 못했다. 이 곰파는 승려들이 사냥꾼들의 무자비한 살생을 막기 위해 세웠다고 한다.

말을 탄 야차굼바 팀이 나타났다. 아이들도 제법 있었다. 이 시기엔 관공서와 곰파는 물론 학교까지 일정 기간 문을 닫는다. 아이들이 야차굼바를 잘 찾기 때문이다.

현지인들이 알려준 야영지는 다들 말이 달라서 찾는 데 애를 먹었다. 도착하고 보니 작년에 야영하고 싶었던 곳이다. 비가 내려 서둘러 텐트를 쳤다. 자작나무 숲이라 분위기가 좋았다. 낭깅이 한국 라면을 끓여왔다. 먹을 게 부족해지면 라면 하나에도 감동받는다. 면발 하나하나 느껴질 정도로 생생한 맛이다. 서쪽 트레킹을 시작하는 순간부터 모든 음식을 스텝들과 동일하게 먹었다. 한국 라면 역시 똑같이 끓여서 나눠 먹었다.

비가 내리고 있었지만 스텝들

자작나무 숲 야영

이 불을 피웠다. 나도 주변에서 죽은 나무를 주워왔다. 우린 가난한 팀이지만 이번 여행에선 오히려 이런 빈곤함이 좋았다. 지나고 나면 좌충우돌 문제 많은 여행이 더 기억에 남는 법이다. 걷는 동안 스텝들을 관찰하는 즐거움도 좋았다. 겔루는 말귀를 잘 알아들었다. 그는 말을 부드럽게 해서 화가 날 일도 화나지 않게 했다. 웃는 표정이 순하고 착한 친구라 순둥이 강아지 같은 느낌을 받았다. 낭깅은 가이드 자격이 있지만 비수기엔 포터 일도 했다. 그는 허허허, 웃는 스타일에 몸집이 크고 말과 행동이 느긋했다. 그래선지 낙천적인 소 같은 느낌이 들었다. 다와는 말과 행동이 빠르고 목소리가 컸다. 마르고 작은 몸에 육식을 하지 않았고, 조금씩 자주 먹었다. 표정과 말투 때문인지 고집 센 염소 같은 인상을 받았다.

동쪽에선 대부분 가이드에게 맡겼지만 서쪽에선 내가 주도적으로 했다. 아무도 길을 알지 못했다. 그나마 돌포를 경험한 사람은 나밖에 없었다. 계획한 대로 움직이되 궁금하거나 필요한 게 있으면 겔루를 통해 현지인에게 물어봤다. 말이 통한다는 것은 중요했다. 동쪽에서 느꼈던 소통의 답답함이 서쪽에서는 거의 없었다. 천성이 착한 겔루가 알아서 했기 때문에 스트레스도 없었다.

아침은 밀크티에 쿠키로 대신했다. 갈 길이 멀지 않았기에 천천히 출발했다. 계곡이 갈라지는 곳에서 툭 캬크사 콜라(Tuk Kyaksa Khola)로 들어섰다. 대단한 협곡이다. 뒤돌아보면 금방이라도 문이 닫힐 것 같다.

고도를 높일수록 만나는 꽃도 달라졌다. 자세히 봐야 예쁜 게 아니라 자세히 보면 더 예뻤다. 구름이 걷히자 흰 산이 고스란히 모습을 드러냈다. 우리 앞에 보이는

패스 캠프 가는 길

금방이라도 닫힐 것 같은 협곡

나그달로 내려가는 길

세이 곰파 가는 길

산은 쥐어짠 것처럼 뒤틀렸다. 협곡은 상류로 갈수록 폭이 넓어졌다. 우리나라 산은 위로 갈수록 좁고 가파르지만 히말라야는 달랐다. 협곡이 넓은 강처럼 변하기도 했고 기가 막힌 평원이 나타나기도 했다. 자연은 이해할 수 없어도 언제나 옳았고 또한 무심하게 아름다웠다.

3시간 만에 패스 캠프(Pass Camp 4,717m)에 도착했다. 정체불명의 무엇은 여전히 밤마다 무한한 가려움을 안겨줬다. 모처럼 날씨가 좋아 이참에 한 번이라도 입었던 옷을 모두 빨았다. 물은 맑고 깨끗했다. 4,700m가 넘었지만 차지 않아 머리도 감았다. 90일이 넘다 보니 이 정도 높이는 평지와 다름없을 정도로 적응됐다.

빈곤한 트레커의 저녁 식사는 즉석국에 밥이 전부였다. 반찬 한두 가지라도 있으면 좋으련만 여기서는 이게 최선이었다.

까마득한 오르막길이다. 길은 지그재그로 이어졌다. 구름이 걷히더니 우리가 머물던 자리가 새끼손톱만 하게 보였다. 잠깐 사이에 많이 올라왔다. 지난밤엔 오만 가지 생각으로 잠을 이루지 못했다. 생각이 많아서 잠 못 자는 건 인간뿐일 거다.

나그달로 라(Nagdalo La 5,350m)에 가는 길은 두 가지다. 하나는 완만하지만 멀리 돌아가는 길, 다른 하나는 수직에 가까운 길을 그대로 가는 거다. 낭깅과 다와는 후자를 택했다. 나도 안 가본 길이 좋았다. 워낙 가팔라서 미끄러지지 않게 조심했다. 그야말로 코 박고 가는 길이다. 걸음이 느려지고 숨이 거칠어졌다. 고개 반대편은 아직도 눈이 쌓여 있어 미끄러웠다.

세이 곰파 가는 길은 거대한 짐승 같았다. 우리가 미생물과 공존하는 것처럼, 우리도 거대한 생물체의 미생물인지도 모른다. 그 안에서 걷고, 야영하고, 밥을 먹는 일을 끊임없이 반복하는 것은 아닐까. 우리는 이 거대한 생물체의 어디쯤 와 있는 걸까. 그의 등을 따라 걷고 있을지, 아니면 아직도 발바닥 어디쯤에서 헤매고 있을지.

우리는 세이 곰파(Shey Gompa 4,343m) 아래에 텐트를 쳤다. 어디선가 염소 떼가 몰려왔다. 녀석들은 바닥에 뿌려놓은 소금을 먹느라 분주했다. 몇몇은 내 텐트가

텐트를 들여다보는 염소들(위). 떡과 죽의 중간 느낌인 '디도'

궁금했는지 슬쩍 들여다보기도 했다. 염소들 틈에는 라마 옷을 입은 아이 둘도 있었다. 빡빡 깎은 머리에 코에는 콧물이 누렇게 붙었다. 텐트 앞까지 찾아와서 뭔가를 바라는 눈치였지만 줄 게 없었다.

간식으로 삶은 감자와 '어짜르(Achar)'가 나왔다. 작년에는 잘 먹고 다녀서 배고픈 줄 몰랐는데 이번엔 수시로 배가 고팠다. 어짜르는 네팔식 김치, 혹은 장아찌다. 보통은 달밧과 같이 먹는다. 감자에 찍어 먹는 어짜르는 고춧가루, 마늘, 양파를 넣어 약간 매웠다.

저녁에는 '디도(Dhido)'를 먹었다. 식량을 아껴야 해서 현지에서 구할 수 있는 것으로 했다. 현지인의 천막에 앉아 그들처럼 식사를 했다. 디도는 보릿가루를 되게 반죽해서 먹는 음식이다. 현지인들은 디도를 숟가락처럼 움푹하게 만든 후 거기에 국을 떠서 같이 먹었다. 나는 숟가락으로 조금씩 떠서 먹었다. 처음 두 숟가락은 그럭저럭 넘겼지만 점점 먹기가 힘들어졌다. 떡과 죽의 중간 느낌이라 아무리 씹어도 넘어가지 않았다. 한참 씹다가 꿀떡 삼켜야 했다. 익숙하지 않은 식감도 영 좋지 않았다. 하지만 스텝들은 맛있다는 듯 순식간에 먹어버렸다.

이곳은 화장실도 없고 엄폐물도 없었다. 텐트, 천막, 약간의 집과 가축우리가 전부다. 어디 가서 앉더라도 지나가는 사람이 보였다. 하지만 아무도 신경 쓰지 않았다.

세이 곰파 주지 스님이 일찍부터 야영비를 받으러 오셨다. 내가 작년에도 왔다고 했지만 기억하지 못하셨다. 어제 저녁을 먹었던 천막에서 아침도 먹었다. 이번에도 보릿가루지만 이름이 달랐다. '짬빠(Champa)'는 볶은 보리를 빻아서 만든 가루로 티베트인 주식이다. 보통 보릿가루에 수유차(버터차)와 설탕을 넣어서 먹는다.

세이 곰파. 야영비 받으러 온 주지 스님

낭깅과 다와는 쉴 때마다 야차굼바를 찾겠다고 풀밭에 엎드렸다. 그러나 아직 하나도 찾지 못했다. 히말라야 마못(Himalaya Marmot)이 자주 나타났다. 녀석들은 구덩이에서 고개만 내밀고 코를 킁킁거렸다. 작고 통통한 것이 귀여웠다.

지도에 없는 고개를 만났다. 작은 돌탑과 타르초가 이곳이 고

비제르 가는 길

비제르

개임을 알려줬다. 고개를 넘으면 풍경이 달라졌다. 그때마다 내 기대도 학습된 것처럼 반복됐다. 여기를 넘으면 어떤 풍경이 펼쳐질지 파블로프의 개처럼 침을 흘렸다. 금방이라도 흘러내릴 것 같은 산허리를 따라 걸었다. 드문드문 초록이 보이던 풍경이 웅장한 느낌의 바위산으로 바뀌었다. 쿵쾅거리는 심장을 억누르고 아래를 내려다보면 탄성이 절로 터졌다. 까마득한 절벽 아래로 우락부락한 모습이 보였다. 구름이 지날 때마다 표범무늬가 나타났다 사라졌다. 흰 산이 가득한 것보다 이런 풍경에 마음을 빼앗겼다. 이 척박하고도 황량한 아름다움에 매번 매료됐다.

비제르(Bhijer 3,850m)는 요새 중의 요새였다. 깊숙한 곳에 자리 잡아 바깥에서는 잘 보이지 않았다. 황토 빛깔 육중한 산 사이에서 초록색 들판을 보니 신기했다. 이런 곳에 마을이 있을 거라고 누가 상상이나 했을까. 우리는 비제르에서 가장 좋은 집을 찾아갔지만 마땅한 방이 없어 밭에다 텐트를 쳤다.

간식으로 창과 감자를 먹었다. 창이 제법 맛있어서 더 주문했다. 저녁에는 포(Pho)에서 한 남자가 왔다. 그는 포에서 가게를 한다며 거기서도 짬빠와 쌀을 판다고 했다. 그 이야기를 듣고 일부는 포에서 구하기로 했다. 남자는 티야르까지 7일 정도 걸리며, 야차굼바 캐는 사람이 많아서 길 찾기 수월할 거라고 했다. 무구로 넘어가면 음식을 파는 곳도 있을 거라고 하니 듣던 중 반가운 소리다.

비제르는 뜨겁고 강한 빛이 하루 종일 들어왔다. 작정하고 모든 장비를 꺼내다가 뒤집어서 말렸다. 아직도 뭔가에 물리고 있었기 때문에 완전박멸이 필요했다. 침낭과 옷을 수시로 뒤집으며 거의 굽다시피했고 결국 박멸에 성공했다.

준비했던 간식을 네 등분해서

현지인의 밭에서 야영하며

스텝들에게 나눠줬다. 지금까지는 쉴 때마다 조금씩 주곤 했는데 앞으로는 본인 컨디션에 맞게 알아서 먹으라고 했다. 겔루를 불러서 남은 식량을 일일이 체크했다. 매일 어떤 식으로 식사를 할지 계산했더니 짬빠만 해도 아홉 번이나 필요했다. 쌀은 남아 있는 게 있어서 조금만 구하기로 했고 라면은 넉넉해서 괜찮았다. 점심은 초코파이나 비스킷으로 대체하기로 했다.[*]

현지인의 천막에서 먹는 아침 식사 짬빠

---

[*] 트레킹 허가 기준으로 비제르까지는 돌포, 그 이후는 무구 지역이다. 현지인은 풍 카르카(Pung Kharka 4,650m)부터 무구라고 했지만 여기선 허가 기준을 따르기로 한다.

나는 계속 걷기로 했다

11장

무구 지역
Mugu Area

돌포와 마찬가지로 무구 지역도 야차굼바(동충하초)로 유명하다. 5~6월이면 많은 사람들이 4,000m가 넘는 곳으로 몰려든다. 대개는 무구 사람들이고 가까움 줌라(Jumla)나 멀리 카트만두에서 오기도 한다.

감가디(Gamgadhi) 근처에 위치한 라라(Rara) 국립공원은 네팔에서 가장 작은 국립공원이자 가장 큰 호수다. 마헨드라 탈(Mahendra Tal)로도 알려진 이 호수는 아름다운 숲으로 둘러싸여 여름이면 각종 야생화로 뒤덮인다. 라라 호수를 가장 잘 볼 수 있는 곳은 추렌마라 단다(Chuchenmara Danda 4,087m)로 적기는 4~5월, 9~10월이다.

이 지역은 네팔 GHT 하이루트 서부 지역에서 가장 험하다. 약 일주일 동안 인적 없는 곳을 지나야 하고 5천 급 고개 4개를 넘어야 한다. 야영이 필수이며 길을 잘 아는 가이드도 필요하다. 무구도 비그늘(Rain Shadow) 지역이라 여름철 트레킹이 가능하지만 훔라(Humla)와 가까운 곳은 비가 자주 내린다.

· 진행 경로 ·
· 비제르 – 얌부르 라 – 닝만 갼젠 라 – 얄라 라 – 챠르고 라 – 감가디 – 라라 호수

150.2킬로미터 231,428걸음

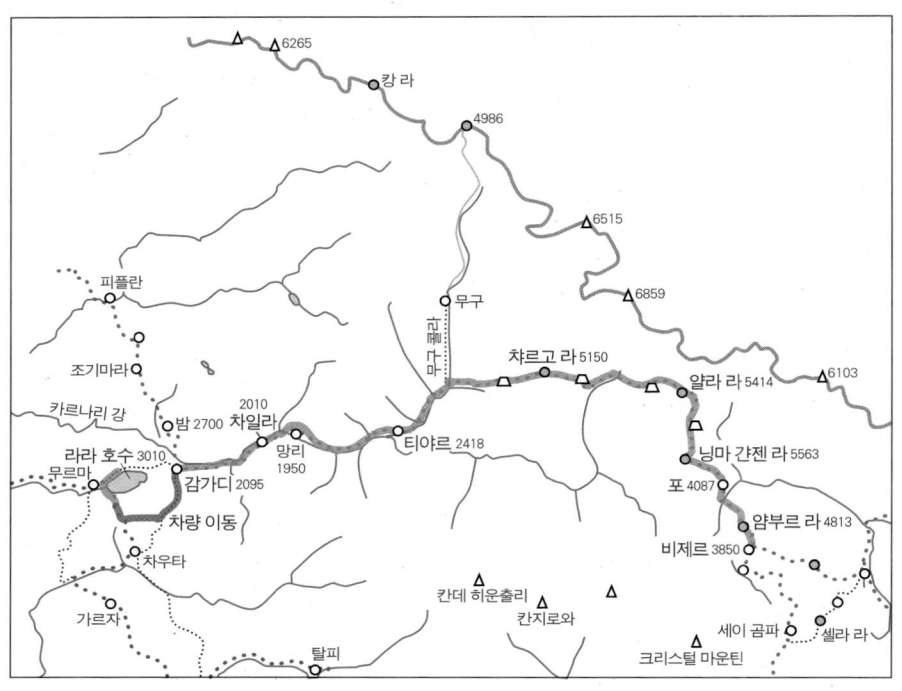

6265

캉 라

4986

6515

6859

피플란

무구

챠르고 라 5150

6103

조기마라

얄라 라 5414

카르나리 강

밤 2700 차일라
2010

티야르 2418

닝마 걘젠 라 5563

라라 호수 3010

망리
1950

포 4087

무르마

감가디 2095

얌부르 라 4813

차량 이동

비제르 3850

차우타

칸데 히운출리

가르자

칸지로와

세이 곰파

셀라 라

탈피

크리스털 마운틴

어느새 거대한 짐승의 한가운데까지 들어와버렸다. 우린 얌부르 단다(Yambur Danda 5,485m)의 날개 아래 포위되었다. 고개를 쳐들 때마다 커다란 새가 내려다 보았다. 얌부르 라(Yambur La 4,813m) 맞은편에 포(Pho) 마을이 보였다. 지금까지 1,000m를 올렸지만 여기서부터 1,500m를 내려갔다가 다시 700m를 올라가야 했다. 현지인들은 비제르에서 포까지 이틀에 나눠서 가야 한다고 했지만 우리는 하루 만에 가기로 했다.

옹기종기 모여서 점심을 먹었다. 뭉친 짬빠는 목 넘김이 좋지 않았지만 밀도가 높아 든든했다. 사실 네팔 트레킹 하면서 현지 음식을 먹을 생각은 없었다. 당연히 쿡을 데리고 다니면서 한식을 먹을 줄 알았다. 그런데 이젠 네팔 음식 중 달밧을 가장 좋아하게 됐고 여기서는 짬빠가 주식이 됐다.

내려가는 동안 무릎에 힘이 잔뜩 들어갔다. 겔루도 어디선가 지팡이를 구해왔다. 메마른 땅에선 먼지가 풀풀 났다. 계곡이 가까워지자 주변이 심상치 않았다. 온통 바위로만 이루어진 대단한 협곡이다. 이런 곳에 어떻게 길을 냈을까. 절벽 사이로 이어진 길을 보며 인간의 대단함을 봤다. 돌과 나무로 만든 다리가 없었다면 꼼짝없이 갇힐 곳이다. 여행자에게 길은 모험이지만 이곳 사람들에겐 생존이다. 바위 표면에서는 하얀 소금이 묻어났다. 짜고 텁텁한 소금을 맛보며 먼 옛날 바다였을 이곳을 상상했다.

그림자가 길어졌을 때 포 마을에 도착했다. 철조망을 넘자 야생화밭이 펼쳐졌다. 조금 더 가니 이번엔 푸른 보리밭이다. 마을 가까이엔 나무도 있다. 사막의 오아

얌부르 라에서 본 풍경. 아래가 '포'

대단한 협곡

세상과 연결해주는 타라

얌부르 단다

시스처럼 갑자기 나타난 별천지다. 무리를 지은 산양이 풀을 뜯다가 기적 소리에 놀라 도망갔다. 사람들은 졸졸 흐르는 물을 가두어 몇 개의 연못을 만들었다. 그 물은 보리밭을 따라 이어졌다.

야차굼바로 텅 빈 마을은 을씨년스러웠다. 스산한 바람이 불 때마다 마음이 급해졌다. 당장 머물 곳을 찾아야 하는데 벌써 해가 지고 있었다. 겔루가 곰파에 부탁하자 할머니가 흔쾌히 들어주셨다. 방이 없어 2층 창고에 이너텐트만 쳤다. 스텝들은 부엌에서 자기로 했다. 2층 한쪽은 법당으로 할머니 아들이 스님으로 계신다고 했다.

밖에는 바람이 살벌하게 불었지만 안은 아늑했다. 이곳 사람들은 티베트어로 말하고 썼다. 다행히 겔루가 티베트 말을 할 줄 알았다. 식구들 모두 야차굼바를 캐러 가서 할머니 혼자 아이 둘을 보고 계셨다. 아이 하나는 허리에 줄을 매어 돌아다니지 못하게 했다. 다와가 아이와 놀아주는 동안 낭깅이 저녁을 준비했다. 말린 고

나는 계속 걷기로 했다

기가 있다고 해서 오랜만에 고깃국을 부탁했다. 불 하나에 여러 요리를 하려니 시간이 걸렸다. 9시 반에 밥을 먹는데 졸음이 쏟아졌다. 저녁을 먹고 오랜만에 올려다 본 하늘에선 별이 총총 빛났다. 문득 내가 걷는 길이 곧 순례라는 생각이 들었다. 단순히 네팔 히말라야 횡단 트레킹이 아닌 순례였다.

  텐트 안으로 들어오는 햇살에 기분 좋게 잠이 깼다. 아침은 초록 빛깔이 나는 로티에 수유차를 마셨다. 로티는 중간 사이즈 프라이팬만큼 크고 두꺼웠고 씁쓸한 맛이 났다. 그래도 먹어야 갈 수 있기에 남기지 않았다. 인도에서 공부하셨다는 스님은 수시로 차를 따라주셨다.
  이곳에서 필요한 식량을 전부 구입했다. 앞으로 먹을 짬빠, 설탕, 쌀, 버터 등을 사느라 순식간에 목돈이 나갔다.

현지 곰파에서(위). 수유차와 로티

하지만 할머니도 스님도 우리에게 바가지를 씌우지 않았다. 어제 저녁은 현지인 수준으로 받으시고 아침밥도 그냥 주셨다. 우리가 하룻밤 신세 진 비용은 아예 받지 않으셨다. 대신 나와 겔루가 이곳에 기부를 했다.
  짐이 늘어나는 바람에 시간이 오래 걸렸다. 다와가 무겁다고 하자 낭깅이 짐을 바꿔줬다. 겔루 배낭도 다시 묵직해졌다. 오늘은 5,563m나 되는 닝마 걔젠 라(Ningma Gyanzen La)를 넘어야 했다. 서쪽 구간을 통틀어 가장 높고

닝마 갼젠 라 가는 길

닝마 갼젠 라 정상에서

험한 고개다. 할머니가 알려주신 길을 따라가는데 저 아래서 스님이 부르셨다. 스님은 손짓으로 이 길이 아니라며 오른쪽을 가리켰다. 우리가 잘 가고 있는지 내내 지켜보셨던 거다. 그분이 아니었다면 엉뚱한 길에서 고생할 뻔했다. 포에서는 길이 두 갈래로 갈라졌다. 하나는 닝마 걘젠 라를 넘어가는 길이고 다른 하나는 티야르 (Tiyar)까지 바로 가는 길이다. 전자는 네팔 GHT 하이루트에 해당됐고 후자는 현지 인들이 다니는 길이다. 5월에 왔던 미국인들은 눈 때문에 여기서 되돌아갔다.

계속 고도를 높이고 있지만 아직도 만족할 만한 높이에 이르지 못했다. 길은 자꾸 기대를 저버리더니 설마 저기까지 가겠나 싶은 곳으로 이끌었다. 너덜너덜한 길에 희끗한 잔설까지 있어 더 불안했다. 미끄러졌다가는 답이 없었다. 정상이 가까워질수록 경사가 급해졌다. 눈 아래 잔돌이 많아 쭉쭉 미끄러졌다. 얼른 손으로 바닥을 짚었고 그때마다 간이 쪼그라들었다. 눈이 많았으면 어땠을지 상상하기 싫었다.

저녁이 다 돼서 닝마 걘젠 라에 도착했다. 높은 만큼 풍경은 황홀했다. 세상에서 제일 높은 곳에 올라온 것처럼 주변 산이 모두 발아래 있는 것만 같았다. 돌탑 위 룽따는 부지런히 펄럭거렸고 그때마다 바람이 경전을 읽어줬다.

누군가 지나간 발자국이 왼쪽과 오른쪽 모두 있었다. 오른쪽은 암릉을 지나는 길이라 자연스럽게 왼쪽으로 향했다. 그런데 이게 실수였다. 지금껏 그랬듯이 보이는 길만 따라가면 문제없을 줄 알았다.

눈을 밟을 때마다 발이 푹푹 빠졌다. 사면을 따라 완만하게 내려갔으면 싶은데 겔루는 곧장 아래까지 내려가잖다. 자잘한 돌과 눈 때문에 계속 미끄러졌다. 경사가 얼마나 급한지 한 걸음 떼기가 무서웠다. 아찔하게 쏟아지는 길에 신경이 곤두섰다. 이러다가 어떻게 되는 건 아닌지 막막해서 한숨이 나왔다. 아무리 봐도 이쪽은 길이 아니었다. 내려온 길이 엉망이라 다시 올라갈 수도 없었다. 우리가 오도 가도 못하고 있자 낭킹과 다와는 다시 올라갔다. 두 사람은 암릉을 따라갔다.

걸어서 내려가다가는 밤을 새워도 모자랄 것 같았다. 겔루에게 미끄럼을 타고 내려가자고 했더니 할 수 있겠냐고 되물었다. 이 상황에선 그게 최선이었다. 겔루가

살벌한 하산 길

미끄럼 타고 내려온 길

먼저 출발했다. 그가 빠른 속도로 미끄러지는 걸 보니 욕이 나왔다. 다시 걸어가겠다고 할 수도 없었고 그럴 자신도 없었다. 눈 딱 감고 양손에 스틱을 걸었다. 어, 어, 어!! 하는 순간 제어할 수 없을 정도로 빠르게 내려갔다. 입에선 십 원짜리가 굴러다녔다. 돌에 걸린 배낭은 덜컥덜컥, 양손에 걸어놓은 스틱은 이리저리 춤을 췄다. 바지와 재킷 사이로 폭포수가 들어왔다. 제동을 걸기 위해 앞으로 내민 등산화에도 눈 녹은 물이 하염없이 들어왔다. 겔루가 먼저 내려간 곳이 그대로 계곡이 되었던 거다. 100m쯤 내려가자 밀려온 눈과 함께 간신히 멈췄다. 다행히 장비가 좋아서 옷이나 등산화는 젖는 데 그쳤다. 하지만 겔루는 만신창이가 됐다. 배낭 허리벨트가 날아가서 완전히 분리됐다. 바지엔 구멍이 났고 등산화도 흠뻑 젖었다. 손바닥으로 속도를 제어하면서 손목에 큰 상처가 생겨 피가 흘렀다.

벌써 어두워지기 시작했다. 낭깅과 다와는 안전한 길로 내려왔다. 우린 서둘러 야영할 곳을 찾았다. 하루 종일 1,500m를 올리고 막판에 너무 힘들어서 다들 지쳤다. 스텝들에게 피로회복제와 비타민을 나눠줬다. 피로가 쌓이면 약도 소용없겠지만 도움은 될 거다. 저녁은 간단하게 라면을 먹었다.

지도를 찬찬히 들여다보다가 눈앞이 깜깜해졌다. 가야 할 길은 오른쪽인데 우리는 왼쪽으로 내려왔던 거다. 너무 놀라서 다시 지도를 들여다봤지만 잘못 내려온 길이 달라질 리 없었다. 우리가 있는 곳은 포트 콜라(Phot Khola)였고 여기서 헤매다가는 미아가 될 게 뻔했다. 스텝들에게 지도를 보여주며 설명해주자 다들 심각해졌다. 우리는 닝마 걌젠 라까지 오면서 오른쪽에 스와크사 콜라(Swaksa Khola)를 두고 있었다. 내려가는 길 역시 그 방향으로 가야 했다.

길을 잃고 다시 올라가는 길

간밤에 서리가 내려 텐트를 하얗게 덮었다. 우리는 어제 낭깅과 다와가 내려왔던 길을 따라 올라왔다. 낭깅 말대로 암릉이 끝나는 지점에 숨어 있는 고개가 있었다. 군데군데 당나귀 똥이 있고 룽따가 펄럭이는 것을 보니 이 길이 맞았다.

급한 너덜길을 1,000m나 내려와서 스와크사 콜라를 만났다. 어제 여기까지 왔

야크 방목지 풍 카르카(위). 우리를 바라보는 야크

다면 힘들었겠다. 계곡을 거슬러 올라가며 다시 천천히 고도를 올렸다. 얄라 캉(Yala Kang 5,745m)이 보이는 걸 보니 풍 카르카(Pung Kharka 4,650m)가 멀지 않았다. 하지만 목초지가 넓어서 딱 어디라고 말할 수 없었다. 풍 카르카라고 생각되는 곳에서 1시간을 더 갔다. 겔루는 근처 야크를 보더니 야영지가 있을 거라고 했다. 말이 끝나기 무섭게 먼저 도착한 다와가 금방 자리를 찾았다. 야크가 있는 곳엔 사람이 머물 곳도 있다는 것을 처음 알았다.

물을 보자마자 빨래부터 했다.

사람 마음은 다 비슷한지 스텝들도 저마다 빨랫감을 들고 나왔다. 그때 노란 머리 남자가 나타났다. 그는 낭깅에게 이것저것 물어봤지만 이곳에 머물진 않았다. 노란 머리는 좀솜에서 여기까지 10일이 걸렸단다. 대단한 체력이다. 그는 오늘 포에서 출발했고 시간이 일러 고개 하나를 더 넘을 거라고 했다. 남자의 배낭은 50리터쯤으로 작았고 옷은 더러웠다. 덥수룩한 수염에 깡마른 몸이었지만 눈은 활활 탔다. 대단하다는 말 밖에 할 말이 없었다. 아무에게도 의지 않고 홀로 가는 모습이 부럽기도 했다.

또 서리가 내렸다. 여름이라도 이곳의 밤은 겨울이나 다름없었다. 야영했던 곳에서 40분 정도 가자 넓은 초지가 나타났다. 팔충 함가 히말(Palchung Hamga Himal)을 배경으로 야차굼바 팀 텐트가 그림같이 펼쳐졌다. 산 중턱에 있던 남자가 우릴 보더니 뛰어내려왔다. 청년은 줌라(Jumla) 사람으로 한 달 넘게 야차굼바를 캐는 중이라 했다. 그리고 어제 그 노란 머리는 길을 잃어서 오늘 새벽에 사람들과 넘어갔다고 한다. 우린 청년의 안내를 받으며 길을 이어갔다. 계곡을 가로질러 왼쪽

얄라 라 가는 길

동충하초

능선으로 붙었다. 이곳은 야차굼바 캐는 사람들만 다니는 곳이라 길이 희미했다. 그나마도 흩어져 있어서 몇 번이나 물으면서 갔다. 작은 물줄기를 따라가야 했고 그 끝엔 폭포가 있었다. 능선 사면에는 야차굼바 캐는 사람들이 제법 많았다. 다와가 한 청년에게 야차굼바를 보여달라고 하자 그가 금방 캔 것들을 꺼냈다.

낭깅과 다와는 청년이 캔 야차굼바를 풀숲에 꽂아놓고 유심히 관찰했다. 충분히 관찰한 낭깅은 금세 하나를 찾아냈다. 이후 다와도 작은 것 하나를 발견했다. 새끼손가락보다 작은 버섯에 불과한데 이들은 야차굼바 하나에 기뻐서 어쩔 줄 몰라했다. 겔루는 청년에게 1,000루피를 주고 제일 큰 두 개를 샀다. 야차굼바가 어디에 좋은 거냐고 묻자 청년이 애매하게 웃었다.

티베트어로 야차굼바, 우리가 알고 있는 동충하초 버섯이다. 박쥐나방 포자가 비나 눈 녹은 물과 지하에 스며들고, 애벌레 몸으로 파고든 포자가 서서히 증식하여 땅을 뚫고 나오면 동충하초가 된다. 전설에 따르면 약 1,500년 전 야크들이 신비한 약초를 먹고 빠르게 회복하는 것을 보고 그때부터 중국 황제들에게 진상되었다고 한다. 중국에서는 인삼, 녹용과 함께 동충하초가 3대 보약으로 취급될 정도로 인기가 높다. 면역력 증가와 정력제로 알려져 있어 중국 부자들이 많이 찾는다. 최상품의 경우 같은 무게 금보다 2배 이상 높게 거래된다. 네팔 동충하초 채취는 전체 2%에 해당되고 대부분은 티베트 고원에서 채취된다. 네팔에서 동충하초를 채취하는 시기는 5~6월이다. 이때 돌포 지역 인구는 5~6배까지 늘어나서 6만여 명에 이른다. 잘 찾는 사람은 두 달 동안 수십만 루피를 벌기도 한다. 마른 동충하초 10kg은 네팔 사람 300년 치 월급에 해당된다.

야차굼바 팀이 아니었으면 우린 여기 어디선가 헤매고 있었을 거다. 길은 경험자가 아니면 찾기 힘들 정도로 모호했다. 노란 머리가 길을 잃은 게 이해됐다. 얄라라(Yala La 5,414m) 올라가는 길엔 아직도 눈이 남아 있었다. 보름 전에만 왔어도 꽤 힘들었을 거다. 고개가 가까워질수록 길은 더욱 가팔라졌다. 망치로 때려 잘게 부숴놓은 것 같은 돌 때문에 계속 미끄러졌다. 그래도 낭떠러지가 아니라서 무서움이 덜

했다. 얄라 라는 마땅히 쉴 곳이 없을 정도로 좁았다. 고개 너머는 바로 낭떠러지라서 있기도 불안했다. 내려갈 길은 눈으로 덮여 있어서 보기만 해도 아찔했다. 하지만 저 아래로 펼쳐진 챤디 콜라(Chyandi Khola)는 근사했다.

추워서 하산을 서둘렀다. 왼쪽이 낭떠러지라 몸을 최대한 오른쪽으로 기울였다. 심장이 요동쳤다. 눈 아래 깔린 자잘한 돌 때문에 긴장됐다. 겔루는 얼마 전 여기서 다른 팀 쿡이 떨어져 죽었다고 했다. 길을 보니 그럴 수 있겠다. 우리가 이렇게 떨면서 내려가도 산은 고요하고 무심했다. 구름이 끼기 시작하자 선명하던 산도 흐릿해졌다. 지나온 길을 돌아보니 인간이 지나다니는 길이 실처럼 가늘었다.

얄라 라를 넘기 전에 봤던 텐트 주인들을 만났다. 그들은 매일 얄라 라를 넘어 여기까지 왔다가 되돌아간다고 했다. 5월부터 왔다는데 그때는 지금보다 눈이 더 많았단다. 얇은 단화만 신고 그런 곳을 넘어 다녔다니 대단한 사람들이다.

챤디 콜라는 여신의 긴 옷자락처럼 끝도 없이 이어졌다. 평평한 곳이 많아서 원한다면 어디에서든 야영이 가능했다. 계곡 가까이에 현지인들이 머문 흔적도 많았다. 우린 다른 야차굼바 팀 텐트가 나올 때까지 계속 내려갔다. 마얌탕(Mayamtang 4,350m)에 도착하자 참을 만큼 참았다는 듯 싸락눈이 쏟아졌다. 눈이 내리는 동안 현지인의 천막에서 시간을 보냈다. 그들이 내준 차는 홍차에 소금만 넣었는데도 맛이 괜찮았다.

어느덧 네팔에 온 지 108일째가 됐다. 하루하루 견디는 시간도 있었지만 견디는 만큼 보상도 따랐다. 동쪽만 끝내고 돌아갔다면 원망이 가득했을 거다. 다행히 서쪽까지 오는 바람에 경험한 모든 것에 기쁨과 감사를 느끼게 됐다. 반가운 사람들을 만났고, 귀한 경험을 했고, 좋은 날씨에 고개를 넘은 것도 행운이었다.

텐트 문을 열자마자 감탄이 나왔다. 우락부락하고 무섭게 보이던 산도 오늘은 흰옷을 입어 한없이 착해 보였다. 내려가던 야차굼바 한 팀이 우리를 한참이나 기다렸다. 우리가 가야 할 타클라 콜라(Takla Khola)가는 길을 알려주기 위해서다. 다음

알라 라 내려가는 길

마양탕에서 눈이 내린 아침 풍경

야차굼바 텐트

현지인들과 함께 걸으며(위).
타클라 콜라 가는 길

야영지까지는 길이 좋지 않아서 우리만으로는 찾기 힘들다고 했다. 이 팀에는 초등학생 정도 되는 아이도 둘 있었다. 그중 한 아이가 다쳐서 겔루가 약을 발라줬다. 우리가 준비를 마치자 그들이 먼저 출발했다. 이 사람들도 갈 길이 멀 텐데 굳이 우리를 기다려줘서 고마웠다. 걷다 보니 구석구석 야차굼바 텐트가 보였다. 오면서 흉흉한 소리는 죄다 들었는데 실제 만나본 이들은 그렇지 않았다. 오히려 외지인인 우리에게 길을 알려주려고 애썼고 도와주는 일도 많았다.

여신의 옷자락 같던 찬디 콜라는 아래로 내려갈수록 풍성한 초록빛이 되었다. 야차굼바 팀은 계곡을 건넜지만 우리한테는 계속 내려가라고 했다. 이들은 야차굼바 허가증이 없기 때문에 더 위험한 길로 돌아간다고 했다.

계곡을 건너지 않는다고 해서 문제가 없는 것은 아니었다. 우리는 오도 가도 못하는 절벽 위에서 똥마려운 강아지처럼 안절부절못했다. 겔루는 잘 내려갔지만 나는 딱딱한 등산화를 신고 내려가기가 겁났다. 그걸 보고 있던 야차굼바 아저씨가 계곡을 건너와서 잡아줬다. 다와와 낭깅도 못 내려오긴 마찬가지였다. 아저씨는 그들의 짐을 지고 절벽을 내려왔다. 바닥이 다 닳은 운동화를 신고도 암벽화를 신은 것처럼 걸었다.

"데레이 던여받, 데레이 던여받." (정말 고맙습니다, 정말 고맙습니다.)

낭깅은 몇 번이고 감사 인사를 했다. 네팔 사람들은 감사하다는 말을 잘 하지 않는다고 했다. 인간으로서 당연한 일이라고 생각하기 때문이다. 그런데 낭깅은 '데레이'까지 붙여가며 고맙다는 인사를 했다. 겔루는 아저씨에게 담뱃값을 드렸지만 받지 않으셨다. 결국 억지로 쥐어드렸다. 그는 얼마간의 약도 챙겨드렸다. 현지인들에게 약은 귀한 것 중 하나다.

우리가 가는 길은 묵은 길이라 상태가 좋지 않았다. 그때마다 계곡 건너에서 야차굼바 아저씨가 길을 알려줬다. 덕분에 희미한 길을 따라가면서도 헤매지 않았다. 가파른 능선 하나를 넘어 카이푸초남 콜라(Kaitpuchonam Khola)까지 내려왔다. 지도에 표시된 것처럼 작은 다리를 만났다. 물가 주변에 여름을 알리는 고운 꽃이 잔뜩 피었다. 이곳에도 텐트 세 동 정도 칠 수 있는 자리가 있었고 무엇보다 계곡물이 깨끗했다. 이제 10시가 조금 넘었지만 계속 오르막길이라 미리 점심을 먹었다. 초코 파이와 비스킷이 전부지만 이나마도 황송했다.

이곳이 얼마나 까마득한 오르막길인지 설명할 수 있을지 모르겠다. 코가 땅에 닿을 정도로 가파른 곳이라 네 발로 기어 올라갔다. 낭깅은 이런 길에서도 쉬지 않고 갔다. 오후가 들면서 구름이 차기 시작했다. 돌포에서 가까운 곳은 내내 날씨가 좋았지만 훔라가 가까워질수록 몬순의 영향을 많이 받았다.

타클라 콜라(Takla Khola 3,785m) 야영지는 멋진 자작나무 숲이다. 이곳은 두 계곡이 만나는 지점 안쪽에 있어서 물이 풍부했다. 하지만 샘터 주변은 흘린 쌀과 쓰레기로 지저분했다. 고무장갑을 끼고 치우려고 하자 겔루가 먼저 나서서 치웠다.

자작나무 숲에서 야영

그사이 네팔 청년 4명이 도착했다. 그중 두 사람은 우리에게 길을 알려주고 야차굼바를 팔았던 청년이다. 그들은 머물 계획이 없었던 것 같은데 낭깅과 얘기를 나누더니 근처에 텐트를 쳤다. 외지에서 온 사람들에 대한 궁금증이 컸던 모양이다.

죽은 나무를 태우며 빨래를 말렸다. 네팔 사람들은 불을 피워서 밥을 했다. 뒤늦게 나타난 또 한 팀은 카트만두에서 왔다는 라마였다. 그에게 지도를 보여줬더니 겔루에게 상세한 정보를 알려줬다. 이 지역은 눈이 많이 오는

나는 계속 걷기로 했다

편이라 위에도 눈이 있을 거라고 했다. 다행히 내일 그들도 챠르고 라를 넘는다고
했다.

저녁에는 카레밥이 나왔다. 낭깅이 꺾은 붉은 식물은 한국으로 치면 홍삼 같은
거라더니 어짜르로 나왔다. 줄기를 찧어 고춧가루로 양념했는데 신맛이 입맛을 돋
웠다. 새콤한 장아찌 같아 밥도둑이 따로 없었다. 차처럼 끓여서 식초 대용으로 쓴
다고도 했다.

지난겨울에 내린 눈은 아직도 계곡을 덮고 있었다. 여름이 가기 전에 다 녹을 수 있을지 모르겠다. 오늘 넘는 차르고 라는 무구에서 넘어야 할 마지막 고개다. 계곡 끝에 이르자 라토파니(Ratopani)라고 부르는 작은 호수가 나타났다. 라토는 네팔어로 '붉다'는 뜻이다. 호수 안을 보니 붉은 것 같기도 했다.

본격적으로 고개를 넘기 전 긴 휴식을 가졌다. 비스킷을 나눠 먹고 계곡물에 커피를 탔다. 물이 맑긴 했지만 떠다니는 게 많아서 가라앉힌 다음 마셨다. 스텝들은 잠시 낮잠을 잤다. 바람이 찼지만 나도 졸음이 쏟아졌다. 앞으로 올라야 할 고개를 바라봤다. 어떤 곳일지 기대됐다. 시간이라는 게 참 묘하다. 언제 도착할지 모를 막막한 곳도 몇 시간 후면 도착한다. 시간은 연속적인 흐름인 것 같으면서도 공간을 뛰어넘는 것 같기도 하다.

현지인들은 축지법을 쓰는 것처럼 쭉쭉 나갔다. 어제 만났던 라마 일행은 우리를 앞질렀다. 능선에서 내려온 팀도 금세 사라졌다. 그들은 어느새 불을 피워 차까지 끓였다. 이들 중 유일한 여자는 많이 아프다고 했다. 머리도 아프고, 배도 아프고, 설사도 한다는데 무슨 증상인지 모르겠다. 그들은 약을 줬으면 하는 눈치였지만 비상약이 카고백에 꽁꽁 숨겨져 있어서 꺼내기 힘들었다. 어찌할까 하다가 다와에게 부탁해서 묶여 있던 줄을 풀었다. 그리고 진통제, 소화제, 지사제를 꺼내서 그들에게 줬다.

두 번째 휴식을 하는데 여기저기서 사람들이 몰려왔다. 새카만 얼굴에 새카만 옷을 입고 느릿느릿 다가오는 모습이 왠지 좀비 같았다. 걸을 때는 하나도 보이지

여름에도 녹지 않는 눈

라토파니

않더니 모여든 사람이 10명이나 됐다. 한 달 넘게 하루 종일 땅만 보고 기어다녔던 사람들이라 몰골이 말이 아니었다. 그중 한 명이 머리 아프고 설사한다며 약을 달라고 했다. 이번에는 겔루가 가지고 있던 약을 나눠줬다.

아직 녹지 않은 눈이 군데군데 있었고 눈 녹은 물에 땅이 질퍽거렸다. 겨우내 눈에 덮여 있었을 꽃이 때를 알고 노란색 싹을 틔웠다. 모든 것은 때가 맞아야 하는데 나는 적절한 때에 이곳을 찾은 건지도 모르겠다. 순탄하지 않았던 것은 때가 맞지 않아서인지 그럴 만한 이유가 있었던 건지.

차르고 라(Chyargo La 5,150m) 정상 주변은 설악산 황철봉 같은 너덜지대다. 커다란 바위틈 사이로 길이 아슬아슬하게 이어졌다. 긴장감으로 어깨가 뻣뻣해졌다. 몇몇 현지인은 위에서부터 뛰어 내려갔다. 마지막 고개인 이곳은 많은 이의 염원이 담긴 돌탑과 룽따, 타르초가 가득했다. 날카롭고 비좁은 정상에 이토록 많은 돌탑이 있다는 게 놀라웠다. 그들은 이곳을 넘으면서 무엇을 소망했을까.

뭔가 뒤통수를 잡아당기는 느낌에 겔루에게 사진을 부탁했다. 지금까지 지나온 돌포와 무구는 네팔 히말라야의 그 어떤 곳보다 내 가슴에 콕 박혔다. 아직 서쪽 일정이 반이나 남았지만 큰 숙제를 마친 것처럼 후련하기도 섭섭하기도 했다.

물이 가까워지자 불가사리 모양의 에델바이스가 자주 보였다. 우리나라에선 설악산에서만 볼 수 있는 귀한 꽃인데 여기선 흔한 꽃 중 하나다. 고도를 내리자 우박이 비로 바뀌었다. 야차굼바를 찾던 사람들도 서둘러 내려갔다. 그들이 우비까지 챙겨 입고 내려가는 것을 보니 금방 그칠 비는 아닌 듯했다.

넓은 초지가 나타나자 치마를 펼쳐놓은 것 같은 텐트가 옹기종기 모여 있었다. 이런 텐트촌이 곳곳에 있어서 마을처럼 보였다. 첫 번째 만난 천막에서 비를 피했다. 천막 주인은 이곳에서 야차굼바 허가증을 검사한다고 했다. 보통 맨 앞에 있는 천막이 그런 역할을 했다. 천막에 있던 군인이 나를 보고 중국인을 닮았다고 해서 기분이 상했다. 중국과 가까운 곳이라 그랬을 거다. 여기가 타주차우르(Thajuchaur 4,050m)인지 물었더니 모두 아니라고 했다. 사람들은 이곳을 탕자(Tangja)로 불렀

나는 계속 걷기로 했다

차르고 라 정상의 돌탑과 룽따, 타르초

싹을 틔우는 꽃

에델바이스

야차굼바 팀 텐트

탐자

다. 비가 그칠 동안 티베탄 브레드와 콩수프를 먹었다. 수프가 맛있어서 한 그릇 더 먹었다. 여러 날 걸으면서 현지 음식에 적응했더니 이제 웬만한 건 맛있게 먹었다.

이런 곳에 오면 제일 난감한 게 화장실이다. 아무리 둘러봐도 몸 하나 감출 곳이 없었다. 할 수 없이 한참을 걸어가다 작은 나무에 몸을 숨기고 일을 봤다. 사람이 지나가든 말든 어차피 똑같은 처지라 개의치 않았다. 화장실 다녀오는 길에 홍삼 식물 여러 개를 꺾었다. 현지인들은 이걸 싱아처럼 그대로 먹기도 했다.

겔루가 중국산 양주 한 잔을 가져왔다. 내가 술을 사겠다고 했더니 이번엔 자기들이 계산하겠단다. 이렇게 얻어 마실 때도 있으니 좋다. 양주 안주는 홍삼 식물로 만든 어짜르다. 비가 주룩주룩 쏟아지는 날 텐트 안에서 독한 술을 마시니 끝내줬다.

홍삼 식물(위)로 만든 어짜르와 중국산 양주

나는 계속 걷기로 했다

실렌차우라 말라(Shilenchaura Mala)에서 점심을 먹었다. 오랜만에 주문한 고기 달밧은 살점 없이 뼈만 앙상해서 간에 기별도 안 갔다. 하류로 갈수록 강이 넓어지면서 쓸 만한 야영지가 자주 나왔다. 우리는 현지인들이 알려준 대로 길랑 콜라(Gilang Khola)를 지나 라테가라(Lategara)에서 머물기로 했다. 이곳 로지는 숙식이 가능했지만 방이 어둡고 더러웠다. 부엌엔 세상의 모든 파리가 모여 있었다. 사람이 움직일 때마다 파리 떼가 붕 떴다가 가라앉았다. 다와는 40분이나 늦게 왔다. 현지인에게 야생꿀을 사고 야차굼바 할아버지와 오느라 늦었다고 했다. 그 할아버지는 작년에 혼자 가다가 야차굼바 팔고 받은 돈을 몽땅 빼앗겼단다.

풀루(Pulu)는 그나마 큰 집이 여러 채 있는 마을이다. 체크 포스트도 있고 숙식 가능한 로지도 있다. 점심을 주문하고 바깥에 앉아 파리를 쫓고 있는데 할머니 한 분이 오더니 울면서 약을 달라고 했다. 손바닥을 보니 나무껍질처럼 죄다 갈라져서 피가 났다. 하지만 손바닥 전체를 바르기엔 연고가 충분하지 않았다. 할머니는 겔루에게도 부탁했지만 그는 오면서 다 나눠줬기 때문에 약이 없었다. 마음은 안타깝지만 어쩔 수 없었다. 그런데 그렇게 울던 할머니가 마을 사람들과 얘기할 땐 활짝 웃는 표정으로 바뀌었다. 순간 뭔가 싶어 의아했다.

저녁 5시가 되어 차일라(Chhaila 2,010m)에 도착했다. 마땅히 야영할 곳이 없어서 우린 로지 중 하나에 들어갔다. 방 여기저기 쥐가 물어뜯은 흔적이 보였다. 사우니가 침대 시트와 이불을 바꿔줬지만 밤에 쥐가 돌아다니는 바람에 공포에 떨어야 했다.

아침 6시 반까지 짐을 꾸려놓으라고 했는데 다와가 보이지 않았다. 아침도 먹으러 나오지 않았다. 다와는 요새 매일 늦게 출발하고 늦게 도착해서 슬슬 눈 밖에 나고 있었다.

마을을 지날 때마다 만나는 엄청난 파리 떼는 그야말로 경악스러웠다. 여름은 더운 것보다 파리가 더 문제였다. 어디를 가나 파리가 극성이라 정신을 못 차리게 했다. 파리 떼 사이에 앉아 있으면 우울함이 한꺼번에 몰려왔다. 앉는 곳마다 파리 똥이 찍히는 건 덤이었다.

"겔루, 어제 늦게 잤어요?"

"낭깅과 다와가 술을 많이 마셔서 방에 데려다주느라 늦었어요."

"늦게까지 술 마셔서 다음 날 걷는 데 문제되지 않게 하세요."

겔루는 영리한 친구라 말귀를 잘 알아들었다.

"다와는 왜 자꾸 늦는 거예요? 요새 계속 늦네요."

"다와가 오다가 혼자 창을 마시는 거 같아요."

겔루는 조심스럽게 말을 꺼냈다. 사실 어젯밤 낭깅과 다와가 싸웠다고. 그 때문에 아침 분위기가 좋지 않았던 거란다. 전부터 둘 사이에 갈등이 있었단다. 싸움의 원인은 다와였다. 낭깅은 일찍 도착해서 텐트 치고 음식 준비하는데 다와는 늦게 도착해서 아무것도 하지 않았다. 낭깅 혼자 음식부터 설거지까지 다 했던 거다.

현지인은 감가디까지 3시간이라고 했지만 우리에게는 어림도 없는 소리였다. 부지런히 걸으면 4시간, 여유 있게 걸으면 5시간이다. 본격적으로 감가디로 올라가기 전에 스텝들을 40분이나 기다렸다. 더워서 더 기다리지 못하고 올라가는데 낭깅이 보였다. 술을 많이 마셨으니 힘들었을 거다. 그래도 그는 늦지 않으려고 애쓰는 게 보였다. 다와는 끝내 보이지 않았다. 현지인들에게 물어봐도 감감무소식이다. 어디서 뭘 하고 있는 건지 걱정됐다.

돌포의 중심지가 두나이라면 무구에서는 감가디(Gamgadhi 2,095m)가 그 역할을 한다. 이곳은 비행기가 다니고 라라 국립공원이 가까웠다. 우리가 점심을 다 먹

감가디

고도 다와는 오지 않았다. 몇 차례 굵은 소나기가 쏟아졌다. 그사이 낭깅이 두 번이나 내려갔지만 다와를 봤다는 사람은 없었다. 그러다 세 번째 내려갔을 때 다와가 보였다. 무려 4시간 반이나 늦었다. 낭깅 입장에서는 다와를 찾으러 가는 것도, 짐을 받아오는 일도 내키지 않았겠지만 그는 묵묵히 했다.

다와는 오자마자 겔루에게 화를 내며 짐을 바닥에 내팽개쳤다. 머리에 쓰고 있던 수건도 집어던졌다. 배도 고프고, 짐도 무겁고, 쉬지도 않고 간다면서 투덜댔다. 화를 내야 할 사람은 우린데 늦게 와서 더 큰소리다. 그는 내 눈치를 힐끔힐끔 보며 말을 더듬었다. 누가 봐도 거짓말을 하고 있다는 게 보였다. 기가 막혀서 쳐다보기만 했다. 그리고 바로 겔루에게 새로운 포터 2명을 알아보라고 했다. 여행사 매니저에게 전화해서 사정을 얘기했다. 그는 다와가 그럴 사람이 아니라면서도 미안하다며 카트만두로 보내라고 했다. 혼자 밥을 먹고 왔어도 2시간이면 충분했을 텐데 도대체 뭘 하다 늦었을까. 다와는 이야기하지 않았지만 내 추측은 이랬다. 어젯밤 늦게까지 술 마셔서 피곤한 데다가 중간에 창을 마시고 잠든 게 아닐까.

원래 계획은 여기서 점심을 먹은 후 지프를 타고 라라 호수에 가는 거였다. 거기서 하루 쉬고 다시 진행할 생각이었는데 저 녀석이 늦어주는 바람에 다음 날로 미뤄졌다. 호텔로 이동하는 동안 비가 주룩주룩 내렸다. 호텔 방은 아래층에서 올라온 담배연기로 역한 냄새가 났다. 창밖에선 수시로 가래침 뱉는 소리가 들렸고 앞방에선 TV 소리가 시끄러웠다. 천장에선 쥐들이 우당탕탕 소란을 피웠다.

다와는 혼자 돌아가는 게 겁났는지 겔루를 통해 계속 가고 싶다는 의사를 전했다. 여기서 카트만두까지 가려면 버스를 4일이나 타야 했다. 나는 대답하지 않고 일단 포터 2명을 알아보라고 했다. 야차굼바 시즌이 끝나고 있었기 때문에 사람 구하는 것은 어렵지 않았다.

아침에 스텝들 방으로 찾아갔다. 그리고 겔루에게 내가 하는 얘기를 하나도 빠트리지 말고 그대로 전하라고 했다.

"일단 다와는 사과해. 어제 도착하자마자 짐 던지고 화낸 것, 어디 손님 앞에서 짐을 집어던져."

"디디 쏘리, 쏘리."

다와는 허리를 숙이며 몇 번이나 사과했다.

"우리는 너를 4시간 30분이나 기다렸어. 어제 뭐 했어? 창 마셨지?"

다와는 오다가 쉬느라 그랬다며 자세한 이야기는 하지 않았다. 나도 더 캐묻지 않았다.

"너 술 마시고 늦게 온 게 벌써 세 번째야. 주팔, 라테가라, 감가디. 그중 두 번은 낭깅이 찾으러 갔어. 포터를 덜 쓴 만큼 나중에 팁으로 챙겨줄 생각이야. 하지만 한 번만 더 술 마시고 늦으면 한 푼도 없어. 네가 먹고 잔 것, 모두 여행사에 얘기해서 인건비에서 뺴고 줄 거야. 그리고 다시는 한국인들과 일하지 못하게 사장님께 얘기할 거야."

나는 계속 걷기로 했다

통역하는 겔루가 난감해했지만 나는 할 말을 계속 이었다.

"앞으로 겔루와 낭깅 말 잘 들어. 낭깅은 너보다 짐도 무거우면서 요리까지 하고 있어. 물 떠오고 설거지하는 건 네가 해. 가이드에게 다시 한 번 너에 대해 안 좋은 말이 들리면 아무것도 없을 거야."

다와는 이제 늦지 않고 가이드와 낭깅 말을 잘 듣기로 했다. 아마 본인도 4시간 반이나 늦은 것에 대해 당황했을 거다. 작정하고 일부러 늦지는 않았을 거라 용서해 주기로 했다.

라라 호수

지프는 라라까지 무려 7,000루피다. 다른 곳에 비해 기름 값이 비싸다고 했다. 고민됐지만 쉬러 가는 거라 큰돈을 쓰기로 했다. 걸어서 가려면 또 하루가 걸릴 텐데 우리에겐 휴식이 필요했다. 1시간 20분 만에 라라 호수에 도착했다. 오는 길에 마을 사람들까지 죄다 태워 왔다. 안 그러면 기사가 욕을 먹는단다. 내가 비싸게 빌린 차를 그들이 무임승차하는 셈이지만 어쩔 수 없었다. 이곳은 우리의 일반적인 상식이 통하지 않아서 그러려니 해야 했다.

차를 타고 오면 걷지 않을 줄 알았더니 입구부터 호수까지 걸어야 했다. 빽빽한 침엽수림을 지나자 넓은 초지와 호수가 나타났다. 네팔에서 제일 큰 라라 호수는 지금까지 보던 네팔 호수와는 달랐다. 호수는 잔잔했고 주변은 울창한 숲으로 둘러싸였다. 초지마다 노랗고 하얀 야생화가 잔뜩 피어서 유럽 어디쯤 있는 듯했다. 호텔은 건너편에 있었고 거기까지는 호수 반 바퀴를 걸어야 했다. 보트가 있었지만 외국인은 안 된다. 이유도 없다. 몰래 태워달라고 했더니 도착점에서 군인이 지키고 있단다. 오로지 네팔리만 된다는 말에 포터들과 짐만 실어 보냈다.

비록 보트는 못 탔지만 숲길이 마음에 들었다. 흐린 날인데도 물이 얼마나 맑은지 물고기가 다 보였다. 이곳에서 낚시는 불법이다. 군인들이 수시로 확인해서 불법으로 설치된 그물을 회수한다. 넉넉한 초지와 꽃밭, 아무도 건드리지 않는 맑은 물. 아름다운 곳이다.

한가롭게 풀을 뜯는 말들

라라 호수 보트 타는 곳

아름다운 숲과 라라 호수

라라 호수 마을

첫 번째 호텔은 네팔 사람이 너무 많아서 두 번째 호텔로 갔다. 라라 호수는 성호이자 네팔 사람들이 즐겨 찾는 곳이다. 이곳 국립공원 입장료는 외국인 3,390루피(약 35,000원) 정도, 네팔 사람은 20루피(약 200원)다. 외국인에게 그렇게 많은 돈을 받지만 혜택은 없다. 호텔은 외국인과 네팔리 상관없이 모든 게 비쌌다. 스텝들에게도 방을 구해주고 싶었지만 부담스러웠다. 겔루가 눈치채고 자신들은 텐트에서 자겠다고 했다. 텐트 역시 호텔에서 설치한 곳만 가능했다. 국립공원에서 정해준 개수를 초과하지 못하기 때문에 개인 텐트는 안 된다.

점심을 먹으면서 모두에게 맥주를 사줬다. 혼자서 스텝 세 명을 먹여주고 재워주는 건 꽤 부담스러운 일이었지만 그걸 감당할 만큼 이 트레킹이 좋기도 했다.

포터들에게 장비를 모두 꺼내라고 했다. 일일이 확인해서 앞으로 필요하지 않은 건 모두 버렸다. 무거운 버너와 석유도 뺐다. 필요할 땐 불을 피워 밥을 하면 된다. 다섯 번 정도 먹을 짬빠와 한 번 먹을 쌀은 모두 챙겼다. 양념도 점검해서 일부는 버렸다. 필요한 건 만나는 마을에서 해결할 수 있을 거다. 정리하고 났더니 짐이 크게 줄었다. 겔루도 이제 더 이상 짐을 질 필요가 없게 됐다. 내 카고백은 낭깅에게 맡겼다. 그가 좀 더 책임감 있게 일했다. 다와에게는 주방 장비나 먹을 것, 텐트 등을 지고 가게 했다.

이동하고 정비하느라 쉰 것 같지 않았지만 내일은 출발하기로 했다. 이제 돌포, 무구 지역이 끝나고 훔라 지역이 시작된다. 네팔 히말라야 횡단 마지막 구간이다.

12장

훔라 지역
Humla Area

네팔 서부 끝에 위치한 훔라 지역은 중국과 국경을 맞대고 있다. 이곳은 힌두교과 불교의 성지인 카일라스가 가까워 수시로 많은 순례자들이 찾아온다. 보통 시미콧(Simikot)에서 헬기를 타고 힐사(Hilsa)까지 가서 국경을 넘는다. 대부분은 인도 단체 팀이다. 힐사는 동쪽에서 시작한 네팔 GHT 하이루트의 마지막 지점이기도 하다.

훔라의 대표적인 트레킹 코스는 리미 밸리(Limi Valley)다. 이곳에서는 성산 카일라스(Kailash)와 성호 마나사로바(Manasarova)를 볼 수 있어 '명상 트레킹'으로도 불린다. 리미 밸리의 장(Jang), 할지(Halji) 같은 마을은 티베트 문화를 그대로 유지하고 있다. 이들은 티베트어를 주로 쓰며 문화에 대한 자부심이 강하다. 청보리를 볼 수 있는 8월에 가장 많은 트레커가 몰리지만 9월과 10월도 좋다.

· 진행 경로 ·
· 감가디 - 조기마라 - 시미콧 - 탈룽 초 - 할지 - 힐사 - 시미콧

241.7킬로미터 368,662걸음

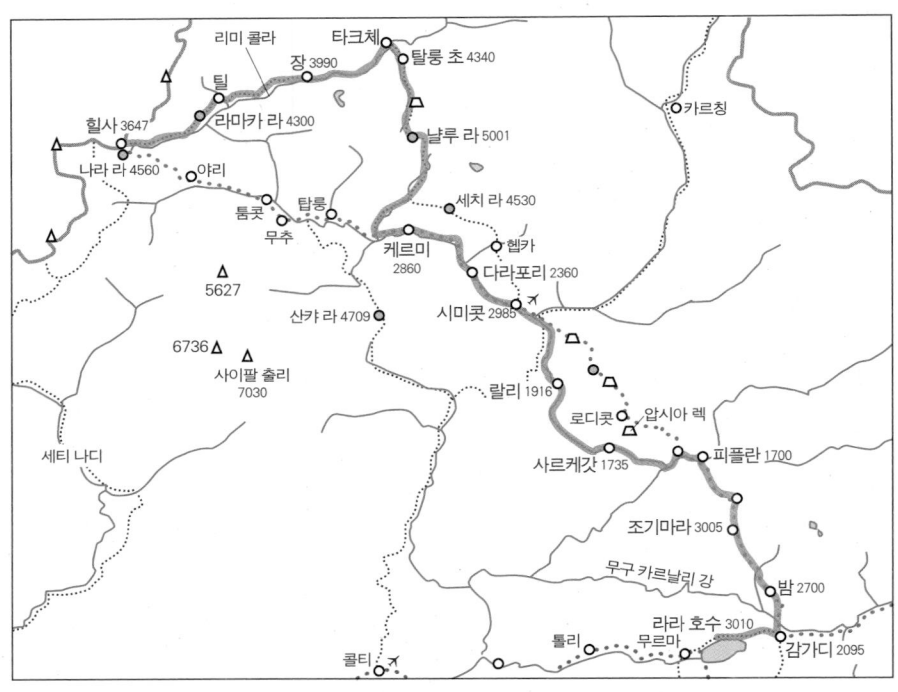

리미 콜라
타크체
장 3990
탈룽 초 4340
틸
라마카 라 4300
힐사 3647
날루 라 5001
나라 라 4560
야리
툼콧
탑룽
세치 라 4530
무추
케르미 2860
헴카
5627
다라포리 2360
산캬 라 4709
시미콧 2985
6736
사이팔 출리 7030
랄리 1916
압시아 렉
세티 나디
로디콧
사르케갓 1735
피플란 1700
조기마라 3005
밤 2700
무구 카르날리 강
라라 호수 3010
무르마
콜티
톨리
감가디 2095
카르칭

감가디에서 시미콧 가는 길은 사람보다 당나귀가 더 많이 다니는 곳이다. 네팔간지에서 감가디까지 이틀 동안 트럭으로 물건을 싣고 오면, 거기서부터 다시 시미콧까지 5일 동안 당나귀로 나른다.

둠콧(Dumkot 2,315m)은 집 한 채가 전부였다. 할아버지가 내준 찻잔에는 파리똥이 군데군데 묻어 있었다. 낮 동안 땀을 많이 흘려서 목을 축이고 싶었지만 저녁에나 물이 나온단다. 할아버지는 정체를 알 수 없는 물통을 가져다가 내 물통에 따라줬다. 이것저것 가릴 처지가 아니라서 그 물을 벌컥벌컥 마셨다.

텐트를 닫아놓으면 너무 더웠고 열어놓으면 파리가 들끓었다. 일하고 돌아가는 사람들이 대놓고 텐트를 들여다보는 바람에 당황스러웠다. 텐트를 닫았는데도 그 안을 비집고 들여다봤다. 내가 얼굴을 찡그리자 그제야 미안하다고 했다. 밤에는 두 차례 큰 비가 내렸다. 빗줄기가 강해서 바닥에서 튀긴 물이 텐트 안쪽까지 적셨다.

밤(Bam 2,700m) 마을은 좁은 골목이 가축의 똥과 진흙으로 범벅되어 발 디딜 곳이 없었다. 한마디로 똥진탕 길이다. 벽 가장자리를 따라 간신히 걸었다. 마을 사람들은 이런 곳을 슬리퍼나 맨발로 다녔다. 마을 공동 식수장에는 물을 받으러 온 사람들로 북적였다.

당나귀가 많이 다니는 길

밤의 똥진탕 길(위). 엄청난 파리

주변에 널린 쓰레기에 눈이 찌푸려졌다. 음식 찌꺼기에는 파리가 끓었다.

가차우르(Ghachaur 2,650m)는 마을 사람들이 길 공사에 동원되어 텅텅 비었다. 그중 한 곳에서 음식이 된다는 얘기를 듣고 찾아갔다가 기겁했다. 마당 한 귀퉁이에 있는 설거지 그릇에 파리를 뿌려놓은 듯했다. 빽빽하게 붙어 있는 파리를 보니 여기서 뭔가를 먹는 건 옳지 않아 보였다. 배가 고팠지만 겔루에게 그냥 가자고 했다.

찬켈리 라그나(Chankheli Lagna 3,594m)는 쾌적하고 물도 잘 나왔다. 여기서 점심을 먹고 조기마라(Jogimara 3,005m)까지 갈 생각이었지만 2시간 걸린다는 말에 가지 않았다. 우린 로지에서 떨어진 텔레토비 동산 같은 곳에 텐트를 쳤다. 스텝들이 점심으로 삶은 감자와 럭시를 가져왔다. 이곳 체트리족은 럭시만 마신다고 했다. 오랜만에 다같이 풀밭에 앉아서 먹으니까 소풍 나온 것처럼 유쾌했다. 감자를 찍어 먹는 어짜르도 맛있고, 네팔 생라면도 좋았다. 저녁에는 어짜르와 함께 나온 달밧을 먹었다. 이런 식으로 야영을 하면서 밥만 사 먹어도 부담이 덜했다.

로지 주인은 자기 땅도 아니면서 야영비를 받았다. 자기네가 여기까지 물을 끌어오기 힘들었다면서. 게다가 우리를 붙잡아 두려고 1시간 걸리는 조기마라를 2시간이라고 거짓말까지 했다.

나는 계속 걷기로 했다

차우탈라(Chauthala 2,486m)는 마부들이 점심 먹는 장소다. 우리도 그들을 따라서 이곳에 멈췄다. 밥을 하는 시간이 너무 오래 걸려서 라면에 콜라를 먹기로 했다. 그런데 사진 찍다가 라면을 쏟고 말았다. 쏟아진 국물에 파리 떼가 새카맣게 앉았다. 낭깅이 재빨리 다시 라면을 가져왔다. 고맙게도 사우니는 추가 금액을 받지 않았다.

마부는 우리에게 데울리(Dewuli 2,300m)에 가면 가장 좋은 호텔이 있을 거라고 했다. 겔루가 "람므러 처?" 하고 물었더니 마부는 아주 자신 있게 "데레이 람므러 처"로 대답했다. 이런 동네에 그렇게 좋은 호텔이 있단 말인가 싶어 은근 기대가 됐다. 우리와 같이 출발한 당나귀들은 오늘 살리살라(Salisalla 1,575m)까지 간다고 했다.

추천받은 히말라야 호텔은 간판도 없이 가게와 몇 개의 방을 겸하는 곳이었다. 현지인 기준으로 보자면 좋은 곳이긴 했다. 가게에는 없는 게 없었고 파리의 접근을 막은 부엌은 청결했다. 사우지가 5시 이후 깨끗한 방을 내주겠다고 해서 기다리기로 했다. 옷도 갈아입지 못하고 밖에 앉아 있는데 가게 안에 맥주가 보였다. 더위에 지친 스텝들도 지루하게 앉아 있어서 맥주와 안주를 주문했다. 달밧을 흉내낸 과자는 매콤하면서도 맛이 좋았다. 한국은 이 계절이면 치맥을 즐길 때인데…… 치맥도 먹고 싶고 매운 낙지볶음도 생각났다. 걸으면서 딱히 생각나는 한국 음식이 없었는

스텝들과 맥주를 마시며(위). 현지인이 내준 방

물 사정이 좋지 않은 산간 마을

데 이제는 김치찌개도 먹고 싶어졌다.

오후 5시가 넘어 내준다는 방은 카드놀이 하는 방이었다. 사우지는 이곳을 말
끔하게 청소하고 바닥에는 깨끗한 이불을 깔아줬다. 빛이 잘 들어와서 방이 환했고
나름 쾌적해서 마음에 들었다. 물론 나는 내 매트리스와 침낭을 사용했지만 말이다.
방에 파리가 많아서 1시간 동안 잡았지만 결국 포기했다. 다 잡았다고 생각했는데
도 어느새 20~30마리가 들어와서 여기저기 붙었다. 워낙 틈 많은 방이라 막을 방법
이 없었다.

"디디, 샤우."

방에서 지도를 보고 있는데 바깥에서 아이들이 불러댔다. 하지만 '샤우'가 무슨
뜻인지 몰라서 가만히 있었다. 그러자 아이들이 벽 틈으로 덜 익은 사과를 쑥 밀었
다. 아까 한 아이에게 사과를 받으면서 사탕을 줬더니 그런 뜻인가 싶어 다시 내보
냈다. 아이들은 벽 주변을 돌며 계속 안을 들여다봤다. 그리고 "디디 샤우"라는 말을

나는 계속 걷기로 했다

반복했다. '샤우'는 사과라는 뜻이었다. 잠시 후 사과는 다시 방으로 굴러 떨어졌다. 나는 아이들이 대가를 바란다고 생각했는데 아니었나 보다. 현지인들이 외국인만 보면 돈으로 생각해서 나도 모르게 경계심이 생겼다. 아이들이 순수한 마음으로 사과를 주려고 했던 건지도 모르는데 괜히 미안했다. 저녁에는 양철지붕이 부서질 정도로 비가 쏟아졌다. 이제 매일 비가 내렸다.

다와는 그제 딸기를 사주더니 이번엔 사과 하나를 내밀었다. 감가디에서 있었던 일이 미안했던 모양이다. 아침은 따뜻한 물에 짬빠가루와 설탕을 타서 미숫가루처럼 마셨다. 며칠 전부터 설사를 시작해서 뭘 먹기가 조심스러웠다.

아랫마을은 더 크고 풍요로운 마을처럼 보였다. 산을 깎아 만든 논밭을 보니 감탄이 나왔다. 삶을 일구기 위해 하나씩 만들기 시작한 논과 밭은 어느새 예술작품이 되었다. 그 덕에 이들은 넓은 경작지를 얻었지만 대신 물을 잃었다. 서쪽은 다른 곳에 비해 물 사정이 더 좋지 않았다. 큰 마을도 물을 얻을 수 있는 곳이 얼마 되지 않았다. 우리는 데울리에서 구하지 못한 물을 다르마에서 구했다.

나무 그늘에서 아낙네들이 점심을 준비하는 동안 한쪽에선 모내기를 했다. 네팔 여자들은 다리를 드러내는 일이 없었는데 모내기를 할 때도 마찬가지였다. 덕분

모내기하는 사람들

에 긴 치마가 진흙을 쓸고 다녔다.

"파니 처?"(물 있어요?)

아주머니가 내준 큰 주전자를 들여다보니 물색이 강물과 같았다. 현지인들은 탁한 회색 강물을 그대로 마셨다. 이 물을 그대로 마셨다간 탈이 날 게 분명했다. 스텝들은 어떤 물도 가리지 않고 잘 마셨다. 겔루는 보기보다 물맛이 괜찮다고 했지만 차마 마실 수 없었다. 큰 강을 따라 걷고 있었지만 마실 물을 구하기가 어려웠다.

현지인이 2시간이면 된다는 곳을 우린 4시간이나 걸렸다. 너무 더워서 40분 걷고 20분 쉬면서 걸었다. 사르케갓(Sarkeghat 1,735m)은 비교적 큰 마을이다. 숙식이 된다는 곳에 찾아갔더니 굴 같은 방을 내줬다. 창문이 없어 방문을 닫으면 아무것도 보이지 않았다. 방문을 열어놓으면 금방 파리 소굴이 되었다. 빨래할 곳이 없어서 망설이고 있었는데 겔루와 다와가 강에서 빨래하는 게 보였다. 이곳 사람들은 회색 강물을 떠다 음식을 하고 차를 끓였다. 나도 그들처럼 강에서 머리 감고 빨래를 했다. 물은 탁해도 시원해서 나름 개운했다. 여기 사람들은 평생 이 물에서 씻고 빨래를 할 텐데 나는 단 하루뿐이니 못할 것도 없다.

끝날 때가 가까워질수록 남은 돈을 자주 확인했다. 무거웠던 돈뭉치도 이제 얼마 남지 않았다. 그동안 쓴 돈이면 유럽 호화 여행을 해도 남았을 거다. 고생해서 돈을 모았더니 그 돈을 쓰는 것조차 고생스럽게 하고 있다. 전에 백두대간을 혼자 걸으면서 그 길을 다 걷고 나면 뭔가 대단한 변화가 있을 줄 알았다. 하지만 그런 일은 없었다. 길을 걷는 건 자기만족이다. 길을 걷는다고 해서 인생이 크게 달라지는 건 아니다. 하지만 걷고 경험하다 보면 내 안의 나를 더 잘 볼 수 있게 된다.

나는 계속 걷기로 했다

시미콧 가는 길

굴 같은 방에서 아침이 오는지도 몰랐다. 시계를 보니 일어날 시간이 다 됐다. 답답하고 탁한 공기에 방문을 열었다. 금세 날이 더워져서 짐을 꾸리는 동안에도 땀이 났다. 아침밥은 짬빠, 입맛이 없어 이번에도 미숫가루처럼 물에 타서 마셨다.

립(Rip)에서 점심으로 고기 달밧을 주문했다. 앉았다 일어나면 별이 보이는 증상이 잦아져서 뭐라도 잘 먹어야 했다. 겔루는 어디선가 요구르트를 얻어왔다. 스텝들은 그것을 밥에 비벼 먹었다.

점심 먹고 출발한 시간은 가장 뜨거울 때였다. 사람을 지치게 하는 건 높은 곳에서 맞이하는 추위보다 이런 더위였다. 모자 위로 쏟아지는 땡볕에 숨이 턱턱 막혔다. 가도 가도 끝이 없는 길이다. 뭐든 바짝 말려버릴 것 같은 날이다. 이런 길은 나보다 포터들이 더 힘들어했다. 22km나 걸어서 랄리(Lali 1,916m)에 도착했다. 이곳은 사람이 많이 다니는 곳이 아니라서 가게에 파는 게 거의 없었다. 기본적으로 블랙티와 달밧, 차파티 정도였다. 창을 팔기는 했지만 작은 병에 200루피나 했다. 네팔 서쪽으로 들어갈수록 물가도 덩달아 비싸졌다. 워낙 척박한 곳이기도 했다.

옥상에 텐트를 쳤다. 저녁은 제법 푸짐했지만 한 달째 같은 음식을 먹고 있어서 질렸다. 문득 폭순도 호수에 놓고 온 고추장과 된장이 생각났다. 놓고 올 때는 아무리 생각해도 쓸 데가 없더니 이제 와서 생각하니 그만한 것도 없었다. 고추장은 밥에 비벼 먹어도 되고 된장은 얼마든지 국으로 먹을 수 있었는데. 저녁 먹고 이번에도 네팔 생라면에 창을 마셨다. 텐트로 들어오는 바람이 시원해서 한 잔 마셔주고 싶었다. 겔루에게 몇 병 더 주문해서 스텝들끼리 나눠 마시라고 했다. 아무리 힘들어도 그들

옥상에 친 텐트

이 술을 마다하지 않는다는 것을 알고 있기에 매일 어느 정도씩 술을 사줬다.

새벽에 큰 비가 쏟아지더니 아침까지 부슬부슬 내렸다. 컨디션도 좋지 않았다. 생리통에 정신이 몽롱했고 덥고 습해서 땀이 줄줄 흘렀다. 양추(Yangchu)에는 곧 쓰러질 것 같은 할아버지와 귀가 안 들리는 할머니만 계셨다. 할아버지는 여기서 30분만 더 가면 밥 먹을 곳이 있다고 했다. 하지만 1시간 넘게 걸어도 밥 먹을 곳은 없었다. 결국 카르푸나트(Kharpunath 2,100m)까지 가서야 먹을 수 있었다. 입맛이 없어 삶은 달걀만 먹었다. 더 이상 달밧을 먹고 싶지 않았다.

겔루가 부르는 소리에 뒤돌아보니 무지개가 떴다. 네팔에서 몇 번 무지개를 봤지만 이렇게 크고 선명한 무지개는 처음이다. 무지개는 하나도 아니고 둘이나 됐다.

시미콧은 홈라 지역에서 가장 큰 마을로 산꼭대기에 있었다. 외국인이 많이 찾는 곳이라 상점도 크고 도로도 넓었다. 이곳의 외국인 전용 호텔은 하룻밤에 2,500루피나 했다. 담합이라도 했는지 호텔마다 가격이 같았다. 카트만두에서도 이 정도

나는 계속 걷기로 했다

쌍무지개

가격이면 제법 좋은 호텔인데 아무리 물가가 비싼 곳이래도 너무했다.

낭깅이 저녁으로 수제비를 만들어줬다. 오랜만에 한국의 맛을 느끼는 거라 눈물 날 정도로 맛있었다. 이곳 맥주는 한 병에 800루피, 우리 돈으로 9,000원이나 했다. 네팔 동쪽부터 서쪽까지 다니는 동안 가장 비쌌다. 시미콧에 물건이 들어오려면 비행기로 오거나, 트럭으로 2일 와서 당나귀로 5일 오거나, 국경에서 헬기로 와야 했으니 그럴 만도 했다. 맥주가 비싸긴 했지만 여기까지 왔다는 안도감에 스텝들에게 한 병씩 사줬다.

곰곰이 생각해보다가 리미 밸리 트레킹도 하기로 했다. 왠지 거기에 가지 않으면 후회할 것 같았다. 괜찮은 곳일 것 같은 예감이 들었다. 인적 없는 곳을 지나며 야영으로 가는 것도 마음에 들었다. 겔루가 알아본 리미 밸리 트레킹은 7일 정도 걸린다고 했다. 그중 마을이 없는 곳은 3일뿐이다. 나는 겔루에게 시미콧에 놓고 갈 짐을 정리하라고 했다. 덕분에 상당한 양의 짐을 줄일 수 있었다.

우리는 매일 20km 이상씩 걷고 있었다. 현지인들이 추천해주는 일정을 따라가다 보니 그리 됐다. 다라포리(Dharapori)에서 점심을 기다리는 동안 파리가 내 베이지색 모자에 똥을 잔뜩 싸 놨다. 나는 아직 파리를 사랑할 준비가 안 됐기 때문에 그놈들이 미웠다.

낭킹과 다와가 좀 늦는다 싶더니 살구를 잔뜩 따왔다. 아주머니가 많이 먹으면 배 아프다고 해서 조금만 먹었다. 걸으면서 이런 재미라도 있으니 좋다. 케르미(Kermi 2,860m)에는 로지도 있고 적당한 야영지도 있었다. 방과 야영지 가격이 같아서 스텝들만 방에 재우고 나는 홀로 야영하기로 했다. 벌레에게 물린 뒤 이제는 방에서 자고 싶지 않았다.

누군가 부르는 소리에 내다보니 주인집 딸이 자기 코 아래를 가리켰다. 딱 보니 물집이다. 이제 막 커지려고 하고 있어서 아시클로버를 조금만 발라도 나을 듯했다. 약 상자를 뒤지니 아시클로버가 2개나 됐다. 그중 작은 걸 뜯어서 휴지로 심지를 만들어 연고를 발라줬다. 그리고 겔루를 불러 몇 가지 설명했다.

낭킹과 다와가 따온 살구

"이 물집은 피곤하고 면역력이 떨어지면 생기는 거라 잘 먹고 잘 쉬어야 해요. 코에 생긴 게 나

중에 입술에도 생길 수 있으니 이 약을 가지고 있다가 바르세요."

"셰셰."

딸이 돌아가자 이번엔 주인 집 내외가 찾아와서 손바닥을 보여줬다. 밥을 먹다 말고 그들 손에 난 상처를 물티슈로 닦은 후 연고를 바르고 밴드로 마무리했다. 양치질을 하면서 곰곰이 생각해보니 '셰셰'는 중국말로 감사하다는 뜻이었다. 주방으로 찾아가 겔루에게 내가 중국인이 아닌 한국이라는 걸 꼭 전해달라고 했다. 중국과 가까운 곳이라 중국인으로 오해받는 경우가 종종 있었다.

염소와 양 떼(위). 새끼를 업고 가는 염소

아침에 계산하면서 기분이 상했다. 음식이나 야영지가 비싼 건 그렇다 치더라도 화장실 사용료를 받아서 놀랐다. 지금까지 다니면서 화장실 사용료까지 받은 곳은 없었다. 약을 발라주고 챙겨주기까지 했는데 그들에게는 전혀 상관없는 모양이다.

케르미를 출발하면서 어마어마한 염소와 양 떼를 만났다. 목동은 3개월 동안 이곳을 다니며 가축을 방목한다고 했다. 염소와 양은 경로를 이탈해서 풀을 뜯었고 말을 참 안 들었다. 목동이 돌을 던지거나 소리를 쳐야 듣는 척했고 이 과정은 끊임없이 반복됐다. 덩치 큰 녀석들은 소금 주머니를 지고 다녔다. 그중 한 마리는 금방 태어난 것 같은 염소 새끼 두 마리를 지고 갔다.

리미 밸리 트랙은 총 6개 계곡을 지난다. 그중 리미 밸리(Limi Valley)는 이 트랙이 거의 다 끝날 즈음에야 만난다. 레미(Lemi)는 두 강 사이 땅에 사는 사람들을 뜻한다. 후에 레미가 잘못 발음되어 '리미'로 쓰이게 됐고 지금의 리미 밸리가 됐다.

살리 콜라 입구에서 2시간 들어가자 라마싱 카르카(Lamasing Kharka 3,355m)가 나왔다. 이곳 사람들은 6~8월까지 이곳에서 소를 키운다고 했다. 바깥이 너무 뜨거워서 이들의 천막으로 들어갔다. 천막은 돌담 위에 지붕만 씌우는 식이었고, 안은 서너 명이 잘 수 있는 공간에 불을 피울 수 있게 되어 있었다. 점심은 남은 짬빠에 이들에게 얻은 요구르트를 말아서 먹었다. 여기에 쌀을 말려서 눌린 찌우라(Chiura)를 섞었더니 식감이 괜찮았다. 설탕은 많이 넣을수록 맛이 좋았다. 짬빠를 비우자 그릇에 파리가 띠처럼 붙었다. 아주머니는 찌우라가 처음인지 궁금해했다. 짬빠가 티베트 음식이라면 찌우라는 네와르족 음식이라 모르는 듯했다.

이곳 할아버지는 우리에게 여러 말씀을 해주셨다. 내게는 여기 왜 왔는지, 자발적으로 왔는지, GHT 하면 돈이 얼마나 드는지, 나중에 홈라에 다시 올 건지 등을 물으셨다. 나는 자발적으로 여행을 하러 왔지만 GHT 하느라 돈을 많이 썼다고 했다. 그리고 홈라는 너무 비싸서 다시 오기 힘들 것 같다고 했다. 할아버지는 학교에서 배우는 것보다 여행에서 더 가치 있는 것들을 배운다고 했다. 혹시 아피 히말에 대해 잘 아시냐고 했더니 거기도 산이 멋진 곳이라고 했다. 할아버지 사진을 찍고 싶다고 했더니 멋지게 포즈를 취해주셨다.

수목한계선에 이르렀는지 울창한 숲은 사라지고 낮은 나무들만 보였다. 4,000m가 넘자 몸과 마음이 편해졌다. 고산족도 아니면서 낮은 곳보다 높은 곳이 좋았다. 이쯤 어디에 천막이 있다는 얘기를 들어서 좀 더 가보기로 했다. 겔루는 우리끼리 야영하는 것보다 현지인들 주변을 더 선호했다. 아마도 안전 때문인 것 같다.

산에서 내려오는 물이 맑아서 물통을 채웠다. 맑은 물을 구하기 힘들어서 기회가 있을 때마다 채우는 버릇이 생겼다. 총사(Chhongsa) 다리 주변으로 많은 천막이 보였다. 가축을 방목하는 사람들로 여름에만 이곳에 있다가 9월이 되면 집으로 돌아간다. 우리가 찾아간 천막은 이곳에서 가게 겸 식당을 겸하는 곳으로 마침 럭시를

총사

유쾌한 할아버지(위).
럭시 만드는 중

냘루 라를 내려가며

이사 가는 야크 행렬

만들고 있었다. 천막 옆에 텐트를 쳤다. 비가 온 뒤라 바닥이 축축했다. 저녁은 밥과 미소 된장국이 나왔다. 낭깅이 된장국에 미역을 풀어서 다시다로 간을 맞췄다. 남은 살구로는 상큼한 어짜르를 만들어줬다. 겔루는 어디선가 우유를 구해왔다. 금방 만든 따뜻한 럭시에 오랜만에 진수성찬이라 기분이 좋았다.

밤에 또 큰 비가 내렸다. 7월로 접어들었으니 비는 더 자주 내릴 거다. 어제 뭘 잘 못 먹었는지 밤새 배가 부글부글하더니 설사를 두 번이나 했다. 계속 가스가 차고 윗배가 싸르르 아팠다. 밥, 미소 된장국, 럭시는 전혀 문제 될 게 없었다. 그렇다면 데운 우유와 어짜르가 문제였을까, 아니면 어제 야영지 도착하기 전에 마신 물 때문일까.

비가 그치지 않아서 바로 출발하지 못했다. 기다리는 동안 겔루가 향나무로 연기를 피웠다. 이렇게 하면 신이 냄새를 맡고 날씨를 좋게 해주신다고 했다.

이사 가는 야크 떼가 긴 행렬을 이뤘다. 짙은 안개로 풍경은 하나도 보이지 않았다. 겔루가 내려오는 현지인에게 가야 할 길을 물었다. 다 알아들을 수는 없었지만 어디쯤에서 물을 건너기 힘들다고 하는 것 같았다. 곧 냘루 라(Nyalu La 5,001m)에 도착했다. 이곳까지 찻길이 뚫려 있어서 높다는 느낌이 덜했다. 그저 주변에 쌓여 있는 돌탑과 룽따를 보고 이곳이 고개구나 싶었다.

아래를 내려다보니 대단한 풍경이다. 이런 풍경을 보면 역시 자연은 위대하다는 생각이 든다. 우락부락한 산에서 시작한 물줄기가 부드러운 선으로 바뀌어 빗자루로 쓸어내린 것 같은 모습이다. GHT 루트에 연연해하지 않고 리미 밸리를 우선순위에 두길 잘했다.

이사하는 야크 무리에 섞여서 함께 걸었다. 이 녀석들도 길을 벗어나 풀을 뜯으러 내려가는 바람에 주인이 자주 돌을 던져야 했다. 야크는 풍성한 털 때문에 엉덩이를 살랑살랑 흔들면서 걷는 것처럼 보였다. 새끼는 행여 떨어지기라도 할까 봐 부지런히 어미를 따라갔다. 그중에는 어제 태어난 녀석도 있었다. 어미도 새끼도 대단한 행군을 하고 있는 중이다.

탈룽 초

타르채 콜라

5시간 동안 걸으면서 먹은 거라곤 아침에 먹은 중국 컵라면이 전부였다. 그런데도 멋진 풍경을 보면서 걷느라 배고픈지도 몰랐다. 신이 나니까 몸이 먼저 알아차렸다. 점심을 먹기 위해 탈룽(Talung 4,380m) 천막에 들렀다. 이곳에도 어김없이 송아지가 있었다. 어미와 일부러 떨어뜨려 놓은 건 젖을 못 먹게 하기 위해서다. 우리가 들어가자 사우니는 수유차부터 만들었다. 남은 짬빠에 요구르와 설탕을 타서 먹었다. 눌린 쌀 찌우라를 섞는 것도 잊지 않았다.

점심을 먹고 양지바른 곳에 앉아서 해바라기를 했다. 등산화와 양말을 널어놓고 이곳의 평화로움을 만끽했다. 누구나 쉬어가는 곳인지 다들 이곳에서 멈췄다. 덩치 큰 좁교(야크와 물소의 교배종) 등에는 하울의 움직이는 성처럼 많은 살림살이가 매달렸다. 녀석은 두 눈과 주둥이 부분만 까매서 카리스마가 넘쳤다. 고산에 사는 야크나 좁교를 가까이에서 보면 동물 이상의 신성함이 느껴진다.

아직 시간이 일러 좀 더 가보기로 했다. 리미 밸리 트레킹에 대한 정보가 많지 않아서 현지인들에게 물어 그날 야영지를 정했다. 주변에 초지가 많아서 이곳이 아니라도 야영할 곳은 충분했다.

4,000m가 넘는 곳이라 야크가 많았다. 덩치는 커도 표정이 순해서 코를 눌려가며 풀을 뜯는 모습이 귀여웠다. 야크가 풀을 뜯은 자리는 기계로 잘라놓은 것처럼 짧고 빳빳했다. 염소들은 풀을 뿌리째 뽑아먹어서 주변을 황폐하게 만들지만 야크는 다시 자랄 수 있을 정도만 뜯는다. 어느 지역에선 방목이 끝나면 야크 목에 빨대를 꽂고 피를 빨아 마시기도 한다. 높은 산에 다니며 좋은 약초를 많이 먹었을 야크 피가 그렇게 좋단다. 어디든 인간의 이기심은 어쩔 수 없는 모양이다.

날루 라를 넘으면서부터 우리

손가락처럼 펼쳐진 물을 건너며

는 물길을 따라왔다. 리미 밸리 트레킹은 물을 따라가는 여정이기도 했다. 물가에서 자라는 식물이 저녁 햇살에 반짝반짝 빛났다. 탈룽 초(Talung Tso 4,340m)는 크지 않았지만 느낌이 좋았다.

여기서 티베트 가는 찻길을 따라가면 성산 카일라스와 성호 마나사로바를 동시에 볼 수 있다. 불교와 힌두교에서 신성시 여기는 두 곳을 볼 수 있기 때문에 이곳을 '명상 트레킹'이라고 부르기도 한다. 미리 알았다면 시간을 더 내서라도 가봤을 텐데 이 사실을 다 내려가서 알았다.

겔루는 여기 어디쯤에서 물을 건너야 한다고 했다. 점심 먹을 때 사우니가 손가락 다섯 개를 다 펴고 이런 물길을 건넌다고 설명해주는 걸 보았다. 정말 손가락을 펼쳐놓은 것처럼 물줄기가 많았다. 정해진 길이 없어서 다와가 먼저 방향을 잡고 건넜다. 물은 차가웠고 발아래 돌이 뾰족해서 발바닥이 아팠다. 이런 물을 건너기를 몇 차례, 하루 종일 걸은 것보다 여기서 잠깐 걸은 게 더 힘들었다. 얕아 보여도 물살이 세서 건너는 게 쉽지 않았다. 넘어지지 않기 위해 물을 노려보면서 걸었더니 눈이 빙빙 돌았다. 멀미가 나서 몸의 중심이 흔들렸다. 먼저 건넌 다와가 먼 곳을 보라고 했다. 흐르는 물을 바라보는 것만으로도 어지럽다는 것을 처음 알았다. 물은 갈수록 더욱 깊어졌다. 덩치 좋은 낭깅이 먼저 건너가서 짐을 내려놓고 다시 왔다. 낭깅은 내 손에 깍지를 끼고 팔짱까지 끼더니 옆에 있는 겔루의 팔짱도 꼈다. 겔루와 다와는 짐을 묶었던 밧줄로 서로를 연결했다. 우린 이런 물길을 5~6차례 건넜다.

리미 밸리 트랙은 돌포나 무구와 다른 묘한 구석이 있었다. 웅장함은 크지 않았지만 진정한 오지라는 느낌이 더 강했다. 굽이쳐 흐르던 물길은 어느새 잔잔해져서 조용히 리미 밸리 쪽으로 흘러갔다.

계곡은 이제 타크체 콜라(Takchhe Khola)로 바뀌었다. 물줄기는 하나지만 이후로 두 번 더 이름이 바뀌게 된다. 타크체는 이곳에 있는 마을 이름이기도 하다. 이 주변은 넓고 평평한 초지가 많아서 야영할 곳이 넘쳤다. 산에서 내려오는 물도 콸콸 쏟아졌다. 우리는 계곡 가까이에 있는 집 마당에서 야영하고 그 집에서 밥을 먹었다.

설사가 3일째 지속되고 있어서 입맛이 없었다. 가축을 방목하는 곳에서 받아 마신 물 때문인 것 같다. 언덕을 올라가는 동안 배 속에서 천둥소리가 났다. 스텝들이 먼저 가는 걸 확인하고 바위 뒤에 앉았다. 아무래도 단단히 탈이 난 듯했다.

날도 흐리고 바람이 을씨년스럽게 불어서 걷는 동안 황량함이 더했다. 지도에는 표시되지 않았지만 계곡을 따라서 계속 찻길이 이어졌다. 출발한 지 1시간 만에 톨링(Tholing 4,152m)에 도착했다. 여기는 야영할 곳도 넉넉했고 가게도 있었다. 가게엔 중국에서 가져온 물건들로 없는 게 없었다. 이 물건들은 중국에서 국경까지 차로 가져오고 여기까지는 말이나 당나귀로 실어온다. 반나절이면 중국 물건을 실어올 수 있기 때문에 네팔이면서도 네팔 물건이 없다.

장(Jang 3,990m) 마을은 지금까지 보던 곳과 달리 독특한 형태를 가지고 있었다. 벽과 벽 사이가 붙어 있었고 아파트처럼 나란히 한곳을 바라보았다. 벽이 붙어 있는 집 형태는 나름 발전된 모습이라는 생각이 들었다. 어느 정도 단열 효과도 있을 테고 벽을 공유하면서 비용 절감이 되는 측면도 있을 거다. 이런 식으로 집을 짓는다는 건 마을 사람들 간 유대가 돈독하다는 뜻이기도 하다.

이곳은 마을 청년들이 트레커들을 위해 작은 가게를 만들어서 운영했다. 이들은 일주일씩 돌아가면서 가게를 지켰다. 곧 호텔도 짓고 가게도 더 큰 곳으로 옮긴다고 했다. 우리가 내려오다가 만난 온천 화장실 역시 청년들 작품이었다. 사실 그곳에 호텔을 만들려고 했는데 마을 사람들 반대로 못했다고 한다. 가게 안에는 중국에서 들여온 과자, 라면, 술, 콜라 정도가 있었다. 달밧이 가능한지 묻자 청년들이 마

틀링의 가게(위).
마을 청년들이 운영하는 가게

장 마을

을에서 밥을 해줄 수 있는 곳을 직접 알아봐줬다. 그들은 약간의 물건을 판매하는 것 외에 트레커와 마을 사람들을 연결해주는 역할도 했다. 하지만 이곳 사람들은 외국인에게 그리 호의적이지 않았다. 다들 밥하기 싫다며 거절했다. 아주머니 한 분이 감자를 내주지 않았다면 그대로 굶을 뻔했다.

우리가 리미 밸리 트레킹을 한다고 했을 때 시미콧 호텔 주인이 이런 말을 했다. 리미 밸리 사람들은 밥을 해달라고 하면 창밖으로 내다보기만 하고 문을 열어주지 않는다. 그래서 밥 먹기 힘들 거다. 다행히 우리는 올해 만들어진 가게와 청년들 덕분에 점심을 먹을 수 있었다.

이곳 사람들은 외국인이 오든 말든 관심이 없다. 자신들 땅에서 자라는 것만으로도 충분하다고 생각한다. 돈을 더 벌기 위해 욕심 부릴 필요 없으며 공부도 필요 없다고 보는 것 같다. 카트만두에서 공부하고 돌아온 청년들은 개방적이지만 마을 사람들은 폐쇄적으로 보였다. 장 마을은 자신들의 전통을 고수하기 위해서라면 외부와 단절하며 살아가도 상관없다는 듯 자존심이 강했다.

내내 흐린 날씨 속에 할지(Halji 3,741m)에 도착했다. 점점 기력이 떨어지고 있었지만 적어도 다음 마을까지는 가야 먹을 것을 구할 수 있었다. 할지는 장보다 훨씬 컸다. 이런 산골짜기에 평평하고 넓은 경작지가 있다는 게 놀라웠다. 숨어 있는 샹그릴라처럼 풍요롭고 평화롭게 보였다.

마을 앞 거대 초르텐과 수많은 마니석이 마을의 규모를 짐작케 했다. 적어도 이 마을은 이곳에서 자라는 것만으로도 자신들의 삶을 유지할 수 있을 듯했다. 천 년이나 됐다는 할지 곰파는 지금껏 보던 곳과 구조가 달랐다. 네팔 곰파는 한 통으로 된 건물인데 이곳은 'ㅁ'자 형식이다. 이런 구조는 티베트에서 많이 봤다. 법당으로 올라가는 구조는 우리나라와 비슷했다. 리미 밸리는 불심이 깊은 사람들이 성지순례로 다녀가도 좋은 곳이다. 카일라스와 마나사로바 호수와 연계한다면 멋진 순례지가 될 거다.

마을 사람들은 우리에게 꽤 널찍한 창고와 부엌을 내주었다. 부엌에는 커다란

할지 마을

할지 곰파(위).
창고에 친 텐트

난로가 있었고 나름 물통과 컵 등이 준비되어 있어서 괜찮았다. 바로 앞에는 물이 잘 나오는 수돗가도 있었다. 창고에는 쥐똥이 많았지만 깨끗하게 쓸어내고 텐트를 쳤다.

할지 역시 장 못잖게 외부에 대해 폐쇄적인 마을이었다. 얘기를 전해주는 겔루조차 이 마을 사람들은 이상하다고 했으니 말이다. 할지에서 이사 가려면 재산을 모두 놓고 나가야 한다. 어떤 사람들은 밤에 몰래 이사를 하기도 하는데 그때도 집과 땅은 놓고 갈 수밖에 없다. 최근에 마을로 이어지는 길에서 보수공사를 하고 있는데 의무적으로 한 집당 10인분의 일을 해야 한다. 한 사람이 10번을 가든 10명이 한 번을 가든 상관없고 남녀 불문이다. 이곳 사람들은 주로 가까운 인도로 일을 하러 가고 물건은 중국에서 받아온다. 네팔어보다 티베트 말과 글을 사용한다. 학교에서 공부할 때도 티베트어가 우선이다. 그다음이 네팔어지만 가르치지 않는 곳도 있다. 네팔 정부에서 리미 밸리 경찰서 옆으로 학교를 지어준다고 했지만 마을 사람들 반대로 못하고 있다. 그들이 원하는 장소는 타크체(Takchhe)로 여기서 하루가 꼬박 걸리는 곳이다. 대신 티베트에서 가깝다. 이들은 네팔 정부와 다른 규칙으로 마을을 운영하고 있으며, 네팔 정부에서도 인정해준다. 할지는 이곳만의 규칙으로 네팔도 중국도 아닌 작은 독립국으로 살아가는 듯했다. 그들이 폐쇄적일 수밖에 없는 이유는 장 마을과 마찬가지로 전통을 고수하기 위한 교육지책이지 않을는지.

마지막 난관

　밤에 화장실 간다고 두 번이나 깼다. 설사가 갈수록 심해졌다. 나의 장은 아무런 힘을 못 쓰고 먹는 족족 내보냈다. 기운 없는 아침이라 짐을 꾸리기도 힘들었다. 설사 며칠 만에 옆구리 살이 쏙 빠졌다. 억지로 짬빠를 먹었다. 걸으려면 뭐라도 먹어야 했다.

　넉 달 넘게 걸으면서 처음으로 버겁다는 생각을 했다. 힐사까지는 아직 이틀이나 남았다. 평소 같으면 아무것도 아닌데 이젠 가야 할 길이 두려웠다. 배가 요동칠 때마다 화장실 가기 바빴다. 손가락으로 쿡쿡 찌르는 것처럼 아팠다. 옆구리는 아토피처럼 헐어서 가려웠다. 등에는 땀띠가 나서 따가웠고 이젠 무릎도 아팠다.

　다리를 지나면서 오르막길이 시작됐다. 맙소사. 내리막길도 힘들 판에 오르막이라니. 걷다가 주저앉기를 몇 번, 걷는 게 자신 없었다. 설사가 4일째 이어지면서 남아 있는 영양분이 다 빠져나갔다. 헬기라도 불러서 빠져나가고 싶지만 전화도 안 되고 돈도 없었다.

　우린 틸(Til)까지 갔다. 겔루가 화장실에 간 사이 포터들이 마을까지 가버린 거다. 두 포터는 아주 쌩쌩했다. 무얼 먹고 마셔도 문제없었다. 그들이 짬빠를 먹는 동안 나는 미숫가루를 탔다. 겔루는 음식을 먹으면 자꾸 화장실에 간다며 아무것도 먹지 않았다. 겉으로는 내색하지 않았지만 나보다 더 안 좋은지도 몰랐다. 그는 지사제를 현지인에게 나눠줬기 때문에 약이 없었고, 나는 지사제가 있으면서도 버티는 중이었다. 힘들어서 여기서 야영할까 했지만 그럼 내일이 힘들어졌다. 천천히 가더라도 내일 가야 할 거리를 줄이고 싶었다.

오르막길

틴 마을

리미 밸리

고개가 자주 나와서 당황스러웠다. 이제 그만 걷고 싶은데 야영할 곳이 마땅치 않았다. 걷다 보니 리미 밸리 구간에서 가장 험한 곳이다. 왼쪽은 까마득한 낭떠러지고 맞은편 산은 모두 암봉이다. 하지만 아무리 멋진 풍경이래도 눈에 들어오지 않았다. 오로지 어디쯤에서 멈췄으면 하는 마음만 간절했다.

라마카 라(Lamaka La 4,300)를 두고 길이 갈라졌다. 고개를 넘는 곳과 왼쪽으로 돌아서 가는 길이다. 양쪽 모두 룽따가 있어서 헷갈렸다. 겔루는 위로, 낭깅은 왼쪽으로 가서 길을 확인했다. 낭깅이 갔던 길은 절벽을 통과하는 길이라 우린 고개를 넘기로 했다. 남카(Namka)까지 가야 했지만 더 가지 않았다. 여기까지 오는 것만으로도 힘들었다. 라마카 라 아래는 텐트 대여섯 동은 들어갈 정도로 자리가 충분했다. 근처에 물이 나왔고 누군가 가져다놓은 땔감도 있었다. 버너가 없는 우리에게 안성맞춤인 곳이다.

불을 피워서 밥을 하느라 시간이 오래 걸렸다. 낭깅이 끓여준 흰죽엔 재가루가 듬성듬성 떨어져 있었다. 쌀이 얼마 없어서 스텝들은 라면을 끓여 먹었다. 겔루는 몸이 좋지 않아서 내내 누워 있기만 했다.

밤새도록 누군가 뱃속을 쥐어짜는 것처럼 아팠다. 아무리 자세를 바꿔서 누워봐도 마찬가지였다. 눕지도 못하고 일어나 앉았지만 통증이 심해 신음만 나왔다. 몇 차례 화장실에 다녀와야 했다. 온몸의 수분을 모두 짜내는 듯해서 이러다 탈수증이 올 것 같았다. 그러다가 약이라도 먹어보자 싶어서 처음으로 지사제를 먹었다. 스텝들에게 필요할까 봐 넉넉히 챙겨왔는데 이제야 먹게 됐다. 태어나서 처음 먹어보는 거라 효과를 기대하진 않았다. 그런데 놀랍게도 30분 후부터 통증이 가라앉기 시작했다. 진작 먹었으면 그렇게까지 고생하지 않았을 텐데 약을 너무 불신하는 것도 문제다. 덕분에 새벽에는 잠을 잘 잘 수 있었다(이때 걸린 장염은 한국에 돌아와서도 한 달 동안 고생했다).

약을 먹은 덕분에 살 것 같았다. 통증은 사라졌지만 설사가 멈춘 건 아니라서

라마카 라 내려가는 길

절벽 길

아침엔 남은 미숫가루를 타서 마셨다. 예전에 티베트 여행을 할 때 어떤 분이 지사제를 먹고 고생하는 걸 본 적이 있다. 그래서 지사제를 불신했는데 다시 생각해보니 그분은 변비약을 드셨던 것 같다.

라마카 라에서 내려가는 사람들을 만났다. 할지 사람들로 며칠 동안 길 보수공사를 하고 돌아가는 중이라 했다. 한 여자는 나를 보더니 자기네가 길 공사를 했으니 돈을 달라고 했다. 그걸로 맛있는 것을 사 먹겠다면서. 이 말을 전하는 겔루가 특유의 난감한 표정을 지었지만 어차피 돈도 없었다.

고개를 넘으니 길이 곤두박질쳤다. 절벽 사이로 길이 참 희한하게도 이어졌다. 남카(Namka)에는 방금 전까지 야영했던 흔적이 남아 있었다. 아까 내려간 사람들인 것 같다. 아직 기력이 회복되지 않아서 걷는 게 힘에 부쳤지만 쉬지 않고 걸었다. 배가 아프지 않고 화장실에 가지 않는 것만으로도 고마웠다. 겔루는 말없이 걷기만 했다. 그는 더 오랫동안 설사에 시달려야 했다.

마네페메(Manepeme 3,992m)는 힐사 가기 전 마지막 고개다. 맞은편 산 중턱에 힐사로 가는 찻길이 보였다. 나무 하나 없는 산이지만 울긋불긋 묘했다. 네팔 서쪽 끝에 섰을 때 겔루에게 초록색 부분을 가리키며 저기가 마을이냐고 물었다. 그러자 겔루는 저 마을은 중국이라고 했다. 네팔 서쪽 끝은 중국과 맞닿아 있었다.

· · ·

"Hilsa, Humla. Welcome to Nepal."

인생이란 참 모를 일이다. 살면서 네팔 히말라야 횡단 트레킹을 하게 될 줄은 몰랐다. 비록 실수도 많고, 더러는 돌아가는 구간도 있었지만 그때마다 적절히 판단했다고 생각한다. 무엇보다 여기까지 안전하게 왔다는 게 중요하다. 못 가본 길은 언제라도 다시 갈 수 있다.

길은 이제 끝났다. 더 가지 않아도 된다는 안도감, 끝났다는 후련함. 온갖 두려움을 안고 출발했던 게 불과 몇 달 전이었는데 기어코 여기까지 오고 말았다. 한바탕 요란한 꿈을 꾼 듯, 지나온 시간이 하나의 덩어리가 되었다. 이런 걸 두고 찰나라고 하는 걸까. 긴 시간이라고 생각했는데 지나고 보니 엊그제 같다.

누군가는 이 길을 걸었을 것이고, 누군가는 지금 걷고 있을 것이고, 누군가는 앞으로 걷게 될 것이다. 어디에서 무얼 하든, 필요에 의해 거기에 있을 뿐 특별함을 부여할 필요는 없다. 내가 걸은 길은 나에게 가장 의미 있다. 먼저 걸었다고 자랑할 일도, 조금 더 어려운 길을 걸었다고 뽐낼 것도 아니다. 누구든 각자의 길을 걸으면 될 뿐, 그거면 족하다.

네팔 서쪽 끝에서

걷는 동안 매일같이 일기를 썼다.
기록은 20년 동안 이어진 나의 사명 같은 거다.
걷는 일만큼 중요한.

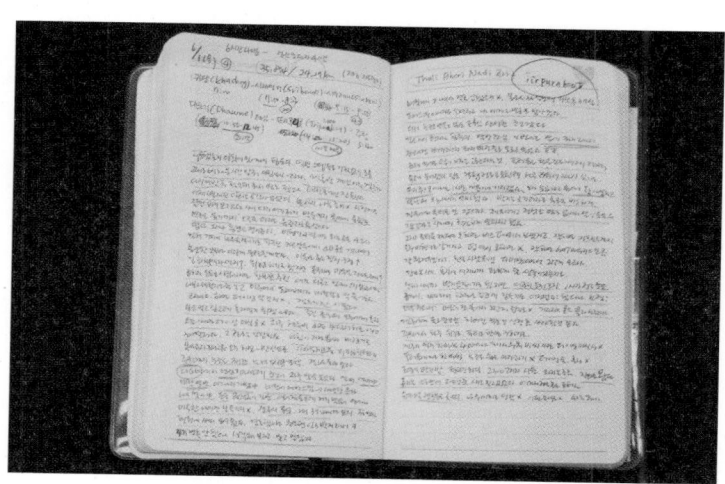

"저는 지구에 잠시 소풍 나왔다고 생각하며 살고 있습니다. 고향이니 객지니 이런 개념보다 제가 있는 곳을 인생 소풍 장소쯤으로 생각하고 있습니다."

어떤 분의 글을 보다가 한참이나 고개를 끄덕였다. 긴 여정을 마치고 한국으로 돌아왔을 때 마냥 즐겁지만은 않았다. 누군가의 말에 상처받았고 그 후유증은 꽤나 길게 갔다. 그러다 '인생 소풍'이라는 말에 뭔가 번쩍했다. 잠시 소풍 왔는데, 인생 소풍을 즐기기보다 사소한 것들에 마음 쓰며 살았구나. 순식간에 마음이 환해졌다. 고민하던 것들이 별게 아닌 게 됐다.

네팔 히말라야 횡단 트레킹이 계획대로 되었다면 나는 겁을 상실하고 오만해졌을 거다. 신이 허락해서 가능했던 것을 내 능력으로 착각하고 목에 힘이 잔뜩 들어갔을 거다. 하지만 나는 일부분 실패하기도 했고 덕분에 여러 난관을 스스로 극복하며 성장할 수 있었다. 이제는 네팔 동쪽부터 서쪽까지 트레킹 일정을 짜고 견적을 낼 수 있을 정도로 발전했다. 또한 그간의 실수를 공부 삼아 좀 더 신중하고 철저하게 다음 트레킹을 준비하게 됐다. 내게 이런 시련의 경험이 없었다면 여전히 여행사에 의지하면서 계획을 세웠을 것이다.

상처가 없었다면 기쁨에 취해 세상 무서운 줄 모르고 들떠 있었을지도 모른다. 덕분에 조금 더 신중해졌고 관련 자료를 찾아보며 공부하게 됐다. 아마도 신은 내게 성숙해질 수 있는 기회를 주시려고 그런 시련을 보내주었던 모양이다.

　나는 네팔 GHT가 히말라야 트레킹의 끝이라고 생각하지 않는다. 그걸 했다고 히말라야에 대해 잘 아는 것도 아니고 길에 대해 안다고 할 수도 없다. 아직도 히말라야에는 갈 곳이 무궁무진하다. 네팔 GHT는 끝이 아니라 시작이 됐다.

　고생스러웠지만 시간이 지나면서 그 하나하나가 재미있는 추억이 됐다. 사진을 보면 입가에 미소가 지어진다. 말썽 많았던 그들이 보고 싶다. 좌충우돌 멋진 소풍이었다는 것을 이제야 알았다.

　나는 계속 걷기로 했다. 이 책이 나오고 나면 다시 히말라야에 가 있을 것이다. 네팔 GHT를 했던 시간보다 더 많은 시간을 그곳에서 보내게 될 것 같다.

　하는 일을 바꾸고, 만나는 사람을 바꾸고, 사는 곳을 바꾸면 인생이 달라진다고 했다. 직장을 그만둔 후 하는 일이 바뀌었고 네팔에 다니면서 만나는 사람도 바뀌었다. 그리고 얼마 전 사는 곳도 바뀌었다. 이제 인생이 바뀔 일만 남았다.

　말없이 지켜봐주신 부모님, 먼 길 떠날 때마다 도와줬던 동생들, 응원해주셨던 분들, 네팔 현지에서 도움을 주셨던 한국 분들, 책이 나오기까지 도움주신 분들, 그리고 네팔 GHT 정보를 아낌없이 올려주신 분과 내가 이 트레킹을 할 수 있게 동기부여를 해주신 분까지, 고마움을 전한다.

2018년 3월 23일
다시 히말라야로 떠나며
거칠부

부록

네팔 히말라야
횡단 트레킹 길잡이

Q & A

· 히말라야 횡단 트레킹과 백두대간은 비슷한 개념인가?

백두대간(白頭大幹)은 백두산에서 시작해 물을 건너지 않고, 산줄기만으로 지리산 천왕봉까지 이어지는 큰 줄기를 말한다. 이는 산경표 원리인 '산자분수령(山自分水嶺)'을 따른 것으로 '산줄기는 물을 건너지 않고, 산이 곧 물을 나눈다'라는 뜻이다. 백두대간은 산자분수령 원리에 의해 마루금(능선과 능선을 연결한 선)을 따라간다는 원칙이 분명하다.

히말라야 횡단 트레킹은 80~90%가 물길을 따라간다. 백두대간이 산과 산을 잇는 고개를 지난다면, 네팔 GHT는 물길을 따라가다 고개를 넘어 또 다른 물줄기를 만나게 된다. 물길이 바뀔 때마다 물을 건너는 일 또한 비일비재하다. 물길을 벗어나는 길도 결국엔 물을 따라가는 7~8부 능선에 불과하다. 아니면 물을 건널 수 없는 지형이기 때문에 돌아서 가는 길이다. 그렇다면 왜, 네팔 GHT 대부분이 물길 따라가는 것일까.

첫째, 현실적으로 거대한 히말라야 마루금을 따라 횡단하는 건 불가능에 가깝다. 네팔의 주요 강은 보테 코시 강, 카르날리 강, 아룬 강 등이다. 그런데 이들 강의 상류는 여러 지류로 나뉘어 히말라야 산계(山系)를 가로지르는 선행하천(先行河川)이며, 히말라야보다 더 낮은 티베트 고원에서 발원하는 것도 있다. 즉 히말라야가 있기 전부터 강이 흘렀다. 따라서 강을 건너지 않고 히말라야 마루금을 잇는다는 건, 국경을 넘어야 하는 문제보다 더 복잡해진다.

둘째, 네팔 GHT는 새로 만든 길이 아니다. 기존 트레킹 루트에 현지인이 다니는 길을 연결했다. 현지인 대부분은 물과 가까운 계곡이나 강 주변에 모여 산다.

백두대간은 명확한 원칙이 있어 마루금을 벗어날 여지가 전혀 없다. 그러나 히말라야 횡단은 분명한 원칙이 없기 때문에 상황에 따라 길이 바뀔 여지가 있다. 즉 '표준 루트'는 있으되 그 자체가 원칙이 될 수는 없다. 네팔 GHT 하이루트를 백두대간에 비교하자면 이렇다. '지리산 정상과 주능선을 밟지 않고, 천은사 계곡을 따라가다 성삼재를 넘어 달궁계곡을 만난다.' 어찌 보면 네팔 GHT 는 히말라야 둘레길이라 할 수 있다. 그 길이 높은 길(하이루트)이냐, 낮은 길(컬처루트)냐의 차이 가 있을 뿐, 히말라야 산줄기 자체가 아닌 그 아래를 따라가기 때문이다.

- 히말라야 산계(山系) : 히말라야 산맥은 몇 개의 산맥이 모인 것으로 이를 히말라야 산계라 한다.
- 선행하천(先行河川) : 지반의 융기 속도가 하천의 하각침식 속도보다 느려서, 지반의 융기에도 불구하고 하천의 물길이 변경되지 않고 유지된 것이다.

· 네팔 히말라야 횡단 트레킹은 얼마나 걸리는가?

하이루트 1,700km를 한 번에 트레킹할 경우 150~160일이 소요된다. 2개 구간의 경우 랑탕 지 역 샤브루베시를 기준으로 동부와 서부로 나눌 수 있으며 각각 80~85일 정도 소요된다. 3개 구 간으로 나누게 되면 칸첸중가-쿰부, 쿰부-안나푸르나, 돌포-힐사까지 나눌 수 있다. 각 구간은 약 50~60일이 소요되어 전체로는 170일 정도 걸린다. 6개 구간으로 나눠서 진행하면 구간별로 30~40일 내외가 걸리며 연결 구간까지 200일이 넘는다. 칸첸중가-마칼루, 마칼루-쿰부, 롤왈링- 랑탕, 가네시-마나슬루-안나푸르나, 돌포-무구, 훔라 지역으로 나눌 수 있다. 그러나 이는 주관적 인 기준이므로 자신의 상황에 따라 변경 가능하다. 일부 구간을 다녀온 경험이 있다면 이들 구간을 연결 후 나머지 구간을 걷는 방법도 있다.

컬처루트는 1,500km로 약 100일이 소요된다. 하이루트에 비해 교통편이나 연결 구간이 수월 한 편이므로 체력과 상황에 맞게 구간을 나눌 수 있다. 하지만 꼭 정해진 루트만 고집할 필요는 없 으며 그 지역의 아름다운 길이 있다면 여유를 가지고 들러보길 권한다. 또한 하이루트와 컬처루트 를 조합한다면 코스와 일정을 더 자유롭게 계획할 수 있다.

필자는 네팔 GHT 1차 트레킹으로 돌포, 가네시-마나슬루-안나푸르나까지 63일(약 760km)이 걸렸고, 2차 트레킹으로 칸첸중가-마칼루-솔루 쿰부-롤왈링-헬람부, 랑탕 / 돌포-무구-훔라까 지 118일(약 1,405km) 걸렸다. 총 183일은 순수 트레킹 기간이며 이동시간, 현지 휴식, 중복 구간 이 포함되어 있다.

· 네팔 히말라야 횡단 하이루트를 한 번에 횡단하기 어려운 이유는 무엇인가?

한 번에 하려면 시간, 돈, 고산 적응, 체력, 네팔인 스텝, 날씨 등 여러 가지 조건이 만족스러워 야 한다. 하이루트의 경우 150~160일 소요되기 때문에 시간을 내기도 어렵고 비자 문제도 걸린다. 네팔 관광비자는 5개월이 최대라 변수가 생겼을 때 충분히 대처할 시간이 없다. 금전적인 문제도 크다. 한 번에 진행할 경우 1인 기준 4,000~4,500만 원 정도 든다. 이는 진행 방식에 따라 크게 차 이가 날 수 있으며, 트레킹 인원이 늘면 1인 부담액이 줄어든다. 또한 160일간의 일정을 소화할 체력과 고산 적응도 필요하다.

네팔은 6~9월까지 몬순(우기)이라 비가 많이 내린다. 봄에 시작하면 마지막 구간에 몬순을 만나게 되는데 이때는 강물이 불어나고 산사태로 길이 막히기도 한다. 네팔 극서부의 경우 경비행기가 유일한 교통편인데, 날씨가 조금이라도 좋지 않으면 며칠 대기해야 한다. 가을에 시작하면 한겨울을 만난다. 이때는 많은 눈으로 높은 고개를 넘기 힘들 수 있다.

· 네팔 히말라야 횡단은 누구나 할 수 있는가?

누구나 가능하다. 네팔 구간은 높은 고도를 따라가는 하이루트(High Route)와 낮은 고도를 따라가는 컬처루트(Cultural Route)로 나뉜다. 이는 자신의 체력이나 상황에 따라 얼마든지 섞을 수 있다는 뜻이다. 단독으로 진행하는 사람이 6,000m가 넘는 고개를 혼자 넘으려면 등반 기술은 물론 상당한 비용을 감당해야 한다. 이럴 경우 하이루트 대신 컬처루트로 진행하는 것도 고려해볼 만하다. 마찬가지로 등반 기술이 부족하거나 고산 적응에 자신이 없는 경우도 컬처루트를 이용할 수 있다. 실제로 네팔 GHT 역사를 보면 많은 이들이 컬처루트와 일반트랙을 섞어서 했다. 누군가 정해놓은 길을 고집할 필요는 없다. 상황에 맞게 자신만의 루트를 만들어보는 것도 창의적인 트레킹을 할 수 있는 기회다.

· 네팔 히말라야 횡단은 혼자 갈 수 있는가?

하이루트는 그 지역을 잘 아는 경험 많은 가이드가 필요할 정도로, 길이 험하거나 찾기 힘든 곳이 제법 있다. 이런 구간을 혼자 진행할 경우 사고가 났을 때 대처할 수 있는 방법이 거의 없다. 통신이 되지 않는 곳이 많아 위성전화가 필요한 구간도 여럿 된다. 등반 기술이 필요한 곳에서는 클라이밍 셰르파도 필요하다. 안전과 비용을 생각하면 두 명 이상 같이 가는 게 좋다. 혼자 팀을 꾸려서 가게 되면 비용을 포함해 모든 문제를 스스로 감당해야 한다. 또한 소통이 가능한 가이드와 전문적인 팀을 꾸려서 가는 게 성공 확률을 높일 수 있다. 접근제한 구역을 지나기 위해서는 현지 대행사를 통해서 트레킹 퍼밋(허가)을 받아야 한다. 이런 지역은 원칙적으로 2인 이상만 가능하며, 네팔인을 고용하지 않는 단독 트레킹은 허용되지 않는다. 결론은 혼자도 가능하지만 이는 네팔인 고용이 전제되어야 한다.

컬처루트는 마을을 잇는 개념이라 단독 진행이 가능하다. 하지만 외진 곳이 많아 길을 잃기 쉽고, 지도만으로 길을 찾기 어려운 부분이 있다. 홈스테이를 하는 경우도 있기 때문에 이왕이면 현지인과 소통되는 네팔인과 함께하길 권한다. 실종되는 트레커 대부분이 혼자였다는 점을 명심할 필요가 있다.

· 네팔 트레킹하기에 가장 좋은 계절은 언제인가?

봄과 가을이 가장 이상적이다. 봄은 2월~4월, 여름은 5월~8월, 가을은 9월~11월, 겨울은 12월

~2월 중순까지다. 최고 성수기는 10월과 11월이다. 몬순기인 6월부터 9월은 네팔 연간 강우량의 80%가 집중된다. 최근에는 몬순이 10월 중순까지 이어지기도 한다. 겨울은 많은 눈과 추위가 고비가 되지만 12월까지는 괜찮은 편이다. 무스탕, 돌포, 무구는 비그늘(Rain Shadow) 지역이라 몬순의 영향을 덜 받는다. 이곳은 여름 트레킹이 가능하며 8월부터 10월이 가장 적기다. 필자는 2016년 9월~12월까지, 2017년 3월~7월까지 네팔 히말라야 횡단 트레킹을 했다.

· 네팔 히말라야 횡단 트레킹은 어느 방향으로 진행하는가?

필자는 돌포 일부 구간을 빼고 동쪽에서 서쪽으로 진행했다. 트랙 대부분이 동쪽에서 서쪽으로 진행하기 수월하게 되어 있었고 고산 적응을 위해서도 이상적이었다. 또한 서쪽을 향해 걸으면 햇빛으로 인한 눈부심이 덜하고 풍경을 보기에도 좋다. 휴대용 태양광 충전기에도 유리하다. 그렇다고 굳이 한 방향을 고집할 필요는 없다. 구간을 나눠서 할 경우 교통편이나 고산 적응 등을 살펴 자신에 맞는 방향을 찾으면 된다.

· 네팔 비자는 어떻게 해결하는가?

네팔 비자는 카트만두 도착해서 발급받을 수 있다(한국 네팔 대사관에서 미리 받아도 된다). 비자 신청서, 사진 1장, 비자 수수료가 필요하다. 사진은 트레킹 준비를 위한 TIMS, 퍼밋(허가)을 위해서 일정에 맞게 넉넉하게 준비하는 게 좋다. 비용은 15일 25달러, 30일 40달러, 90일 100달러다. 최대 150일까지 되지만 도착 비자는 90일까지 가능하다. 따라서 입국할 때 도착 비자로 90일 신청하고, 이후 이민국(Immigration office)에서 추가로 60일(120달러) 연장하면 된다. 참고로 네팔은 1월 1일 비자 기간이 초기화되어 이를 잘 활용하면 150일 이상도 가능하다. 또한 다른 나라와 달리 토요일에 쉬고 일요일부터 일하기 때문에 비자 연장할 때 확인하고 가야 한다.

· 비용은 얼마나 소요됐는가?

2년에 걸쳐 하이루트(88%)와 컬처루트를 섞어서 혼자 진행한 결과 4,500만 원 이상 들었다. 필자는 짧은 하이루트 구간을 긴 컬처루트로 돌아가면서 더 많은 금액이 필요했다. 예를 들어 10일이면 갈 수 있는 곳을 컬처루트로 18일 넘게 돌아갔다.

전체 비용에서 네팔인 인건비가 가장 많은 부분을 차지했다. 6,000m가 넘는 곳에 도전할 때는 스텝이 총 10명이었고, 경비가 모자랐던 서쪽에서는 3명뿐이었다. 그 외 숙식비, 교통비, 입장료(Permit Fee), 등반 장비, 팁 등으로도 상당한 비용이 발생했다. 하지만 이 부분은 스텝 수와 어떤 식으로 진행하느냐에 따라 큰 차이가 난다. 혼자 진행하면서 제대로 된 요리 팀까지 완벽하게 꾸려서 가게 되면 금액은 더 올라간다. 그러나 여러 명이 함께 가거나 본인이 직접 짐을 질 경우 얼마든지 절감할 수 있다. 음식을 현지식과 즉석식품 등으로 대체할 경우도 마찬가지다. 필자의 경우 하이루트 기준으로 비용을 책정했지만, 자신의 예산에 맞게 하이루트와 컬처루트를 적절히 섞어서 코스를 만든다면 현실 가능한 트레킹이 될 것이다.

· 트레킹 준비를 위한 평소 몸 관리는 어떻게 했는가?
　필자는 트레킹 전에 아무런 운동도 하지 않았다. 트레킹을 보름 이상 지속하면 체력이 좋아지기 때문에 운동의 필요성을 느끼지 못했다. 또한 20년 동안 산에 다닌 경력이 있어서 기본 체력이 있을 거라고 믿었다. 우리나라 지리산이나 설악산 종주를 할 수 있는 체력이라면 네팔 GHT도 충분하다고 생각한다.

· 장기 트레킹을 하면서 영양 관리는 어떻게 했는가?
　동쪽 구간에서는 고기나 달걀 등을 수시로 먹을 수 있었지만 서쪽에서는 그럴 형편이 안 됐다. 그래서 매일 피로회복제(비타민 B군)와 비타민C를 챙겨 먹었다. 피곤하고 힘들면 입술이나 코에 물집이 생기곤 했는데 이번 트레킹에서는 그런 게 없었다.

· 히말라야 횡단 트레킹 중 어떤 현지음식을 먹을 수 있는가?
　주로 네팔 대표 음식인 달밧을 먹었다. 달밧에는 밥, 감자나 채소를 볶아서 만든 반찬, 콩으로 만든 수프 정도가 나오며 리필이 가능하다. 우리나라 가정식 백반으로 생각하면 된다. 원한다면 수제비나 칼국수와 비슷한 뚝바와 뗀뚝을 주문해서 먹을 수도 있다. 네팔 만두인 모모도 입맛에 잘 맞았지만 양이 적었다. 아침으로는 발효되지 않은 밀가루로 만든 빵 차파티나 도너츠처럼 생긴 티베탄 브레드를 자주 먹었다. 서쪽에서는 음식 사정이 좋지 않아서 짬빠(보릿가루)와 삶은 감자를 자주 먹었다.

· 씻는 건 어떻게 해결했는가?
　고산 적응이 확실히 되기 전까지 씻는 건 금물이다. 이럴 때는 따뜻한 물에 적신 코인티슈를 사용하면 좋다. 고산 적응이 되면서는 3,000m가 넘는 곳에서도 샤워를 했고, 트레킹 100일이 넘었을 때는 4,700m에서도 머리를 감았다. 낮은 지대나 마을에 머물게 되면 계곡이나 공동 식수장에서 씻었다. 인기 코스 로지나 도시를 만나지 않는 한 샤워할 수 있는 기회는 거의 없다고 봐도 무방하다. 필자는 이 문제를 해결하기 위해 트레킹 시작 전 삭발을 했고, 씻는 건 대부분 코인티슈(50원짜리 크기로 휴대가 간편하며, 물을 흡수시켜 사용)로 해결했다.

· 네팔 트레킹 시 네팔리 스텝들과 어떻게 의사소통했는가?
　네팔 현지 여행사나 가이드 중에는 한국어를 잘하는 사람이 제법 된다. 이메일, 전화, 문자 등을 통해 우리말로 문의하는 게 가능하다. 하지만 한국어 가이드는 인기 코스에 몰려 있고, 다양한 경험이 부족한 경우가 많다. 히말라야 횡단의 경우 일반 트레킹 코스를 벗어난 곳이 많기 때문에 한국어 가이드를 구하기 어렵다. 컬처루트는 마을 사람들에게 길을 물어서 갈 수 있기 때문에 선택의 폭이 넓다.

필자는 동쪽 78일을 걸을 때 메인, 보조 가이드 모두 영어 가이드였다. 영어로 소통한 적이 없어 처음엔 난감했다. 대부분 기본적인 의사소통만으로 가능했지만 문제가 생기자 어려움이 컸다. 이럴 때는 한국어가 되는 여행사 사장과 통화하여 해결했다. 그 외 구간은 한국어 가이드와 다녀서 불편함이 없었다.

· 고산 적응은 어떻게 했는가?

4년째 네팔에 왔지만 한 번도 적응을 못한 적이 없었다. 이번 트레킹에서는 해발 6,000m에서도 편안함을 느낄 정도로 적응을 잘했다. 이는 적응 시간을 충분히 거쳤기 때문이다. 고산 적응을 가장 잘 하는 방법은 천천히 걸으면서 고도에 순응하는 것이다. 평소 산행을 빨리하는 사람은 불리할 수 있다. 필자는 완벽하게 적응되기 전까지 천천히 걷고 충분히 물을 마셨다. 몸을 따뜻하게 하고 적응되기 전까지 물에 닿지 않았다. 약에 거의 의존하지 않았지만 머리가 아플 경우 아스피린을 먹었다. 고산병은 사람에 따라 증상이 다르고 복불복인 면이 있어서 철저히 준비를 하되, 가봐야 안다.

고산 적응 방법

1 · 고산에서 기압이 낮아지고 산소가 부족할 때 고산병 증상이 나타난다. 산소량은 3,000m에서 68%, 5,000m에서 53%, 8,000m에서 36%로 떨어진다. 일반적인 증상은 두통, 현기증, 피곤함 (졸림), 메스꺼움, 구토, 식욕저하, 무기력감, 기침, 빨라지는 심장박동, 수면시간 증가, 거친 꿈, 소변량 증가, 부종, 불면증 등 사람에 따라 다양하며 평소보다 예민해진다. 폐에 물이 차는 폐수종과 뇌가 부어오르는 뇌부종 같은 심각한 증상이 나타나기도 한다.

2 · 보폭을 작게, 숨이 차지 않게 천천히 걸으면서 고산에 적응하는 게 최고로 좋은 방법이다.

3 · 적응되기 전까지 되도록 하루에 500m 이상 올리지 않는다. 그날 자는 곳보다 높은 곳에 다녀오는 게 좋으며 충분한 휴식도 필수다.

4 · 물을 많이 마신다. 고산에서는 산소가 적어 호흡량이 많아지며 체내 수분 증발이 빠르다. 물에는 산소가 녹아 있어 도움이 되며 하루 3~4리터 정도 마시는 게 좋다. 신진대사가 원활할수록 고산 적응도 빨라진다. 특히 이뇨작용에 도움 되는 찻물(카페인 없는)을 따뜻하게 마시는 게 좋다.

5 · 여행 초반에 술과 카페인 음료를 마시지 않는다. 알코올은 호흡 속도를 늦춰 수분 부족을 일으킬 수 있으며 카페인은 근육 탈수 및 건조를 유발한다.

6 · 체온이 떨어지지 않게 조심한다. 확실하게 적응될 때까지 물에 닿지 않는 게 좋다. 잘 때도 모자를 써서 체온을 유지한다.

7 · 고산에서는 소화가 잘되지 않기 때문에 한꺼번에 많이 먹는 것보다 조금씩 자주 먹는 게 좋다.

나는 계속 걷기로 했다

기본적으로 잘 먹어야 하며, 혈액 속 산소포화도를 올릴 수 있는 고(高)탄수화물(밥, 빵, 과일, 감자 등) 식품을 섭취하는 게 좋다.

8 · 증상이 지속될 경우 동행한 가이드에게 즉시 알려 적절한 조치를 취할 수 있게 해야 한다.

9 · 증상이 심해지면 참지 말고 바로 하산하거나 헬기를 불러야 한다. 참다가 사망에 이르는 경우도 종종 있다.

10 · 고산병 관련 처방 : 두통약(아스피린, 타이레놀 등), 다이아목스(이뇨제, 현재 가장 인정받고 있는 고산병 예방 및 치료제, 부작용으로 손발 저림 증상, 처방전 필요), 비아그라(사람에 따라 효과가 다르며 부작용으로 얼굴 화끈거림이나 심장 요동침, 처방전 필요), 마늘도 도움이 된다.

· 네팔 히말라야 트레킹 시 어떤 준비물이 필요한가?
(100일 이상 기준이며, 개인의 필요에 따라 달라질 수 있음)

1 · 가기 전
· 여행자 보험 : 네팔 트레킹에 대한 보험은 우리나라 일부 보험사에서 가입 가능하지만 보장이 약하다. 사고 시 헬기 등을 생각한다면 현지에서 해외 보험사를 이용하길 권한다(선택 사항).
· 휴대폰 요금제 변경 : 오지인 경우 아예 통신이 불가하고 큰 마을에서는 와이파이가 가능하므로 정지하는 게 좋다(현지 유심칩 추천).
· 환전 : 필요한 경비는 100달러짜리로 준비한다. 트레킹 중에는 현금 인출을 거의 할 수 없으므로 현지에서 필요한 금액은 반드시 네팔 루피로 환전해야 한다(500루피 & 1,000루피).
· 신용카드 : 비상용으로 글로벌 체크카드와 해외에서 사용 가능한 신용카드 2장 정도 준비한다.

2 · 준비해야 할 서류
· 비상용 : 여권(6개월 이상), 여권 사본 2장(분실 대비, A4 그대로), 여권사진 2장(분실 대비)
· 증명사진 : 비자 발급용을 비롯해서 퍼밋을 받아야 하는 구간이 많으므로 일정에 맞게 넉넉히 준비한다.
· 비자 신청 : 네팔 대사관. 온라인 신청. 비행기에서 나눠주는 신청서. 현지 자동화 기계 등 여러 방법으로 가능하다.

3 · 트레킹 준비물
▲ 가방
· 카고백 : 100리터 이상. 안에 건고추 대형 비닐로 패킹하면 비가 올 때 대비할 수 있다. 그룹을 지어 패킹하는 게 유리하며 여유 비닐을 준비하는 게 좋다. 트레킹 중에는 반드시 번호 자물쇠를 채운다.

· 당일 배낭 : 트레킹 중에는 40리터 전후의 배낭이 좋으며(배낭 안까지 비닐 패킹) 걸을 땐 5~6kg 정도가 적당하다.
· 배낭 커버 : 바람에 날아가지 않도록 고정시킬 수 있는 커버가 좋다.
· 보조가방 : 여권이나 돈 등 중요한 물품을 넣고 다니는 용도로 필요하다. 항상 휴대할 수 있어야 하고 작은 번호 자물쇠를 이용하면 더 안전하다.

▲ 신발/무릎 보호대
· 중등산화 : 장거리 트레킹에는 발목까지 올라오는 중등산화에 바닥이 잘 닳지 않는 딱딱한 비브람 창이 좋다. 기존 깔창 대신 '툴리스' 깔창을 사용하면 발의 피로가 덜하고 무릎에도 좋다. 몇 달씩 이어지는 트레킹의 경우 여분의 등산화를 준비하길 권한다.
· 샌들/슬리퍼 : 기내, 현지 투어, 샤워, 야영할 때 필요하다.
· 운동화 : 슬리퍼 외 추가로 필요한 경우 따로 챙기는 게 좋다.
· 등산화 왁스 : 눈이 있는 지역을 지날 때 필요하다(여분의 비닐장갑 필요).
· 무릎 보호대 : 네팔 트레킹은 오르내림이 심하므로 비상용으로 챙기면 좋다.

▲ 의류
· 등산복 상의 : 반팔 2벌(+팔 토시), 가을용 1벌, 겨울용 2벌
· 등산복 하의 : 여름용 2벌, 가을용 1벌, 겨울용 2벌
· 기능성 내복 : 상의 2벌, 하의 2벌
· 기능성 속옷 : 4벌, 트레킹 중에도 빨리 마르는 기능성 속옷이 필요하다.
· 우모복 상의 : 한겨울용으로 준비한다.
· 우모복 하의 : 5,000m 이상에서 야영할 때 큰 도움이 된다.
· 경량 다운재킷 : 배낭에 넣고 다니면서 수시로 꺼내 입을 때 필요하다.
· 바람막이 : 추울 때 다운재킷과 같이 입거나 바람 불 때 겉옷으로 입기 좋다.
· 비옷 : 상하 분리된 비옷이 좋다(고어텍스 재킷과 바지 혹은 비슷한 소재).
· 등산 양말 : 5켤레, 성능 좋은 양말을 사용하면 발의 피로가 덜하다.
· 버프 : 2개, 체온 유지 및 바람이나 햇빛을 차단하기에 좋다.
· 챙 넓은 모자 : 햇빛과 빗물(눈)을 차단할 수 있는 것으로 준비한다.
· 보온용 모자 : 2개, 고지대에서 반드시 필요하다.
· 장갑 : 여름용-1, 가을용-1, 겨울용-1(한겨울용, 고도 100m 올릴 때마다 기온은 0.5도 낮아진다.)
· 손수건 : 저지대에서는 우리나라 한여름보다 땀이 많이 난다.

▲ 캠핑

· 텐트 : 현지에서 구입 및 대여 가능하다. 작은 팀인 경우 가벼운 텐트를 준비하면 짐무게를 줄일 수 있다.

· 침낭 : 캠핑 구간이 많으므로 성능 좋은 동계침낭이 필요하다. 대여보다 구입을 권한다.

· 매트리스 : 현지 대여 가능하지만 냉기 차단에 필요한 매트를 추가로 챙기는 게 좋다.

▲ 등반 장비 : 클라이밍 장비는 현지에서 대여 할 수 있다.

· 하네스, 하강기, 헬멧, 크램폰, 이중화, 로프 등 : 일부 하이루트 구간에서 반드시 필요하다.

· 위성전화 : 하이루트에서는 통신이 안 되는 곳이 많다(현지 대여).

· 아이젠 : 크램폰과 별개로 짚신형 아이젠을 준비하면 눈이 많지 않은 곳에서 유용하다.

· 스패츠 : 눈이 많은 곳을 지날 때 필요하다.

· 스틱 : 오르내림이 심하므로 한 쌍으로 준비하는 게 좋다.

▲ 식품 : 현지에서 한식 재료를 구입할 수 있지만 필요한 건 챙겨간다.

· 밑반찬 : 요리 팀을 데려가면 신경 쓰지 않아도 된다. 하지만 적은 비용으로 가는 경우라면 한국에서 즉석식품이나 전투식량 등을 챙겨가길 권한다. 양념깻잎, 무말랭이, 장아찌 등은 진공 포장된 게 관리하기 좋다. 기본적으로 연료를 적게 쓰면서 조리가 간단한 게 좋다. 한식을 고집하지 않는다면 준비하지 않아도 된다.

· 간식(육포/초콜릿/사탕/소시지/미숫가루/껌 등) : 다양하게 준비하면 소소한 즐거움을 준다.

· 커피, 차 : 평소 즐겨 마시는 차를 챙겨가면 좋다.

▲ 랜턴/선글라스/손목시계

· 헤드랜턴/여유 건전지 : 일정에 맞게 넉넉히 준비한다(현지 건전지는 오래가지 않는다).

· 선글라스 : 고산지대에서 강한 자외선에 노출되면 각막과 망막이 손상되어 설맹에 걸릴 수 있다. 짙은색이 좋으며 비상용으로 하나 더 준비한다.

· 손목시계 : 고도 시계. 트레킹 시 휴대폰보다 시간 확인에 유용하다.

▲ 화장품/세면/세탁

· 선크림 : 자외선이 강하므로 SPF 50 이상이 필요하다.

· 수분크림 : 차고 건조한 곳에서는 피부가 금방 손상되며 통증을 동반하기도 한다.

· 립크림 : 자외선 차단 제품이 좋으며 입술 주변이나 코밑이 헐었을 때도 유용하다.

· 스포츠 타월 : 한 장이면 충분하며 일반 수건은 잘 마르지 않는다.

· 치약, 칫솔, 면도기 : 날짜에 맞춰 여유 있게 챙긴다.

- 클렌징 티슈 : 선크림 지우는 용도로 날짜에 맞게 준비한다.
- 코인티슈 : 씻을 수 있는 곳이 많지 않으므로 날짜를 계산해서 필요한 양만큼 챙긴다.
- 물티슈/여성 위생용품 : 생리를 하는 경우 챙긴다.
- 두루마리 휴지 : 카트만두에서 구입할 때는 단단하게 말린 게 좋다(90루피). 오지로 들어갈수록 형편없거나 구하기 어렵다. 출발할 때 넉넉히 준비한다. 예민한 사람은 한국에서 챙겨오길 권한다.
- 샴푸, 폼클렌징 : 씻을 곳이 많지 않으므로 조금만 준비해도 된다.
- 빨랫비누 : 장기 트레킹에서는 여건이 될 때마다 빨래를 해야 한다. 가루 비누는 계곡 등에서 빨래하기 불편하며 환경오염 문제도 있다.
- 빨래집게/큰 옷핀 : 빨래를 널거나 고정시킬 때 요긴하다.
- 빨랫줄 : 등산용 끈이나 튼튼한 노끈을 준비하면 된다.
- 고무장갑 : 물이 차가운 곳이 많아 빨래할 때 필요하다.

▲ 비상약
- 소화제, 지사제, 소염진통제, 진통제, 항생제, 구순포진 등 항바이러스성 피부질환 치료제(아시클로버), 감기약, 아스피린, 고산약, 상처 연고, 밴드, 반창고, 붕대 등.
- 비타민C, 비타민 B군(피로회복제) : 체력적으로 무리되는 트레킹이므로 반드시 챙길 것을 권한다.
- 모기향/물파스 : 저지대를 통과할 때 모기가 많고 벌레에 자주 물린다.
- 미세먼지 마스크 : 장거리 육로 이동 시 먼지와 매연이 많다.

▲ 카메라/메모리/배터리/충전기(필자 기준)
- 카메라 : 미러리스 카메라.
- 메모리 : 128G 2개.
- 배터리 : 정품 배터리 5개.
- 사진 백업용 외장하드 : 1TB.
- 보조 배터리 : 40,000mAh.
- 무극성 만능 충전기 : 카메라 및 휴대폰 등 다양한 배터리를 충전할 수 있다.
- USB 케이블 : 보관 중에 끊어질 수도 있으므로 여유분을 챙기는 게 좋다.
- 태양광 충전기 : 하루 휴대폰 1개 정도 충전 가능하다.
- 보냉 가방 : 고지대에서 배터리 방전되지 않게 보관 케이스로 좋다.

나는 계속 걷기로 했다

▲ 기타

· 개인 컵 : 야외에서 물 마시기, 양치질 등을 위해서 따로 챙기는 것이 좋다

· 가스버너/어댑터 : 트레킹 팀의 규모가 작을 경우 무게를 줄일 수 있고 비상용으로도 필요하다.

· 날진물통/커버 : 트레킹 시 따뜻한 물을 마시는 데 사용하고, 추울 경우 뜨거운 물을 담아서 침낭 안에 넣고 자면 좋다.

· 지퍼백(사이즈별), 락앤락 : 소소한 물건이나 남은 음식 담을 때 유용하다.

· 지도 : 네팔 GHT 전체/구간별 상세 지도, 트레킹 전 현지에서 구입해두면 좋다(장당 955루피).

· 수첩, 필기구 : 일기나 가계부 등 기록용으로 준비한다.

· 자물쇠 : 열쇠보다는 번호 자물쇠가 좋고 로지나 포터 이동 시 필요하다.

· 손톱깎이, 반짇고리, 라이터 : 준비해두면 요긴하게 쓰인다.

· 여분의 큰 비닐봉지 : 젖은 빨래나 등산화 등을 넣을 때, 우천 시에도 필요하다.

· 야외용 방석 : 트레킹 중간에 휴식할 때 있으면 요긴하다.

· 핫팩 : 4,500m 이상에서 야영하는 날마다 하나씩 준비하면 따뜻하게 잘 수 있다.

· 우산 : 가벼운 3단 우산 정도가 좋다. 특히, 우천 시 사진을 찍을 때 요긴하다.

· 네팔어 책 : 되도록 무겁지 않은 책으로 준비한다. 현지어를 배워보는 것도 좋은 경험이 된다.

· 다양하고 많은 음악 : 개인 취향에 맞게 준비한다. 휴식할 때 즐겨듣는 음악만 있어도 피로가 풀린다.

· 네팔 현지에서 자주 쓰는 용어는 어떤 것들이 있는가?

▲ 인사

· 나마스테(Namaste) : 산스크리트어로 인도와 네팔에서 주고받는 인사말로, '내 안의 신이 당신 안의 신께 인사드립니다'라는 뜻이다. 만났을 때뿐만 아니라 작별할 때도 사용한다.

· 던여밧(Dannyabad) : 네팔어로 '고맙습니다'라는 뜻이다. 네팔 사람들은 인간으로서 당연한 일이라 생각하여 고맙다는 표현을 잘하지 않는다.

· 따시델레(Thasidelle) : '행운', '행복'을 뜻하며 상대방을 축복하는 티베트 인사말이다.

· 투체체(Thukjechey) : '큰 자비' 또는 '이승에서 깨달음을 얻기를'이라는 뜻을 가진 티베트 감사 인사말이다.

· 카타(Khata 혹은 카닥) : 티베트 불교에서는 인사를 나눌 때, 감사와 행운을 축원하는 흰 스카프 형태의 카타를 주고받는다. 법당에서 부처님께 인사를 올릴 때, 누군가와 만나고 작별할 때, 특별한 행사가 있을 때 카타를 전한다. 신성한 장소에 매어두기도 한다.

▲ 현지인

· 디디(Didi) : 손위 여자, 누나, 언니.

· 다이(Dai) : 손위 남자, 형, 오빠.

· 버히니(Bahini) : 손아래 여자, 여동생.

· 바이(Bai) : 손아래 남자, 남동생.

· 로지(Lodge) : 숙소이자 식당으로 우리나라 산장과 비슷하다.

· 사우니/사우지 : 로지 여자 주인과 남자 주인을 말하며 대개는 사우니다.

· 쿡 : 음식을 준비하는 사람으로 요리사다.

· 포터 : 짐꾼으로 트레커의 짐을 비롯하여 식량과 장비를 지고 다닌다. 보통 20~25kg을 진다.

· 뿌자(Puja) : 히말라야 문화권에서 신에 대한 사랑과 존경을 나타내는 행위다.

· 도꼬(Doko) : 대나무로 만든 바구니로 현지인들이나 포터들이 짐을 나를 때 이용한다.

· 남로(Namlo) : 도꼬를 질 때 사용하는 머리끈이다.

· 톡마(Tokma) : T자형의 막대로 포터들이 서서 쉴 때 짐 받침대로 쓴다.

· 팔람보 캄바 : 이정표 역할을 하는 막대기다.

· 셰르파족 : 히말라야 고산 등반에서 안내인 역할을 하는 고산족이다. 동쪽(Sher) 사람(pa)들'
이란 뜻으로 티베트 동쪽에서 넘어왔다. 셰르파는 종족 이름이면서 성(姓, Sherpa)이며 직업
의 의미로 쓰일 때는 소문자로 쓴다(sherpa).

▲ 음식(이 부분은 현지에서 사용할 수 있도록 현지인의 발음을 우선하여 표기함)

· 빠니(Pani) : 물, 따뜻한 물은 따또빠니(Tatopani), 차가운 물은 치쏘빠니(Chisopani)다.

· 달밧(Dal Bhat) : '달'은 콩을 뜻하고 '밧'은 밥을 뜻한다. 네팔 주식으로 밥과 반찬, 콩 수프가
나온다. 우리네 백반과 비슷하며, 집마다 맛이 다르다. 식당에서 유일하게 리필이 되는 음식
으로 양껏 먹을 수 있다.

· 떨까리(Tarkari) : 네팔식 반찬으로 감자나 야채를 볶아서 달밧과 같이 낸다.

· 어짜르(Achar) : 네팔식 김치 혹은 장아찌로 종류가 다양하다. 달밧과 함께 먹거나 삶은 감자
를 찍어 먹기도 한다.

· 차파띠(Chapati) : 발효되지 않은 밀가루로 만든 납작한 빵이다.

· 로띠(Roti) : 팬케이크처럼 생긴 약간 두툼한 빵이다.

· 티베탄 브레드(Tibetan Bread) : 납작한 도넛처럼 생겼으며 기름에 튀겨서 낸다.

· 찌우라(Chiura) : 쌀을 말려서 눌린 것으로 네와르족 음식이다.

· 모모(Momo) : 만두, 티베트 전통 음식으로 10개 기본이다.

· 뗌뚝(Thentuk) : 티베트식 수제비다.

· 뚝빠(Thukpa) : 티베트식 칼국수다.

- 찌야(Chiya) : 우리말로 '차'라는 뜻으로 홍차를 우려낸 물에 설탕이나 계핏가루를 넣어 마신다. 우유를 넣지 않으면 깔로찌야(Black Tea), 넣으면 찌야(Milk Tea)라고 한다.
- 수유차(버터차, Tibetan butter tea) : 수유란 야크나 양, 소의 젖을 끓인 후 식었을 때 생겨난 지방 덩어리를 말한다. 찻잎을 끓인 물에 수유(버터)와 소금을 넣어 만든 게 수유차이며, 티베트인들에게 중요한 영양 공급원이 된다. 차를 마실 때는 약간 남겨두어야 하는데, 차를 모두 마시면 더 이상 마시고 싶지 않다는 의미로 주인이 접대를 잘못했다는 뜻이 된다.
- 동무 : 수유차를 만드는 기구로 긴 나무통에 찻물, 버터, 소금을 부은 다음 나무로 만든 막대로 위아래 움직이면서 섞는다.
- 추르삐(Churpi) : 딱딱한 야크 치즈다.
- 짬빠(Champa) : 보리를 볶아서 빻아 만든 가루로 티베트인 주식이다. 수유차와 설탕을 섞어서 먹는다.
- 디도(Dhindo, Dhido) : 네팔 터깔리(Thakail) 종족의 대표 음식이다. 메밀이나 기장 가루로 만들며 반죽이 되서 떡과 죽의 중간 느낌이다. 현지인들은 이 반죽을 스푼처럼 만들어서 국물과 함께 먹는다.
- 츄빠(Chhyupa) : 티베트인들이 일상생활에서 많이 입는 민족의상을 통칭한다.
- 빵덴(Pangden) : 티베트 여성이 결혼했다는 표시로 두르는 앞치마다.

▲ 전통주
- 럭시(Raksi) : 발효된 꼬도(기장)를 증류하여 만든 전통술로 원액은 50도가 넘는다. 보드카 맛으로 보통 물을 타서 마신다.
- 창(Chang) : 티베트 전통술로 우리나라 막걸리와 비슷하다. 집마다 맛이 다르며 주로 쌀, 옥수수, 보리 등을 발효시켜 만든다. 꼬도로 만든 창을 최고로 치며 일부 지역에선 버터나 달걀을 넣어 만들기도 한다. 여름에는 시원하게, 겨울에는 따뜻하게 데워 마신다.
- 똥바(Thongba) : 티베트 전통술로 주로 국경과 가까운 고산 마을에서 만든다. 특히 꼬도를 많이 재배하는 칸첸중가 지역 똥바가 유명하다. 똥바는 발효시킨 꼬도(기장, 보리나 옥수수를 섞기도 한다)에 따뜻한 물을 부어 대나무 빨대로 마신다. 맛은 사케와 비슷하며 4번 정도 우려 마실 수 있다. 도수는 높지 않다.
- 무스탕 커피(Mustang Coffee) : 네팔 무스탕 지역에서 유래되었다. 쌀, 버터, 설탕을 넣고 끓이면 설탕 때문에 커피 색깔이 되는데, 이때 네팔 전통 술인 럭시를 부어서 만든다. 독주에 속하며 구수하고 달달한 맛이 난다. 커피, 버터, 설탕, 럭시를 섞어서 만들기도 한다.
- 쿠꾸리(Khukuri) : 네팔 럼주다.

▲ 지명

· 네팔의 산 : 3,000m 이하는 언덕으로 부르며 6천~7천 급 1165개, 7천~8천 급 127개, 8천 이
  상 고봉은 8개다(네팔 정부 기준).
· 히말(Himal) : '눈' 외에 '산맥'이나 '산군'의 의미도 있다. 6,000m 이상에 부른다. 예) 랑탕 히말
· 라(La) : 큰 산의 고개로 티베트 말이다. 예) 토롱 라
· 반쟝(Bhanjyang) : 네팔어로 고개라는 뜻이다. 예) 먕갈 반쟝
· 데우랄리(Deurali) : 보통 작은 고개를 말한다.
· 페디(Phedi) : 고개가 시작되는 지점이다. 예) 토롱 페디
· 체(Che) : '산' 혹은 '산 아래 마을'이라는 뜻이다. 예) 임자체, 로부체, 딩보체
· 리(Ri) : '산' '봉우리'를 뜻한다. 예) 추쿵리, 고쿄리
· 콧(Kot) : 언덕을 뜻한다. 예) 사랑콧
· 단다(Danda) : 능선 혹은 언덕을 뜻하며 그곳에 자리 잡은 마을 이름이 되기도 한다. 예) 오랑
  단다
· 베시(Besi) : 아래, 산 아래 마을을 뜻한다. 예) 샤브루베시
· 케른(Kern) : 돌탑, 길을 안내하는 표시로도 쓰인다.
· 카르카(Kharka) : 야크 등 가축을 방목하는 목초지다. 예) 야크 카르카
· 가온(Gaon) : 마을을 뜻하며 ~가온이라고 부른다. 예) 시미가온
· 바자르(Bazaar) : 시장을 뜻한다. 예) 남체 바자르
· 딸(Tal), 초(Tsho, Tso) : 호수를 뜻한다. 예) 탈룽 초
· 포카리(Pohkari) : 작은 호수 혹은 연못을 뜻한다. 예) 판치 포카리
· 너디(Nadi) : 큰 강을 말한다. 예) 아룬 너디
· 코시(Kosi) : 비교적 큰 강을 뜻한다.
· 콜라(Khola) : 계곡을 뜻한다. 예) 타클라 콜라
· 베니(Beni) : 강 혹은 계곡이 만나는 지점이다.
· 트리베니(Tribeni) : 3개의 강이 만나는 지점이다.
· 도반(Dobhan) : 합수 지점을 뜻한다. 예) 바룬 도반

▲ 티베트 불교

· 티베트 불교(Tibetan Buddhism) : 북인도, 티베트, 네팔, 몽골 등지에 널리 퍼진 대승불교의
  일파를 말한다.
· 곰파(Gompa) : 티베트에서 건너온 라마교(티베트 불교) 절이다.
· 라마(Lama) : 티베트 불교는 라마교라고도 하며 티베트, 몽고, 네팔 등에서 믿는 불교 분파 중
  하나다. 라마는 고승에게 쓰던 존칭으로 스승이라는 뜻이었지만 일반 승려에게 사용되면서

라마교라고 부르게 되었다.

· 초르텐(Chorten) : 고승들의 유물을 보관하는 티베트 불탑이다.

· 마니차(Mani Wheel) : 불교 경전을 넣어두는 원통이다. 한 번 돌릴 때마다 경전을 한 번 읽은 것과 같다고 하며 이는 글을 모르는 사람들을 위한 것이다. 원통에는 '옴마니밧메훔'이 새겨져 있으며 시계방향으로 돌린다.

· 마니석(Mani Stone) : '옴마니밧메훔'을 새긴 평평한 돌로 주로 초르텐과 함께 있다.

· 마니월((Mani Wall) : 마니석을 쌓아 만든 돌담으로, 마니월을 지날 때는 왼쪽으로 간다.

· 옴마니밧메훔 : 불교 천수경에 나오는 관세음보살의 진언이다. 티베트인이 가장 많이 암송하는 진언으로, 한 번 암송하면 경전을 한 번 읽은 것과 같다고 믿는다. 이를 지극정성으로 읊으면 번뇌와 죄악이 소멸되고 지혜와 공덕을 갖추게 된다고 한다. 옴은 우주, 마니는 지혜, 밧메는 자비, 훔은 마음을 뜻한다.

· 룽따(Lungta) : 경전이 적힌 한 폭의 긴 깃발이다. 바람(風)이라는 뜻 '룽'과 말(馬)이라는 뜻 '따'가 합쳐진 티베트어로 '바람의 말'이라는 뜻이다. 룽따의 모습은 바람을 향해 앞발을 들고 선 말의 형상이며, 펄럭이는 깃발은 말의 갈기다. 또한 바람에 펄럭이는 깃발 소리를 바람이 경전을 읽는다고 여긴다. 이는 진리가 바람을 타고 세상 곳곳으로 퍼져 모든 중생이 해탈에 이르라는 염원이 담겨 있다.

· 타르초(Tarcho) : 경전을 적은 다섯 가지 색깔 깃발로 만국기 형태다. 이는 우주의 다섯 원소(청-하늘, 백-물, 홍-불, 녹-바람, 황-땅)와 다섯 방향(중앙-동-남-서-북)을 상징한다. 룽따와 타르초는 티베트인이 사는 집이나 고갯마루, 산 정상, 신성한 장소 등 어디서나 볼 수 있다.

▲ 동물과 식물

· 야크(Yak), 나크(Nak) : 수놈을 야크라 하고 암놈을 나크라 하지만 통칭해서 야크라 부른다. 고산의 툰드라나 반사막 지대에서 풀이나 작은 관목의 잎을 먹는다. 소의 일종으로 500~1,000kg까지 나간다. 주로 4,000~6,000m 고산에 살며 고기, 가죽, 털, 젖, 배설물까지 현지인에게 없어서는 안 될 중요한 재산이다.

· 동키(Donkey) : 말과 당나귀의 잡종으로 주요 운송수단으로 이용된다.

· 좁교(Zhopkyos) : 야크 수놈과 암소와의 교접으로 나온 가축이다. 야크는 주로 4,000m 이상에서 활동하고 좁교는 그보다 낮은 곳에서도 가능하다.

· 블루십(Blue Sheep) : 산양의 한 종류로 바랄(Bharal), 히말라야 푸른 양, 티베트 푸른 양으로 불리기도 한다. 히말라야 고산 지대에 살며 눈표범의 주요 먹이다.

· 히말라야 마못(Himalaya Marmot) : 4,000~5,000m에서 사는 설치류다.

· 주카(Jukha) : 네팔 우기 때 나타나는 거머리다. 풀밭이나 바위 등에 붙어 있다가 짐승이나 사람이 지나가면 달라붙는다. 보통 3,000m 이하에 있으며 비가 오는 날 숲길에서 자주 만난다.

- 랄리구라스(Laliguras) : 네팔 국화로 히말라야에는 25여 종이 있다. 랄리구라스는 진달래과 상록고목으로 3~5월에 해발 2,000~3,000m에서 핀다. 꽃은 철쭉 세 송이가 합쳐진 크기로 매우 화려하며 향기는 없다.
- 야차굼바(Yachagumba) : 티베트어로 우리말로는 동충하초다. 박쥐나방 포자가 비나 눈 녹은 물과 지하에 스며들고, 애벌레 몸으로 파고든 포자가 서서히 증식하여 땅을 뚫고 나오면 동충하초가 된다. 버섯으로 면역력 강화와 정력제로 알려져 있다. 해발 4,000m 이상에서 발견되며 5~6월에 채취한다.

▲ 기타

- 크램폰(Crampons) : 경사가 심한 얼음 위나 눈이 쌓여 단단해진 비탈면과 빙하지대를 오르내릴 때 사용하는 금속제 장비다. 등산화 밑창에 부착해서 미끄러짐을 방지한다. 등반 장비 중 가장 오랜 역사를 지니고 있다.
- 아이젠(Eisen) : 크램폰, 아이젠(Eisen)은 독일어 슈타이크아이젠(Steigeisen)의 줄임말이다. 슈타이크는 '오르다'를 아이젠은 '쇠'를 의미한다. 다시 말해 설빙면을 '오르는 쇠붙이'를 말한다.
- 안자일렌(Anseilen) : 안전을 위해 등반자들 사이 일정한 간격을 두고 로프를 연결해 묶고 오르는 방법이다.
- 하네스(Harness) : 등반용 안전벨트로 추락할 때 발생하는 충격을 신체의 각 부분으로 분산시켜 부상을 막아준다.
- 러셀(Russell) : 선두에서 눈을 쳐내며 앞으로 나가는 일을 뜻한다.
- 너덜 지대 : '너덜'은 '너덜겅'의 줄임말로 많은 돌이 깔려 있는 산비탈을 가리키는 순우리말이다.
- 모레인(Moraine) : 빙퇴석이나 빙하가 이동하다가 녹으면서 섞인 암석, 자갈, 토양으로 이루어진 퇴적층이다.
- 몬순(Monsoon) : 계절이라는 뜻의 아라비아어 '마우짐(mausim)'에서 유래됐다. 계절풍은 대륙과 해양의 열 차이로 발생되는 것으로 알려져 있고, 여름과 겨울의 풍향이 정반대다. 6~9월까지 부는 해풍이 인도 아시아 대륙에 비를 몰고 온다는 뜻으로 네팔에서는 우기를 말한다. 네팔 연간 강우량의 80%가 이 시기에 내린다. 네팔은 9월이 지나면서 바람의 방향이 바뀌어 몬순이 약해지고, 10월부터는 고기압이 발달해 전형적인 가을 날씨가 된다. 겨울이 되면 저기압의 영향을 받아 1월과 2월에는 많은 비나 눈이 내린다.
- 비그늘(Rain Shadow) : 높은 산맥에 가로막혀 강수량이 적은 지역을 가리킨다. 네팔에는 무스탕, 돌포, 무구 지역이 해당된다.

참고 자료

〈 단행본 〉
· 『1대간 9정맥 1000명산 종주 지도집』, 월간사람과산.
· 『Just go 네팔 히말라야 트레킹』, 이창훈, 시공사.
· 『K2 트레킹』, 리릭, 지식과 감성.
· 『가르왈 히말라야 2』, 임현담, 붓다북.
· 『네팔 히말라야 카트만두 편』, 임현담, 종이거울.
· 『다시 태어나도 우리』, 문창용, 홍익출판사.
· 『등산상식사전』, 이용대, 해냄.
· 『생애 한번은 히말라야』, 전미영, 바른북스.
· 『세계지명 유래 사전』, 송호열, 성지문화사.
· 『에베레스트-도전과 정복의 역사』, 김법모, ㈜살림출판사.
· 『일생에 한번은 히말라야를 걸어라』, 신한범, 호밀밭.
· 『정유정의 히말라야 환상 방황』, 정유정, 은행나무.
· 『찻잎 속의 차』, 이진수, 이진미, 이른아침.
· 『춘하추동으로 풀이한 한자의 창제원리와 어원』, 이상화, 키메이커.
· 『카일라스 가는 길』, 박범신, 문이당.
· 『히말라야 14좌 베이스캠프 트레킹』, 김영주, 원앤원스타일.
· 『히말라야 있거나 혹은 없거나』, 임현담, 종이거울.
· 『히말라야, 길을 묻다』, 이훈구, WALK COMPANY.
· 『히말라야는 나이를 묻지 않는다』, 이상배, 산지니.
· 『히말라야에서 밀크티를 마시다』, 정지영, 더블앤.

〈 방송 〉
· EBS 다큐프라임 〈히말라야 제3부 신이 보호한 자연〉
· KBS 세상의 모든 다큐 〈히말라야의 황금, 동충하초〉

〈 웹사이트 〉
· Daum 네팔 히말라야 트레킹 http://cafe.daum.net/nepal-himalaya-news
· Naver 네팔 히말라야 트레킹 http://cafe.naver.com/trekking
· 고산병 예방하는 법 https://ko.wikihow.com/고산병-예방하는-법
· 그레이트 히말라야 트레일 http://greathimalayatrail.com/
· 김영한 히말라야 트레킹 http://blog.daum.net/alpinet/
· 네팔 타임스 http://nepalitimes.com/news.php?id=16399
· 데일리 한국 : 박대종의 어원 이야기 네팔(Nepal)
· 룽타의 히말라야 이야기 http://ilovetibet.tistory.com
· 실크로드 문화연구소 http://cafe.daum.net/tibetsociety
· 야크존 http://cafe.daum.net/yakzone/
· 한국민족문화대백과 http://encykorea.aks.ac.kr/
· 한국학중앙연구원 http://www.aks.ac.kr

나는 계속 걷기로 했다

1판 1쇄 펴냄 2018년 3월 23일
1판 2쇄 펴냄 2019년 4월 16일

지은이 거칠부

주간 김현숙 | 편집 변효현, 김주희
디자인 이현정, 전미혜
영업 백국현, 정강석 | 관리 오유나

펴낸곳 궁리출판 | 펴낸이 이갑수

등록 1999년 3월 29일 제300-2004-162호
주소 10881 경기도 파주시 회동길 325-12
전화 031-955-9818 | 팩스 031-955-9848
홈페이지 www.kungree.com | 전자우편 kungree@kungree.com
페이스북 /kungreepress | 트위터 @kungreepress

ⓒ 거칠부, 2018.

ISBN 978-89-5820-516-6   03810

값 18,000원